KB078602

흑영신교주 & 신녀

성운을 먹는 자

성운을 먹는 자 11

김재한 퓨전 판타지 소설

초판 1쇄 찍은 날 § 2016년 2월 18일
초판 1쇄 펴낸 날 § 2016년 2월 25일

지은이 § 김재한
펴낸이 § 서경석

편집책임 § 이창진
디자인 § 신현아

펴낸곳 § 도서출판 청어람
등록번호 § 제387-1999-000006호
등록일자 § 1999. 5. 31
어람번호 § 제1-2361호

주소 § 경기도 부천시 원미구 부일로 483번길 40 서경B/D 3F (우) 14640
전화 § 032-656-4452 팩스 § 032-656-4453
http://www.chungeoram.com
E-mail § chungeorambook@daum.net

© 김재한, 2015

ISBN 979-11-04-90648-0 04810
ISBN 979-11-04-90287-1 (세트)

FUSION FANTASTIC STORY

김재한 퓨전 판타지 소설

성운을 먹는 자

무인(武人)

11

청어람

목차

제58장
신과 인간이 올라간 저울

성운을 먹는자

1

백리검운의 사망 소식은 위진국 전역을 들끓게 했다.

한 사람의 죽음이라기에는 너무 큰 여파를 부르는 사건이다. 그는 백리세가의 주인이었으며 동시에 황실에서도 큰 영향력을 발휘하는 권력자이기도 했다. 그가 죽음으로써 백리세가와 황실, 양쪽에 거대한 권력 공백이 발생했고 큰 혼란이 일어나는 것은 필연이었다.

이것은 어떤 자들에게는 끔찍한 비극인 반면 어떤 자들에게는 기회였다.

백리세가 때문에 위진국에서 기를 못 펴고 있던 별의 수호자는 이것을 기회로 보았다.

화성 하성지는 빠르게 움직였다. 백리세가가 미처 사태를 파악하고 대응할 새도 없이 백리검운이 어떻게 죽었는지가 퍼져 나갔다. 그리고 그동안 사람들이 알면서도 쉬쉬하고 있던, 그의 본성을 알 수 있는 정보가 소문의 형태로 사람들에게 전달되면서 백리세가가 흔들리기 시작했다.

하지만 이것은 별의 수호자와 적대하는 자들에게도 기회였다.

2

"무사하시다는 사실이 그 무엇보다도 기쁩니다."

흑영신교의 신녀는 세상에서 가장 강력한 예지 능력자 중에 한 명이다. 그렇기 때문에 그녀에게 있어서 미래는 미지의 영역이라기보다는 확정되지 않은 사실에 가까웠다.

하지만 언제나 그런 것은 아니다. 세상 모든 일을 예지하는 것도 아니고, 그녀의 예지가 닿지 않는 지점도 많았다.

그녀는 진정한 의미에서 미지로 남는 미래를 두려워했다. 그 두려움은 일반인이 내일을 몰라 불안해하는 것과는 비교할 수 없을 정도로 컸다.

특히 그것이 교주의 안위와 관련된 일이라면 말할 것도 없다. 그녀는 기환술 통신으로 접한 교주의 모습을 보고는 눈물을 쏟을 것만 같았다.

교주는 피로함이 역력한 얼굴로 웃어 보였다.

"다친 곳은 없으니 그런 표정 짓지 말거라. 나의 반려여, 그대의 배려에도 불구하고 목적을 반도 이루지 못했다는 사실이 부끄러울 따름이다."

"아닙니다. 제 능력이 부족한 탓에 교주께서 곤욕을 치르시다니……."

"어허, 그런 표정 짓지 말라고 하지 않았느냐. 내 실수로 인해 그대가 그런 표정을 짓는 것을 보니 내 마음이……."

"험험."

두 사람의 대화를 듣던 만마박사가 헛기침을 했다. 해골만 남아서 푹신한 방석 위에 놓인 그가 그러는 것은 참으로 기괴하면서도 우스꽝스러운 장면이었다.

"두 분이 서로를 아끼는 마음은 알겠으나 그쯤 해두시지요. 듣는 늙은이는 괴로우니."

"하하. 이런. 그대가 있었구나."

교주가 겸연쩍은 듯 웃었다. 기환술로 투영된 환영 속에서 웃는 그는 드물게도 그 나이 또래의 젊은이처럼 보였다.

"신녀께서 얼마나 걱정하셨는지는 굳이 말씀드리지 않아도 될 것이고……."

"부끄러움으로 얼굴이 뜨거워지는구나. 신녀의 불안을 달래준 그대에게 감사하노라."

"늙은 해골에 금칠을 해주시니 감사하오이다. 이쪽 상황을 보고하지요. 백리검운의 죽음으로 인한 위진국의 혼란은 우리에게도 기회가 될 것이오."

황실과 백리세가는 눈에 불을 켜고 마교를 말살하려고 하는 자들이다. 그들이 내부의 혼란을 정리하느라 바빠진다면 그만큼 흑영신교는 숨통이 트이게 된다.

"신녀께서는 그것이 우리에게 많은 기회를 제공할 것이라 예

지하셨소. 계획의 많은 부분을 수정하게 되겠지만 그건 머리가
팔팔하게 잘 굴러가는 아이들이 할 일이고…….”

“기왕이면 그대도 좀 열성적으로 지혜를 빌려주기를 바란다
만.”

“충분히 빌려 드리고 있는 것 같소이다만?”

생전에 만마박사는 교의 비술 서고이며 책사이기도 했다. 교
주와 신녀가 그를 존중하니 현재의 교인들 역시 예를 갖추고 조
언을 구해오고 있었다.

만마박사는 자신은 연옥의 일에 열의가 없다고 말하면서도
그런 요청에 응해주고 있었다. 그는 이 세상을 보면서 느끼는
현실감이 희박하지만, 그럼에도 인간의 의식을 지닌 이상 고독
과 무료함을 견디기 어려웠기 때문이다.

자신의 능력만으로는 어디에도 갈 수 없었고, 살아생전에 누
렸던 감각들은 모두 사라졌다. 이런 상황에서는 누군가와 소통
하는 것, 현실과 관계하는 것에 매달릴 수밖에 없다.

‘외통수로다.’

사실 그가 원한다면 교주도 잡아둘 수 없다. 그는 이미 신성
한 의무를 다하고 흑암정토에 든 자였으니 연옥의 그 무엇에도
얽매이지 않는다.

하지만 만마박사는 속으로 구시렁거리면서도 연옥을 떠날 생
각은 하지 않았다. 자신이 죽은 이후의 미래, 새로운 교주와 신
녀가 이끄는 교단의 운명을 보고 싶어졌기 때문이다.

교주가 물었다.

“흉왕의 제자… 아니, 형운 그자를 처리할 계획은 어떻게 되

었는가?"

교주에게 있어서 형운은 정말 치가 떨리는 상대였다. 이제는 귀혁의 제자로서가 아니라 형운 개인을 의식하게 된다.

"신녀께서 예지한 바를 바탕으로 애들이 열심히 움직이고 있는 중이외다. 하운국 쪽의 준비는 끝났고, 위진국 쪽에도 우리에게 호재로 작용할 일이 터져서 살짝 농간도 부려놓았다는 군."

"무슨 일인가?"

"그의 발목을 잡아둘 놈이 나타났다오. 준비 중인 계획을 실행하려면 그의 일정을 좀 지체시킬 필요가 있는데 아주 잘되었지."

3

형운은 밤하늘을 유영하고 있었다.

아니, 이곳은 밤하늘이 아니다. 형운은 곧 그 사실을 깨달았다.

주변을 둘러보면 한없이 광활한 어둠과 그것을 밝히는 별빛이 가득한 공간이었다. 그리고 발아래를 보니 하얀 구름들이 소용돌이치는 푸른 대지가 보인다.

순간 정신이 아찔해진다. 분명히 발밑에 아무것도 받쳐져 있지 않은데도 추락하지 않고 그저 먼지처럼 허공을 떠돌아다니는 아득한 부유감이 온몸을 휘감았다.

지금 이 순간 형운은 먼지 같은 존재였다. 그를 둘러싼 세상이 너무 커서, 아무리 거대한 존재감을 발휘한다 하더라도 먼지 이상은 될 수 없을 것 같았다.

그런 그의 주변에 별빛이 떠다니고 있었다.

마치 거대한 구체처럼, 거대한 곡선을 그리면서 무한의 어둠과 맞닿아 있는 푸른 대지 위로 빛의 파편들이 날아다닌다. 자기도 모르게 그 빛의 파편들로 손을 가져가자 그것들이 형형색색의 빛을 발하며 몸속으로 흘러들어 왔다.

'아.'

순간 형운은 깨달았다. 이 별빛의 정체가 무엇인지를.

'이게 별의 조각이구나.'

아득히 먼 옛날, 성존이 만들어낸 별의 씨앗은 지상에서 담을 만한 그릇을 찾지 못하여 하늘로 올라가게 되었다. 그리고 사람의 눈길이 닿지 않는 까마득하게 높은 곳에서 수많은 파편으로 흩어졌으니 이것이 바로 성운의 기재들을 태어나게 하는 원천이 되었다.

지금 형운이 보고 있는 것이 그 파편이다. 세상 안에서 또 다른 세상을 잉태하려다 실패한 꿈의 흔적들.

두근.

모래처럼 손바닥 위를 흘러서 몸으로 흘러들어 오는 별빛들을 접할 때마다 형운의 의식이, 아니, 영혼 그 자체가 크게 고동친다. 무한히 넓은 세상 속에서 티끌처럼 작은 존재에 불과했던 그의 의식이 확대되어 가면서 인식이 인간의 수준을 초월했다.

더 높은 곳에서, 더 큰 기준으로 세상을 본다.

그저 크고 넓게 보는 것만이 아니라 그 속을 알알이 채운 세상의 구성 요소들을 남김없이 보고 이해한다.

'……'

순간 사고가 멈춰 버렸다.

정보량이 너무 많다. 인간은 한 가지 정보만 전달받아도 그걸 이해하기 위해 사고력을 소모해야 하는 존재다. 일월성신인 형운도 인간이라는 그릇의 한계를 초월하지는 못했다.

보이지 않던 것들이 보인다. 무공을 익히면서 기감이 눈을 떴을 때처럼, 예전에는 그저 아무런 의미도 부여하지 않고 지나쳤던 덩어리들의 세부가 보이고 그것의 의미를 이해하게 된다.

사람을 초월한 시선으로 많은 것들을 한 번에 보는데 예전과는 비교도 할 수 없을 정도로 세밀하게 보기까지 한다. 인간의 정신이 버텨낼 수 있을 리가 없었다.

그런데 버텨낸다.

받아들이는 정보량이 커지면 커질수록 형운의 정신도 기하급수적으로 확장되고 있었다. 급격하게 커져 가는 자신을 보던 형운은 공포에 빠지고 말았다.

'그만……'

너무 빨리 변하고 있다. 아니, 그보다는 이 변화의 종착점을 모르겠다.

괴물이 되어버리는 것인가? 그게 아니라면 신이라도 되는 것인가?

어느 쪽이든 사람으로서의 자신은 없다. 어쩌면 형운이라는 자아조차도 남지 않을지도 모르겠다.

'그만해!'

형운은 필사적으로 그 변화를 멈추려고 했다. 그것은 이미 기름 위에 불을 붙인 것과도 같아서 도저히 멈출 수 없을 것 같았지만, 그래도 어떻게든 해보려고 발버둥 쳤다.

문득 누군가 물었다.

'어째서?'

형운이 정상적인 상태였다면 누구의 목소리인지 의문을 품었으리라. 하지만 지금은 멈춰야 한다는 한 가지 의지를 유지하는 것만으로도 버거운 상태였다.

'사람이 아닌 것으로 변해 버려.'

'그게 나빠? 괴물이 되는 게 아니야. 모두가 꿈꾸는 존재가 되는 거야. 초인(超人), 신인(神人), 천인(天人)… 사람들이 우러러보고, 불쌍한 자들에게 구원을 줄 수 있는 존재가 되는 거야.'

'싫어. 사람이고 싶어.'

'왜?'

'난 사람인 내가 좋아. 사람답게 살고 싶어.'

'사람으로서의 한계 때문에 괴로워하게 될 거야. 눈앞의 것밖에 보지 못하고 손이 닿는 곳에 있는 사람밖에 구하지 못하는 자신에게 절망하게 되겠지.'

'나는, 내가 아니게 되는 건 싫어……!'

'어쩔 수 없군.'

수수께끼의 목소리는 안쓰럽다는 듯 혀를 찼다.

'1300년 만에 기적적으로 이루어진 그릇이었는데. 신을 담을

수도 있고 스스로 신을 초월할 수도 있는 그릇을 이루었으면서
도 한낱 인간으로 남고자 한다니 어리석구나. 본래는 별의 씨앗
을 담을 완전한 그릇에 별빛을 담았으니 각성을 피할 수 있을
리가 없건만, 네게는 사람으로 남을 수 있는 쐐기가 존재하는구
나.'

　순간 형운은 자기도 모르게 한 사람을 떠올렸다. 자신의 안에
서 하나가 되어 살아가는 존재, 유설을.

　목소리가 말하는 바를 알 것 같다. 자신은 일월성신, 성운단
의 파편을 품은 성운의 기재들보다 훨씬 근원에 가까운 그릇이
었다. 그런 그릇에다 성운의 기재가 품었던 별의 조각들을 집어
넣었으니 큰 변화가 일어날 수밖에 없다.

　유설과 합일하지 않았더라면, 그저 일월성신이기만 했다면
형운의 의지는 바람에 흩어지는 모래성처럼 덧없었으리라.

　이 순간에 각성이 이루어지고 형운은 더 이상 사람이 아닌,
거대하고 신성한 무언가가 되었으리라.

　'유설 님.'

　자신을 보며 미소 짓던 그녀를 생각한다. 그녀는 늘 그를 지
켜주고 있었다. 경계 너머에서도, 그리고 지금 이 순간에도.

　'어리석다, 어리석어. 그러나 한때는 신들도 그 사람다움을
동경하였지. 불빛으로 뛰어드는 부나방들처럼.'

　'⋯⋯.'

　'언젠가 이 선택을 후회할 날이 올 거야. 인간이기에 어찌할
도리가 없는 거대한 운명, 그리고 인간의 한계에 갇혀서 바꿀
수 없는 현실에 절망해서 인간으로 남기를 바란 과거의 자신을

저주하겠지. 하지만 그렇더라도 지금의 네 선택을 존중하마. 부디 네가 다시 한 번 내 앞에 서는 때를 기대하지. 할 수 있다면 그때는 부디 또 다른 선택이 가능한……'

형운의 의식은 거기서 끊겼다. 동시에 누군가 그의 앞에 나타났다.

'당신은?'

형운은 왠지 본 적이 있는 얼굴이라고 생각하며 물었다. 그리고 다음 순간 세상이 어둠에 잠기면서 모든 것이 끊겼다.

4

"…헉!"

형운은 헛숨을 삼키며 눈을 떴다.

곧 그는 자신이 누워 있었다는 사실을 깨달았다. 눈을 뜸과 동시에 상반신을 벌떡 일으켰는데 전신이 식은땀으로 축축하게 젖어 있고 심장이 미친 듯이 고동치고 있었다. 일월성신을 이룬 후에는 한 번도 느껴보지 못한 일이다.

그리고…….

"이건……."

형운이 놀라서 자신의 몸을 바라보았다.

몸에서 빛이 나고 있었다.

새하얀 빛이 안개처럼 피어나서 사방으로 방울져 흩날린다. 그 빛이 어찌나 눈부신지 아무런 조명도 켜두지 않은 방 안이 대낮처럼 환해져 있었다.

그 앞에 그림자를 드리우고 있는 여성이 있었다. 시비의 모습을 하고 있지만 평범한 사람이 아님은 분명했다. 어떤 시비가 이런 상황에서 생글생글 웃고 있겠는가?

"오랜만이야, 선풍권룡 소협. 아니 강호에 명성이 자자하니 이제는 대협이라고 불러야 할까?"

"…그냥 형운이라고 부르셔도 됩니다, 암야살에 선배님."

"어머, 나도 한물갔나 봐. 한 번에 알아보네?"

"단서를 많이 주셨으니까요."

자혼의 변신술은 형운조차도 꿰뚫어 볼 수 없다. 그녀는 완벽하게 다른 인물로 변신하니까.

형운이 그녀를 알아볼 수 있었던 것은 상황 때문이다. 본 적도 없는 시비가 미증유의 사태 앞에서 전혀 동요하지 않는 담담한 모습을 보이고 있고, 사흘 전 허용빈의 부탁을 받고 청이의 장례를 치른 형운이 직접 그녀를 호출하기도 했기 때문이다.

문득 그녀가 물었다.

"내가 방해해서는 안 되는 일을 방해한 걸까?"

"아닙니다."

"정말? 뭔가 대단한 변화가 일어나고 있었는데."

"어차피 제가 거부한 변화니까요. 선배님께서 말을 걸어오셨을 때는 이미 결론이 난 후였습니다."

"흠. 재미있네. 무인으로서, 아니, 사람으로서 그런 것을 거부할 수 있었단 말이야?"

"……."

형운은 놀라서 그녀를 바라보았다. 자혼의 말은 형운이 겪은 일이 무엇을 의미하는지 알아보았다는 뜻 아닌가?

자혼이 말했다.

"구체적으로는 몰라. 하지만 내가 이런 몸이 되면서 비슷한 일을 겪은 적이 있어서 짐작은 해볼 수 있겠어."

"어떤 짐작을 하셨습니까?"

"너는 뭔가 사람 이상의 거대한 존재가 되려고 했어. 아니, 그렇게 될 수도 있었다고 하는 게 옳겠지?"

"……".

"대답할 필요는 없어. 그저 사람과 신, 두 가지를 저울에 올렸는데 사람 쪽으로 기울었다는 것이 재미있을 뿐이야."

자혼은 그렇게 말하고는 깨끗하게 화제를 돌렸다.

"그럼 이제 나를 부른 이유를 말해주겠니? 네가 호출했다는 걸 알고는 정말 열심히 달려왔으니까."

"아, 죄송하지만 이게 딱히 의뢰 때문에 부른 건 아닌데……."

"응?"

자혼의 표정이 찌푸려졌다. 그녀 입장에서는 대륙 어딘가에 있다가 먼 길을 부리나케 달려왔는데 이런 소리를 들으니 당연히 불쾌하리라. 그런 그녀의 심기를 읽은 형운이 재빨리 덧붙였다.

"하지만 장난으로 부른 것은 아닙니다. 꼭 전해야 할 것이 있어서요."

"전해야 할 것이라. 무엇이지?"

"허용빈의 유언입니다."

그 말에 자혼의 표정이 재차 변했다. 그 반응을 본 형운은 그녀가 아직 진야의 저주에 관련된 사건에 대해서 잘 모르고 있다는 사실을 알 수 있었다.

하긴 그 일이 벌어진 후 고작 사흘이 지났을 뿐이고 그녀는 사건에 관련되지도 않았으니 당연한 일이다. 폭성검 백리검운의 죽음조차도 인근 지역과, 기환술 통신을 이용할 수 있는 집단들 정도에게나 알려졌지 소문이 멀리 퍼져 나가려면 꽤 오랜 시간이 필요하리라.

"과정을 이야기하기 전에 그가 부탁한 유언부터 전하겠습니다."

"그래."

"그는 말했습니다. 이런 자신에게도 누군가 살라고, 살 만하다고 설득해 주는 사람이 있어서 살아갈 수 있었다고. 아무런 대가도 바라지 않고 그저 그럴 수 있다는 이유로 자신을 구해 준 암야살에 선배님과, 마음이 파괴된 자신에게 다가와 온기를 주었던 소녀가 있었기에⋯ 스스로 살아가야 할 이유는 찾지 못했지만 다른 사람들이 이유가 되어주었기에 살 수 있었노라고."

형운의 이야기를 들은 자혼이 눈을 감았다.

가슴속에서 일어나는 감정에 눈매를 가늘게 떠는 자혼의 모습에 형운은 처음으로 그녀의 진짜 얼굴을 본 것 같았다. 늘 다른 사람으로 변하고 가면을 쓴 것처럼 표정을 연기하는 그녀가 지금 이 순간에는 진심이 담긴 얼굴을 보이고 있었다.

"그랬구나. 결국⋯⋯."

안타까워하며 중얼거리던 자혼이 고개를 저었다. 그리고 물었다.

"자세한 이야기를 듣고 싶은데, 해줄 수 있겠어?"

"네."

"아직 듣지는 않았지만, 왠지 알 것 같아. 아마 그건 백리검운의 사망과도 관련이 있겠지?"

"그렇습니다."

"그래도 괜찮겠어? 굳이 내가 준 증표를 써가면서까지 유언을 전한 시점에서 그 아이에게 할 도리를 다했는데."

자혼은 아무나 자신의 고객으로 삼지 않는다. 형운에게 증표를 줬던 것은 자신의 고객이 될 수 있는 '기회'를 준 것이다. 그녀는 한번 의뢰를 받아들였다고 해서 그다음에도 또 의뢰를 받아준다는 보장이 없는, 그런 존재였다.

형운도 그 의미를 알고 있었다. 그런데도 굳이 허용빈을 위해서 증표를 쓴 것이다.

"네가 내게 말해줄 것들은 아주 값어치가 큰 정보야. 아마 그정보를 알고 싶어서 혈안이 되는 놈들이 수도 없이 넘쳐 나겠지. 그러니 원한다면 정당한 대가를 치르고……."

"아닙니다."

형운이 그녀의 말을 끊고 고개를 저었다. 자혼이 물었다.

"그 정보의 가치를 모르겠어?"

"아니요. 제가 우둔하기는 하지만, 그건 아주 잘 압니다."

"그런데도?"

"허용빈에게 약속했으니까요."

"하······."

자혼의 표정이 묘하게 일그러졌다. 그 표정 그대로 형운을 바라보던 그녀가 이윽고 웃음을 터뜨렸다.

"아하하하하! 그래. 너 같은 녀석이 있어야지. 그래야지 이 더러운 세상을 살아가는 재미가 있지."

"감사합니다."

자혼의 칭찬을 들은 형운이 웃었다.

예전의 만남 때는 그녀가 아군인데도 두렵고 꺼려졌다. 하지만 지금은 그녀가 자신을 칭찬한다는 사실이 순수하게 기뻤다.

그녀는 그저 그럴 수 있다는 이유만으로 온갖 난관을 뚫고 허용빈의 인생을 구원했던 사람이니까.

한바탕 시원하게 웃고 난 자혼이 눈물을 닦으며 말했다.

"아, 간만에 정말 유쾌하구나. 그래, 그럼 말해주지 않겠니? 허용빈, 그 아이가 어떻게 죽었는지."

"예. 그는······."

형운이 긴 이야기를 하는 동안 몸에서 일어난 빛이 서서히 가라앉아 갔다.

5

진야의 저주를 해결한 뒤, 형운 일행은 곧바로 무일 일행과 합류하기로 한 지점으로 서둘러 움직였다. 본래대로라면 사흘이면 도착할 수 있었으나 중간에 예상치 못한 문제가 발생했다.

"···내가 하루 내내 그러고 있었다고?"

형운이 놀라서 물었다. 그러자 서하령과 마곡정, 가려와 천유하 넷이 연습이라도 한 것처럼 일제히 고개를 끄덕였다. 천유하가 말했다.

"웬일로 아침이 되어도 깨어날 조짐이 안 보여서 방으로 가보니 숨 막힐 듯한 기파가 쏟아지면서 문틈으로 빛이 흘러나오고 있더군. 깜짝 놀라서 문을 열어보니……."

안구가 타버리는 게 아닐까 싶을 정도로 밝은 빛이 뿜어져 나오고 있었다. 마치 방 안에다 태양을 가져다놓은 게 아닌가 싶은 빛이었지만 열기는 거의 없었다. 다만 막대한 힘의 격류 때문에 다가가는 것조차 힘들었을 뿐이다.

천유하는 물론이고 마곡정, 서하령, 가려가 모두 달라붙어서 형운의 상태를 진정시켜 보려고 시도했다. 하지만 어림도 없었다. 형운에게서 일어나는 변화는 마치 용암의 강 같아서 네 사람의 내공을 하나로 합쳤는데도 전혀 범접할 수가 없었다.

"화성에게 도움을 구해야겠다고 결단했을 때, 암야살예가 나타났어."

그들이 머물고 있는 숙소 시비의 모습으로 나타난 자혼은 한나절에 걸쳐 형운의 사태를 진정시켰다. 그리고 허용빈의 죽음에 대한 긴 이야기를 듣고 떠나갔다. 떠나가면서 그녀는 형운에게 두 개의 증표를 주었다. 둘 중 하나는 이전과 같았지만 하나는 검은색을 띠고 있었다.

"지난번에 주셨던 것과 다르군요."

"난 네게 빚을 졌어."

"전 어디까지나 허용빈에게……."

"네가 그렇게 생각한다는 것을 알아. 하지만 내게 있어 그건 빚이야. 그저 내가 하고 싶어서, 할 수 있기 때문에 행한 일의 결과다. 아무것도 모르는 채 결과만을 전해 들을 수도 있었는데 네 덕분에 진실을 알 수 있었지. 내게는 그게 천금보다도 더 값어치 있는 보물이야."

자혼은 고집스럽게 말했다.

"그 검은 증표를 쓴다면, 설령 내 목숨을 걸어야 한다고 할지라도 무조건 네 의뢰를 한 가지 들어주지. 보수 없이."

"아……."

"나머지 하나는 지난번하고 같은 조건이야. 반액으로 할인해줄게. 이 정도면 그럭저럭 셈이 맞는다고 생각하는데, 네 생각은?"

"제가 너무 이득 보는 것 같습니다만?"

"그건 네가 그것을 무슨 일로 쓰느냐에 달렸지. 부디 이득 볼수 있는 일에 쓰기를 바라마. 그래야 나도 찜찜하지 않을 테니까."

자혼은 생긋 웃으며 떠나갔다.

설명을 들은 형운은 전신에 힘이 죽 빠졌다.

"그랬군……."

"암야살예 자혼, 소문으로는 들었지만 정말 무서운 사람이더군."

천유하가 심각한 표정으로 말했다.

천부적인 감각을 지닌 그였지만 자혼을 보면서는 아무것도 알 수가 없었다. 천의 얼굴을 지닌 변신술의 귀재라더니 이 정도였을 줄이야.

지금까지도 일반적인 무인들과는 전혀 다른 방식으로 싸우는 자객의 무서움을 경시한 적은 없다. 하지만 자혼이 자신을 노린다면 벗어날 수 있다는 생각이 안 들었다.

서하령이 물었다.

"무슨 일이 있었던 거야? 설명할 수 있어?"

형운이 비밀로 감춰둘 것을 염두에 둔 질문이 아니었다. 과연 그가 스스로의 변화를 명확히 이해하고 있을까 의문스러운 것이다.

형운은 잠시 생각을 정리한 다음 말했다.

"허용빈에게 받은 별의 조각 때문이야."

"교주와 나눠 가졌다는 그거?"

"그래. 처음 받았을 때는 몰랐는데, 내 몸과 일체화되기까지 약간의 잠복기가 있었던 거지. 아무래도 내 몸이 일월성신이다 보니 반응이 아주… 엄청났던 것 같아."

형운이 아닌 타인을 그릇으로 삼았다면 이런 반응은 일어나지 않았으리라. 형운을 제외하면 현존하는 최강의 그릇 중 하나라고 할 수 있는 흑영신교주라고 하더라도 마찬가지일 터.

문제는 형운이 일월성신이라는 것이다.

일월성신은 처음부터 그것을 담기 위한 그릇이었다. 최초에 그릇으로 선택된 성운의 기재들보다도 훨씬 그것과 어울리는… 아니, 그저 조각만이 아니라 별 그 자체를 담을 목적으로 설계

된 그릇.

그리고 천 년도 넘는 장구한 세월 동안 연단술사들의 머릿속 환상으로만 존재했던 육체가 이 시대에 현실로 구현되었다. 귀혁과 형운 두 사제지간의 인연으로.

'곤란해.'

형운은 식은땀을 흘렸다. 서하령에게 대답하면서 자신이 안고 있는 문제를 명확히 직시할 수 있게 되었기 때문이다.

'감당할 수 없는 보물을 받았어. 내가 받아서는 안 되는 것이었는데…….'

허용빈에게 받은 별의 조각은 언제 터질지 모르는 폭탄이나 마찬가지다.

변화가 시작된다.

일월성신이 깨어나고 있다. 형운은 자신이 일월성신을 이룬 후로 지속적으로 성장했다고 여겼던 것이 모두 착각이었음을 깨달았다.

일월성신은 각성과 동시에 완성되어 있었다. 자신은 그저 완성된 일월성신에 대해서 아무것도 몰라서 기능의 태반을 묵혀두고 있다가 하나하나 쓸 수 있게 되었을 뿐이다.

'나는…….'

형운은 새로이 찾아온 깨달음에 두려움을 느꼈다.

일월성신의 잠재력은 형운이 생각하고 있던 것보다 더 컸다. 문제는 너무 크다는 것이다. 과연 인간의 정신으로 감당할 수 있는 크기일까?

별의 수호자의 연단술사들, 그리고 귀혁을 포함한 성운을 먹는 자 일맥은 또 다른 세상을 창조할 수 있는 별의 씨앗을 담을 그릇을 만들고자 했다. 하지만 그것이 진정 어떤 의미인지 그들은 이해하고 있었는가?

인간은 자신이 갖고 태어나는 잠재력을 개발하기 위해 평생을 걸쳐 노력한다. 그만큼 인간의 잠재력은 크다.

그런데 일월성신의 잠재력은 보통 인간과는 비교할 수 없을 정도였다. 형운은 자신이 지금까지처럼 노력해서는 평생이 지나도록 그 잠재력의 100분의 1만큼도 끌어낼 수 없었을 것임을 깨달았다.

하지만 이제는 아니다. 알아버렸다.

말하자면 지금까지의 형운은 대해처럼 많은 기름이 모여 있는 상태와 같았다. 그 표면에 불이 붙어서 빠르게 번져 가고 있었던 것이다.

허용빈에게 받은 별의 조각은 일반적인 불과는 비교도 할 수 없는 폭발력을 지닌 화탄의 군집과도 같았다. 단번에 형운의 내면에서 타오르는 불길의 기세를 높여놓았다.

'과연 나는⋯⋯.'

이 순간에도 내면에서 변화가 일어나고 있었다. 형운에게는 그 변화가 느껴졌다.

'⋯⋯끝까지 사람일 수 있을까?'

형운은 갑자기 끝도 없는 어둠 속으로 추락하는 듯한 불안감에 사로잡혔다.

6

형운의 상태를 확신할 수 없었기 때문에 일행은 하루 동안 그곳에 더 머물렀다. 그리고 다음 날 다시 떠나기 전, 별의 수호자 위진국 본단으로부터 한 가지 정보가 도착했다.

　"합류 지점으로 가지 못했다?"

　그것은 형운의 호위단이 보내온 보고서였다. 호위단 측에서 합류 지점으로 설정한 곳에 도착하지 못하고 발이 묶였다는 것이다.

　'관과 손잡은 만검문이 포위망을 구축하고 통행을 폐쇄했습니다. 마인의 종적을 쫓고 있습니다. 포위망 안쪽 분위기는 아주 흉흉합니다. 외부에서 정보를 파악하신 다음 움직이시길 바랍니다.'

　"아예 지역 통행을 폐쇄해 버리다니 이건 어지간해서는 할 수 없는 짓인데. 도대체 무슨 일이 있었기에……."

　서하령이 중얼거렸다.

　한 마을의 통행을 완전히 폐쇄하고 사람들을 묶어놓는다?

　이건 정말 특급 비상사태가 아니고서는 관에서도 하지 않는 짓이다. 민심과 경제적인 피해를 감수해야 하고 그것을 실천하기 위한 인력을 동원하는 것도 막대한 부담을 지기 때문이다.

　"만검문의 규모가 그렇게 큰가?"

　만검문(萬劍門).

　팔객의 일원인 백무검룡(白霧劍龍) 홍자겸이 소속된 곳이며 대륙 십대문파 중 하나로 손꼽히는 명문이다. 어느 정도 등락이 있기는 했지만 그들은 수백 년간 무명을 떨치고 사람들의 지지를 받으며 조직을 유지해 왔다.

서하령이 말했다.

"십대문파이기는 하지만 그렇게까지 크지는 않아. 자신들의 본산지와 텃밭을 지키는 인원을 빼고 이런 일이 가능할 정도의 인원을 동원할 여력이 있을 리는 없으니 인력의 대부분은 관병들이겠지."

"난처하게 됐는데. 사태를 좀 더 알아봐야겠는걸?"

"그래."

형운은 일단 근처 지부를 통해서 정보를 의뢰했다. 일정에 별로 여유가 없는 상황에서 이런 일이 벌어지니 뼈아팠지만 어쩔 수 없었다. 하운국이라면 몰라도 이곳은 별의 수호자의 세가 약한 위진국이니까.

7

백무검룡 홍자겸이 속해 있는 만검문은 진벽성 일대의 패자라고 할 수 있었다.

백도 문파로서의 의무를 성실하게 이행하여 백성들에게 어려운 일이 생기면 발 벗고 나섰으며 꾸준히 관에다가 무인을 공급해 왔으니 그 영향력은 감히 외부에서 범접할 수 없을 정도다.

"심지어 이번에는 백무검룡까지 나와 있다니."

만검문이 자랑하는 팔객의 일원, 백무검룡 홍자겸이 이번 일에 나섰다. 그만큼 이번 일을 중요하게 보고 있다는 의미였다.

만검문의 정보 통제가 워낙 심해서 별의 수호자도 이번 일에 대해서 조사하는 데는 애를 많이 먹었다. 형운이 원한 정보는 사흘이 지난 후에나 들어왔다.

황금 같은 시간을 까먹은 셈이지만 그럴 가치는 있었다. 이 정보를 알지 못한 채로 들어갔다면 그 안에 갇혀서 사건이 해결되기만을 기다려야 했을 수도 있으니까.

"사람을 홀리는 요괴를 데리고 다니는 강력한 마인이라. 확실히 큰 문제군."

위진국에는 민간의 흉흉한 괴담처럼 떠돌고 있는 다섯 마인의 존재가 있었다. 오흉마(五凶魔)라고 불리는 자들인데 이번 사건의 원흉은 지금까지 종적을 잡을 수 없던 그들 중 하나였다.

살무귀(殺霧鬼).

이름은 아무도 모르고 오로지 별호로만 불리는 그에 대해서 알려진 것은 많지 않다. 그저 그의 연령이 최저 100살이 넘었고 목격된 곳에서는 최소한 수십 단위의 희생자가 나왔다는 것뿐.

그와 맞닥뜨리고 살아남은 자들의 증언에 따르면 무공이 강한 것은 물론, 그 수법이 워낙 기묘해서 도저히 파악할 수 없다고 한다. 자욱한 안개를 만들어내는 능력을 가졌는데 그 속에서 그는 무적이나 다름없어서 전대의 팔객들조차도 그를 쫓아낼 수 있었을지언정 잡지는 못했다.

서하령이 말했다.

"정보부의 소견으로는, 그는 이미 인성을 잃은 존재일 거래. 위험도만 놓고 보면 흑영신교의 팔대호법이나 광세천교의 칠왕과 필적할 존재니 지원 없이 충돌하는 사태는 무조건 피해야 한다고…….”

“인성을 잃었다고?”

“마공은 사람의 정신을 잡아먹지. 목적을 위해 무공을 연마했는데, 그 무공이 사람을 잡아먹고 인성이 마모된 존재로 변질시켜.”

그리고 그 과정이 극단으로 치달으면 더 이상 인간으로서 사고하고 판단하는 자아가 사라져 버린다. 그것은 마인이 아니라 마공의 화신이라고 불러야 할 존재, 그저 사람을 잡아먹고 자신을 유지하며 최초에 정신에 새겨진 방향성만을 추구하는 재해 같은 존재가 되는 것이다.

“…그쯤 되면 이미 요괴나 다름없군.”

“그럴 거야. 하지만 더 골치 아픈 것은 자신을 감추고 목적을 이루기 위해 인간처럼 지혜를 발휘한다는 것이지.”

그래서 100년이 넘도록 잡히지 않았다. 인적이 드문 곳, 소식이 늦게 전해질 만한 곳을 사냥터로 삼고 강자가 나타난다 싶으면 일찌감치 빠져나갔으니까.

별의 수호자 정보부의 추측에 따르면 만검문에서는 황실의 도움을 받아서 이번 일을 수행하고 있을 가능성이 높다고 했다. 그저 백성들만 두려워하는 존재가 아니라 국가적인 골칫거리라고 할 수 있는 오흉마 중 하나를 공공연하게 척살함으로써 황실의 위엄을 회복하려는 노림수라는 것이다.

“흑영신교의 수작으로 인해서 실추된 명예를 회복하려고 혈안이 된 것은 백리 장군만은 아니었다는 거지.”

위진국 황실 역시 실추된 명예를 회복하고 위엄을 세울 계기가 필요했다. 그래서 우연히 살무귀의 종적이 발견되자 예지를 좇는 기환술사들을 총동원해서 그 뒤를 좇기 시작했고 포위망을 구축하기에 이른 것이다.

"최악이군. 이건 정말 해결되기 전까지는 빠져나올 구석이 없잖아?"

지역의 관리와 만검문만 얽힌 사태였다면 조금만 시간이 지났어도 빠져나올 틈이 생겼으리라. 앞서 짚었다시피 한 마을의 통행을 물샐 틈 없이 폐쇄하는 포위망을 구축하는 것은 막대한 부담이니까.

하지만 그 배후에 황실의 의도가 작용하고 있다면 이야기가 달라진다. 언젠가는 그들도 한계에 달하겠지만 그 시간은 상당히 길 것이고 그것은 형운 일행에게는 최악으로 작용할 것이다.

서하령이 말했다.

"어떻게 할 거야?"

"이번에는 네 의견을 듣고 싶어. 넌 어떻게 하는 게 좋을 거라고 생각해?"

"어머, 어차피 결정권자는 너인걸?"

"내 답은 이미 나와 있는 거 알잖아. 그들을 버리고 갈 수는 없어."

"화성에게 뒤처리를 부탁하고 우리는 새로운 인원을 지원받아서 청해궁으로 향해야 해."

청해궁 방문은 형운의 사적인 일이 아니다. 별의 수호자에서 정식으로 내린 임무이기도 하다.

서하령의 말은 차갑게 들리지만, 이성적으로는 옳다. 임무 수행이 더 우선되어야 하는 가치니까.

형운은 괴로운 표정으로 말했다.

"알아. 그래도 할 수 있는 데까지는 해보고 싶어."

"앞뒤가 안 맞는 말을 하고 있다는 것은 자각하고 있지?"

"…그래. 들이밀면 끝장을 봐야 하는 문제일 테니까."

한번 들어가면 사태가 끝날 때까지는 무조건 일정이 지체된다. 별의 수호자가 수집한 정보를 보니 외부에서 교섭으로 해결할 수 있는 문제가 아니다.

신원이 확실한 사람들을 빼내는 데 무슨 문제가 있을까? 돈과 권력을 동원하면 대가를 지불하고 할 수 있으리라.

그렇게 생각하기 쉽겠지만 이번 폐쇄는 아주 완고했다. 황실의 권력자들과 연이 닿은 상단도 저 안에서 발이 묶여서 빠져나오지 못하고 있다고 하니 더 무슨 말이 필요하겠는가? 저들은 살무귀를 잡기 위해서는 일체의 타협을 불사하겠다는 태도를 보이고 있었다.

"모습을 바꾸는 능력은 없는 것으로 추정. 하지만 자신을 감추는 솜씨는 아주 뛰어나고 이동할 때만 마기가 드러난다라……. 기환술사까지 동원한 포위망을 구축하고 있는 이유가 이건가."

그리 크지 않은 마을이지만 포위망을 구축하고 유지하려면 많은 인원과 물자가 필요하다. 하물며 가둬야 하는 상대가 보통 인간도 아니고 재해나 다름없는 마인이라면 더더욱.

지금까지 살무귀에 대해서 수집된 정보를 토대로, 만검문에서는 천 명의 관병들을 빌리고 외부에서 초빙한 기환술사들까지 더해서 포위망을 구축했다.

"한 사람을 잡겠다고 이렇게까지 하다니……."

"그러니까 황실에서 국가의 적이라고 선포한 오흉마인 거지. 위진국 사람들에게는 마교만큼이나 무섭게 여겨지는 모양이야."

형운이 혀를 내두르자 서하령이 대답했다. 형운이 고개를 절레절레 저었다.

"우리나라의 사대마(四大魔)는 저 정도는 아닌 것 같은데……."

하운국에도 오흉마처럼 악명을 떨치는 마인들이 있었다. 흉명을 떨치는 마인들 사이에서도 피해 규모가 커서 사대마라 불리는 자들. 그들도 백성들 사이에서는 공포의 대상이었지만 오흉마에 비하면 위세가 작다.

서하령이 말했다.

"아마 위진국이 황권 교체 과정에서 몸살을 앓으면서 정세가 불안정했던 탓이 크겠지. 그럴 때일수록 저런 자들의 이름이 무게를 갖는 법이니까."

"하긴 그렇겠군."

"말해봐. 어쩔 거야?"

이미 답을 알면서도 물어오는 서하령은 짓궂은 미소를 짓고 있었다. 그녀는 이미 이성적인 답을 제시해 주었다. 그리고 형운이 그것을 따르지 않을 것임도 알고 있다.

그러면서도 답을 묻는다. 결정권자가 형운이기 때문이다.

형운은 그 무게를 실감하며 말했다.

"외부에서 협상하고 들어간다. 만검문에 협조하는 조건으로 들어가서 최대한 빠르게 살무귀를 잡겠어."

"바보짓이야."

"알아."

"다시 말할게. 형운, 넌 바보야."

"안다고."

"어휴, 어쩔 수 없지."

서하령이 고개를 절레절레 저었다.

"결정권자가 바보 같은 결정을 내렸고 설득도 불가능하니, 따라가는 수밖에."

"고맙다."

"미안해할 일 만들고 그런 소리 하지 말고 그냥 잘해, 좀. 지난번처럼 또 말도 없이 돌격하면 그때는… 알지?"

순간 형운은 자신에게 날아드는 일행의 시선을 느끼고 움찔했다. 서하령만이 아니라 다들 그를 보는 시선이 영 곱지 않았다.

형운이 어색하게 웃으며 말했다.

"하하하. 아, 아무렴. 내가 책임자인데 그런 무책임한 짓은 안 해. 잘 알고 있다고."

"퍽이나."

서하령이 코웃음을 쳤다.

그리고 다른 사람들의 반응도 별로 다르지 않았다.

형운 일행은 위진국 본단의 힘을 빌려 이틀간 협상한 끝에 포위망 안으로 들어갈 수 있었다.

　위진국에서 별의 수호자의 세가 낮은 편이라고는 하나, 그것은 어디까지나 하운국에 비해서 그렇다는 것이다. 그들은 위진국에서도 최고의 권위를 자랑하는 연단술사 집단이었으며 웬만한 조직과는 비교도 할 수 없을 정도의 힘을 갖고 있었다.

　'안으로 들여보내는 주겠지만, 사태가 해결될 때까지는 나올 수 없다.'

　형운 일행은 그 점에 대해서 약속한 후에야 안으로 들어갈 수 있었다.

　진벽성 남단에 있는, 외부에서 진벽성으로 들어올 때의 관문 역할을 하는 마을 중 하나인 구훈.

　그곳이 이번 사건의 무대였다. 예지를 좇는 기환술사, 그리고 막대한 수의 관병들을 동원해서 살무귀를 몰아넣었으나 놈이 사람들 속에 숨어버린 후로는 도저히 찾아낼 수 없었던 것이다.

　무일 일행은 정말 운이 나빴다. 하필 그들이 구훈에 들어서고 하룻밤 지낸 뒤 출발하려는 때 폐쇄가 시작되었으니.

　"확실히 분위기가 정말 안 좋은데……."

　거리를 돌아보며 형운이 중얼거렸다.

　대낮에 해가 떠 있는데도 거리에 전혀 활기가 없다. 사람들이 밖으로 나다니길 꺼려하는 것을 느낄 수 있었다. 외지인인 일행을 바라보는 시선에는 두려움과 불안감만이 엿보였다.

그리고 그런 공백 지대를 메우는 것은 무사들과 관병들이었다. 검의 군집을 수놓은 푸른 옷을 입은 무사들과 관병들이 짝을 지어서 거리를 돌아다니며 눈을 부라렸다.

형운 일행도 몇 번이나 그들에게 발목을 잡혀야 했다. 들어오기 전에 협상을 거쳐서 손에 넣은 협조 공문이 아니었다면 무척이나 난감했으리라.

천유하가 말했다.

"무사들도 잔뜩 날이 서 있군. 하긴 이런 분위기가 며칠이나 계속됐으니 당연한가."

사람을 닥치는 대로 잡아먹는 괴물이 자신들의 마을 어딘가에 숨어 있다. 그 사실이 알려지자 사람들은 두려움과 불신으로 얼어붙었다.

사태를 해결해야 하는 이들의 신경이 곤두서는 것은 당연한 일이었다. 원래 무인들이 보통 사람들이라면 멱살잡이할 상황에 칼부림을 하는 부류라는 것을 생각하면 지금은 언제 어디서 무슨 문제가 폭발해도 이상할 게 없는 상황이다.

형운이 말했다.

"만검문 입장에서는 여기까지 정말 잘 몰아넣고 나서 의표를 찔린 셈이겠지."

"아마 저쪽도 미칠 지경일 거야. 아마 당초 계획상으로는 여기가 아니라 사람이 없는 곳에 미리 포위망을 구축해 두고 그 안으로 몰아넣으려고 하지 않았을까? 어쨌든 지금 상황은 저들과 살무귀의 인내심 대결이야."

서하령이 의견을 밝혔다.

마인은 인내심과는 거리가 먼 존재다. 게다가 인간을 잡아먹는 유형의 마인들에게 있어서 사람을 죽이고, 어떤 형태로든 그 정수를 취한다는 것은 쾌락이나 힘을 늘리기 위한 행위 이상의 의미가 있다.

생존이다.

그런 방식으로 힘을 기른 자들은, 마침내 그 방식에 생명이 저당 잡힌다. 누군가를 죽여서 생명의 정수를 취하지 않으면 생명을 유지할 수조차 없는 존재가 되는 것이다.

즉 이런 상황은 살무귀에게도 정말 괴로운 상황일 것이다. 늘 보통 인간이 느끼는 허기보다 훨씬 강렬한, 살육의 충동과 갈증에 시달리는 존재가 그것을 참아내야 하는 상황이니까.

과연 언제까지 참을 수 있을까? 사건을 일으키면 종적이 드러난다. 그 경우 살무귀의 전설은 종지부를 찍게 되리라.

하지만 그 전에 관과 만검단의 여력이 바닥나서 폐쇄망이 풀릴 수도 있다. 그렇게 되면 살무귀의 승리다.

문득 형운이 중얼거렸다.

"내 눈으로 찾을 수 있을까?"

"이제 와서 그 점에 의문을 품어?"

"상대의 능력을 전혀 알 수가 없으니까. 만약 암야살에 선배님 같은 능력이라도 가졌다면……."

"그러면 시간을 허망하게 버리게 되겠지. 누구 씨의 고집 때문에 말야."

"끄응."

잊지 않고 자신을 구박해 주는 서하령의 말에 형운이 앓는 소리를 냈다.

진입을 결정했을 때는 일월성신의 눈이라면 살무귀가 아무리 기묘한 능력을 가졌더라도 찾아낼 수 있을 것이라고 낙관했다. 하지만 막상 들어와서 분위기를 살피고 나니 자신이 없다. 이만한 인원이 이렇게나 노력하고도 단서를 못 잡았는데 자기가 합류한다고 뭐가 달라질까?

서하령이 말했다.

"의심은 지워. 최소한 얼굴에서는."

"얼굴에서는, 이라니……."

"우리는 힘을 빌려주겠다는 명분을 갖고 온 거야. 가뜩이나 젊은 사람들뿐이라 믿음을 주기 어려울 텐데 자신 없는 모습까지 보여봐. 저쪽에서 우리를 믿으려고 하겠어? 가뜩이나 날이 서 있는 사람들이야. 잘 알지도 못하는 외지인의 도움 따위는 사절하고 싶다는 마음의 벽을 굳건히 하고 있을 텐데."

"그건 그렇군."

확실히 옳은 소리였다. 형운은 심호흡을 한번 하고는 표정을 고쳤다.

그사이 일행은 호위단이 머물고 있는 숙소에 들어섰다.

"그럼 일단 이야기를 들어보자고. 그러고 나서 차분하게 책임자를 찾아가서……."

하지만 형운의 생각은 채 일각(15분)도 지나지 않아서 박살나게 된다.

9

오흉마의 일원, 살무귀를 잡기 위해 투입된 만검문도의 수는 100여 명에 달했다. 만검문이 대륙 십대문파로 불릴 정도로 세가 크다는 점을 감안해도 큰 결단을 내렸다고 할 만했다.

그들은 관병들과 마찬가지로 포위망과 마을 안을 교대하며 돌아다녔고, 잠자리로는 마을 건물을 이용했다. 관아나 객잔만으로는 도저히 감당할 수 없는 수였기 때문이다.

"음?"

숙소의 입구에 경비를 서고 있던 만검문도는 문득 한 사람이 길 저편에서 다가오는 것을 발견했다.

그는 잠시 자신의 눈을 의심했다. 탁 트인 거리였는데 조금 전까지는 상대를 보지 못했다. 아주 집중해서 보던 것은 아니었지만 그래도 사람을 놓칠 정도는 아니었는데…….

'어디서 날아서 오기라도 했나?'

정말 건물들 사이를 획획 날아서 갑자기 떨어지지 않고서야 저렇게 중간 과정을 눈치채지 못하도록 나타날 수 있을 리가 없다. 그냥 무의식중에 지나쳤다고 하기에는 상대의 존재감도 너무 뚜렷했다.

6척(약 180센티미터) 장신의 키, 균형이 잘 잡힌 체형에 척 봐도 고급스러워 보이는 푸른 옷, 그리고 귀티 나는 외모에 강렬한 기파까지.

'고수다.'

겉모습으로 보면 아직 새파랗게 젊은 애송이였지만 기파는 거짓말을 하지 않는다. 그가 보무도 당당하게 걸어오는 것만으로도 기감이 짜부라지는 듯한 압박감이 느껴졌다.

"멈추시오!"

만검문도의 말에 5장(약 15미터) 거리까지 다가온 청년이 걸음을 멈췄다.

"무슨 일로 찾아오신 것이오? 아니, 어디의 누구이신지부터 밝혀주시오."

"별의 수호자의 형운입니다."

청년, 형운은 곧바로 자신의 신분을 밝혔다. 그리고 위압감 가득한 눈으로 만검문도를 노려보며 말했다.

"이곳이 만검문의 조장 이성평이 책임지고 있는 곳이 맞습니까?"

"그렇소. 무슨 용무로 찾아오셨소?"

"귀 문에서 신병을 구속하고 있는 내 부하를 풀어줄 것을 요구합니다. 이것은 관의 협조 요청을 받은 자로서의 요구임을 분명히 해두지요."

형운이 딱딱한 어조로 말하며 품에서 두루마리 문서 하나를 던졌다. 만검문도가 그것을 받아 들고 보니 관의 인장이 찍힌 협조 공문이었다.

만검문도들 중 조장을 맡고 있는 자에게는 많은 권한이 주어졌다. 유사시에 지원으로 붙어 있는 관병들을 지휘할 수 있는 권한부터 해서 수상한 자가 있으면 체포해서 조사할 수도 있었다.

이런 상황에 대응하기 위해서는 필요한 권한이다. 그러나 그

권한은 당하는 자들에게는 말 그대로 폭거가 될 수도 있었다.

"흠. 잠시 기다려 주시오."

만검문도는 동료에게 문을 가로막게 하고는 안으로 들어갔다.

잠시 후, 다섯 명의 만검문도가 밖으로 나왔다. 형운과 비슷한 키에 옆으로 떡 벌어진 덩치의 험상궂은 장년 남자가 형운이 건네준 협조 공문을 흔들어 보이며 물었다.

"이걸 가져온 게 자네인가?"

"그렇습니다. 만검문의 조장이십니까?"

"내가 만검문의 이성평이다. 우리가 잡아두고 있는 인물을 풀어달라고 요구하러 왔다던데?"

"말씀하신 대로입니다."

"거절한다."

험상궂은 장년 남자, 이성평이 심드렁한 표정으로 말했다. 형운의 눈썹이 꿈틀거렸다.

"어째서인지 이유를 말씀해 주시겠습니까?"

"우리가 그자를 구속한 것은 정당한 이유가 있어서였다. 살무귀를 잡기 위해 나라의 허가를 받고 포위망을 구축하였는데 거기서 소란을 일으켰기 때문이란 말이다."

"사정은 들어서 알고 있습니다."

형운이 딱딱하게 굳은 표정으로 말했다.

만검문에 구속당한 것은 무일이었다.

하룻밤 자고 일어난 무일은 마을 분위기가 심상치 않게 돌아가는 것을 보고는 곧바로 빠져나가려고 했다. 일행 전원이 무인이라는 점을 이용해서 일반적인 통행로를 피해 산행을 택했지만 그곳에도 이미 포위망이 구축되어 있었다는 것은 예상 밖의 사태였다.

결국 만검문도들과 무일이 이끄는 호위단이 충돌했고, 자신이 정보 부족으로 잘못된 판단을 내렸음을 깨달은 무일은 저항을 포기한 채로 그들에게 신병을 구속당했다. 그리고 지금까지 호위단의 행동을 제한하는 인질 노릇을 하고 있었던 것이다.

"그래서 제가 온 것입니다. 그는 제 부하입니다. 책임자인 제가 이 일에 협력자로서 온 이상 그를 구속해 두는 것은 무의미한 조치이니 풀어주고 이번 일에 협력하도록 해주셨으면 합니다."

"젊은 놈이 제법 말을 잘하는군. 하지만 거절한다."

"제 요구가 정당치 못하다고 생각합니까?"

"웃기지 마라!"

이성평이 분노를 드러냈다.

"우리는 네 도움 따윈 필요 없다. 어디서 굴러먹다 왔는지 모르겠지만 갑자기 나타나서 손만 얹고 명성을 나눠 가질 욕심은 일찌감치 버리는 게 좋아. 이건 우리 만검문이 시작해서 여기까지 판을 만들어놓은 일이다. 우리가 일을 끝낼 때까지 얌전히 기다리기나 해라. 끝나고 나면 네 부하도 돌려보내 줄 테니."

"그러니까……."

형운이 최대한 감정을 억누르며 말했다.

"지금 정파의 협객이라는 분께서 명예와 공로를 나눠 갖기 싫으니까 정당한 요구든 뭐든 들어주지 않겠다, 그렇게 말씀하고 계시는 겁니까?"

어이가 없다. 하지만 동시에 저들의 입장도 어느 정도 이해가
갔다. 만검문도들 입장에서 보면 이제까지 고생고생해서 결실
이 눈앞에 있는데 형운이 슬그머니 다가와서 공을 나눠 가지려
고 하는 걸로 보일 여지도 충분하다.

이성평이 말했다.

"애송이, 말 참 듣기 좋게 하는구나?"

"저는 우리 일행을 책임지는 입장입니다. 일개 조장인 당신
에게 애송이 소리는 듣고 싶지 않군요. 바른 말을 해도 비뚤게
듣는 사람이라면 더더욱."

형운의 표정에서 노기가 묻어났다. 그리고 버럭 화를 내려는
이성평의 말을 절묘하게 끊으면서 덧붙였다.

"하지만 무엇을 탐하든 간에 목숨을 걸고 의(義)를 행하려는
사람들 앞에서 내 뜻만을 세워 사태를 악화시키는 것 또한 좋지
못한 일일 터. 당신이 말하는 입장도… 그래, 이해 못 할 바는 아
닙니다. 그러니 제안을 하나 하지요."

"무슨 소리를 하고 싶은 것이냐?"

형운이 손을 들어 다섯 손가락을 펼쳤다.

"다섯 수."

"으음?"

"다섯 수로 제 부하의 신병을 사겠습니다. 그리고 제가 이번
일에 도움이 될 능력이 있음을 증명하지요."

형운이 말하고 있는 것은 무인들 사이의 오래된 전통 같은 것
이다.

상대에게 자신의 실력을 증명해야 한다. 그러면서 동시에 그

들에게 상처를 입혀서는 안 된다.

이런 조건이 붙은 상황에서 일방적으로 상대의 공격을 받아 냄으로써, 자신이 호의를 갖고 온 사람이며 충분한 실력이 있다고 입증하는 것이다.

"명문인 만검문의 전통을 이은 정파의 협객이라면 이 제안까지 거부하지는 않을 것이라 믿습니다."

"제법 담이 크군. 그 말을 후회하지 않을 자신이 있나?"

이성평이 형운을 노려보았다. 하지만 그의 눈빛에서 신경질적인 기색이 가라앉고 있는 것을 감지했다. 형운의 제안이 입맛에 맞았던 모양이다.

'만검문은 백무검룡 때문에 다들 당당하고 호쾌한 무인의 기풍을 동경한다고 하더니 정말 그런가 보군.'

형운 입장에서는 참 웃기지도 않는 짓거리였다. 성질대로 하면 그냥 다 두들겨 패서 쓰러뜨리고 무일을 구출하고 싶다.

하지만 그래서는 안 된다는 것을 알기에 일행과 머리를 맞대고 방법을 궁리했다. 원래 무인이란 다른 무엇보다도 무력으로 스스로를 증명해야 한다고 여기는 자들이다. 명분을 살리면서 원하는 것을 가져올 방법이 필요했고 그래서 이런 방법을 택하게 되었다.

"제안을 받아들이지. 만용으로 목숨을 잃는다고 해도 원망하지 마라."

"물론입니다."

이 제안은 정말로 위험한 것이다. 상대는 전력으로 살수를 펼칠 수도 있는데 이쪽은 일방적으로 받아내야만 하는 것이니······.

그러나 형운은 전혀 흔들림을 보이지 않았고 그 점이 이성평과 만검문도들의 마음에 들었다. 이성평이 만검문도들을 돌아보며 물었다.

"누가 나서보겠는가?"

"제가 하겠습니다."

"아니, 제게 기회를 주시지요."

젊은 만검문도들이 너나 할 것 없이 나섰다. 이성평이 그들 중 하나를 지명하자 형운이 물었다.

"괜찮겠습니까?"

"무슨 뜻으로 하는 말이냐?"

"그 검으로 직접 저를 확인하지 않고도 만족할 수 있겠냐는 뜻입니다. 제가 제시한 다섯 수가 싸구려가 되어서는 곤란하니까요."

"만검문의 명예를 우습게 보는 것인가? 그럴 일은 결코 없다. 네 목숨이나 걱정해라."

형운은 알겠다는 듯 고개를 끄덕였다. 동시에 고민한다.

'어느 정도로 대응하는 게 좋을까?'

이것은 단순한 무력 과시가 아니다. 명예를 건 승부다.

그저 공격을 피하는 것만으로는 부족하다. 목격자 모두가 감탄할 정도의 실력을 보여야 협력자로 인정받을 수 있으리라.

"하앗!"

곧 만검문도가 기합성을 내지르며 공격해 왔다. 형운이 완전히 수세를 취하는 입장이라는 점에 안심해서일까? 처음부터 스스로의 허점을 도외시한 호쾌한 검격이 날아들었다.

팟!

일반인의 눈으로는 제대로 따라갈 수도 없을 정도로 빠른 공격이었다. 그런데 형운은 가만히 기다리고 있다가 왼손으로 그것을 잡아채 버렸다.

"저, 저거……."

만검문도들이 깜짝 놀랐다.

전력으로 펼쳐 낸 검격을 맨손으로 잡는 것만으로도 놀라운 일인데 한 손이라니! 심지어 형운은 자세조차 바꾸지 않았다. 가만히 서 있다가 무심하게 왼손을 올려서 잡아챈 것이다.

"한 수."

형운이 잡았던 검을 놓아주며 나직하게 말했다. 젊은 만검문도가 주춤거리며 물러났다. 단 한 수를 나눴을 뿐이지만 안색이 백지장처럼 창백해져 있었다.

형운이 이성평을 보며 말했다.

"네 수 남았습니다. 계속 이대로 하겠습니까?"

방금 전의 한 수로 모두가 알게 되었다. 형운이 겉모습만으로는 판단할 수 없는 고강한 무위의 소유자라는 것을.

이성평이 말했다.

"좋다. 원하는 대로 해주지. 위험을 자초하다니 어리석구나."

"때로는 위험을 무릅쓰더라도 해야만 하는 일이 있는 법. 당신들에게 제 뜻과 가치를 인정받을 수 있다면 기꺼이 그만한 위험을 감수해야겠지요."

"기개만은 마음에 든다. 다시 한 번 소개하지. 만검문의 이성평이다."

"별의 수호자의 형운입니다."

그 말에 이성평의 표정이 이상해졌다. 사실 그는 형운의 이름을 지금 처음 들었다. 밖을 지키던 만검문도가 그에게 형운이 가져온 공문과 용건을 전달할 때, 별의 수호자 사람이라는 것만 말했지 이름까지 말하진 않았으니까.

형운이 이상해하며 물었다.

"왜 그러십니까?"

"…아니, 그럴 리가 없지. 좋아. 어디 한번 실력을 보겠다."

이성평이 그렇게 말하고는 검을 뽑아 들었다.

10

형운은 이성평이 하는 것을 가만히 보고만 있었다. 여전히 어떤 자세도 취하지 않고 아무렇게나 서 있는 채로.

"한 수 재간이 있다는 건 인정하겠지만, 만검문의 검을 우습게 본다면 피를 보게 될 것이다."

형운은 대답하지 않았다. 이성평은 느슨하게 자세를 바꾸다가 어느 순간 벼락처럼 치고 들어갔다.

거구라고는 믿을 수 없는 속도였다. 별로 힘을 실은 것처럼 보이지도 않는 한 걸음이었는데 그것만으로도 형운과의 거리가 검이 닿는 수준까지 좁혀들었다. 그리고 거의 동시에 섬전 같은 찌르기가 형운을 노린다.

맑은 소리가 울렸다.

"…으음!"

이성평이 신음하며 물러났다.

만검문도들이 술렁였다. 형운이 역시 한 걸음도 움직이지 않은 채로 이성평의 검격을 받아낸 것이다. 형운에게 남은 공방의 흔적은 왼손이 올라가 있다는 것 하나뿐이었다.

"두 수."

형운이 나직하게 말했다.

이성평의 공격은 날카로웠다. 언뜻 보면 빠르고 직선적으로 찌르기를 하러 들어갔다가 막힌 것으로밖에 안 보이지만, 그 짧은 순간 동안에 고도의 공방이 이루어졌다.

발을 내딛는 기세와 호흡을 엇갈리게 하여 중간에 절묘한 완급을 준 것, 시선 이동과 몸의 움직임을 반 박자씩 어긋나게 한 것, 무게중심이 어긋난 것으로 보였던 찌르기가 절묘한 변화를 일으키면서 최적의 타점으로 날아든 것까지.

형운은 그 변화를 낱낱이 꿰뚫어 보고 감극도로 방어해 냈다. 그 내막을 알고 있는 이성평은 놀람을 금치 못했다.

'이토록 젊은 애송이가 이런 실력의 소유자라니. 설마 진짜로?'

전력을 다한 한 수는 아니었다. 하지만 그렇다고 가볍게 받아넘길 만한 공격도 아니었을 것이다. 이 자리에 있는 만검문도들 중 방금 전의 찌르기를 상처 없이 받아낼 수 있는 자는 하나도 없으리라고 확신할 수 있었다.

'어디……'

이성평은 흥미를 느끼면서 세 번째 공격을 가했다. 이번에는 앞으로 찔러 들어가는 듯하다가 몸 전체를 옆으로 미끄러뜨리면서 튕겨 올라가듯이 베는 변화무쌍한 공격이다.

형운은 그것도 가볍게 막아냈다.

네 수째, 다섯 수째도 마찬가지였다. 이성평은 내공으로 밀어붙이기보다는 현란한 기교전을 유도했으며 형운도 망설임 없이 거기에 응했다. 하지만 어떤 기교를 섞어도 결국 형운의 양손을 제칠 수가 없었다.

"…대단하군. 인정하지. 그대의 다섯 수에는 충분한 가치가 있다."

다섯 수째 공격이 무위로 돌아가자 이성평이 깨끗하게 승복했다.

만검문도들 역시 감탄하는 기색이었다. 이성평은 검을 집어넣고는 만검문도에게 지시해서 무일을 데리고 나오도록 했다.

"공자님!"

만검문도를 따라 나온 무일은 좀 피로해 보이는 것 말고는 멀쩡한 모습이었다.

형운은 그 점에 안도했다. 정파의 탈을 쓰고 있다고 해도 힘 있는 놈들의 행태는 다 비슷비슷하게 마련인지라 자신들의 행사를 방해한 무일을 핍박하지 않았을까 우려했던 것이다.

"무일! 무사해서 다행이다."

"죄송합니다. 제가 판단을 그르쳐서 공자님까지……."

"아니야. 운이 나빴을 뿐이지. 이렇게 먼 길을 가는 데 예상치 못한 일이 생기는 거야 어쩔 수 없는 일 아니겠어? 넌 잘했어."

형운이 위로했지만 무일은 고개를 들 수가 없었다. 차라리 포위망을 돌파할 생각을 하지 말고 얌전히 있었더라면 형운이 이런 위험을 감수하지 않아도 되었을 텐데…….

형운이 이성평에게 예를 표했다.

"사정을 봐주셔서 감사합니다. 만검문의 검예는 듣던 대로 놀랍군요."

이런 일은 되도록 뒤끝이 없도록 하는 게 중요하다. 비록 무인들의 전통적인 방법을 택해서 자신의 의도와 무위를 입증했지만, 그래도 만검문도들 입장에서는 새파랗게 젊은 놈에게 자신들의 무공이 무시받았다고 여길 수도 있으니 그들의 체면을 살려주는 것이다.

이성평이 혹시나 하는 심정으로 물었다.

"한 가지 묻고 싶네."

"예."

"자네는 혹시 선풍권룡인가?"

그 말에 만검문도들 중 몇몇이 술렁였다. 형운이 그들의 반응에 의아해하며 물었다.

"네. 그런 과분한 칭호로 불리고 있습니다."

"역시 그랬군."

이성평이 침음했다. 만검문도들도 놀람을 금치 못하는 기색이었다.

"별의 수호자 소속이고 이름은 형운, 무기 없이 맨손으로 싸우는 권사라고 해서 혹시나 했더니만… 왜 스스로를 밝히지 않았나? 그럼 일이 훨씬 편해졌을 터인데."

"밝혔었지요."

"선풍권룡임을 밝히지는 않았잖은가?"

"음. 전 솔직히 여러분이 저를 안다는 사실에 놀라고 있습니다. 위진국까지 제 이름이 알려졌을 거라고는 생각 못 했는지라……."

형운이 솔직하게 말하자 이성평이 껄껄 웃었다.

"재미있는 친구군. 자네 명성은 중원삼국 어디에 가나 무인이라면 모르는 사람이 없을 거야. 두 명의 성운의 기재를 살해한 당대의 흑영신교주를 패퇴시키고, 선검과 함께 흑영신교 팔대호법을 쓰러뜨린 젊은 영웅!"

"……"

본인 앞에서 얼굴에 금칠하는 소리를 마구 떠들어대는데 형운은 쥐구멍을 찾아서 숨고 싶은 심정이었다. 필사적으로 표정관리를 하면서 말했다.

"제 행적이 그렇게 잘 알려져 있는지는 몰랐군요. 본의 아니게 속인 것 같아 죄송합니다."

"하하하. 젊은 나이에 그만한 명성을 얻었으면서도 겸손하군. 선풍권룡과 실력을 겨뤄본 것은 나도 명예로 여기겠네."

"감사합니다. 그럼 저희는 이만 물러가 보겠습니다. 이미 말씀드렸다시피 이번 일에 협력하고자 하니 부디 필요한 일이 있으면 불러주시길."

"알겠네."

이성평은, 아니, 그만이 아니라 만검문도들 모두가 아까 전과는 전혀 다른 눈길로 형운을 보고 있었다. 호의와 동경심, 호기심이 가득한 시선들이다. 사악한 마교의 무리들과 목숨을 걸고 맞서서 정의를 행한 형운의 이야기는 이미 젊은 무인들에게는 새로운 영웅담으로 퍼져 있었던 것이다.

하지만 정작 그 영웅담의 주인공인 형운은 그들의 입에서 나올 말이 두려워서 재빨리 그 자리를 떠나갔다.

11

서하령이 말했다.

"그건 또 예상 못 한 일이네. 역시 강호에 이름 높은 선풍권룡 대협다워."

"크윽, 영화권봉 서하령과 유성검룡 천유하도 유명할 거야. 분명하다."

"어허, 어찌 내 초라한 명성을 흑영신교주를 패퇴시키고 팔대호법 중 하나를 격살한 형운 너와 비교할 수 있겠나? 이 먼 위진국 땅의 무인들조차도 호의를 보내올 정도이니 정말 대단하군."

천유하도 장난스럽게 말했다. 형운은 얼굴이 빨개져서 몸을 떨었다.

"성운의 기재들끼리 아주 죽이 척척 맞네, 척척 맞아. 젠장. 그나저나 이젠 어쩐다?"

"글쎄. 음…….."

서하령은 형운을 놀리는 것을 적당히 그만두고는 잠시 생각해 보더니 말했다.

"문제는 우리한테는 일을 진행할 주도권이 없다는 거야. 만 검문 측에서 요청이 들어와서 저들의 인원 편성에 끼어들기라도 하지 않으면 운신의 폭이 줄어들지."

　"하지만 우리가 조각조각 찢어져서 저쪽에 섞이는 것도 위험하잖아?"

　"맞아. 저쪽에서 그러자고 해도 받아들여서는 안 되는 경우지. 하지만 한꺼번에 우르르 움직이기에는 우리는 너무 인원이 많아."

　"그럼 일단 경계와 탐색을 돕겠다고 하고 다섯 명씩 조를 짜서 교대로 움직이는 건 어떨까?"

　"괜찮을 것 같은데. 그리고……."

　일행은 머리를 맞대고 앞으로의 행동을 궁리했다. 하지만 확실하게 결론을 내기 전에 전혀 예상치 못한 사태가 발생했다.

　한창 이야기를 나누던 중, 서하령이 흠칫 놀라며 고개를 들었다. 그리고 한 박자 늦게 형운도 비슷한 반응을 보였다.

　다른 이들이 뭐라고 묻기도 전에 입구 쪽에서 사람의 목소리가 들렸다.

　"흠. 여기가 별의 수호자 일행이 머무르고 있는 곳이 맞는가?"

　점잖은 노인의 목소리가 들려왔다. 부하 중 하나가 나가서 대답하는 동안 형운이 몸을 일으켰다. 서하령과 천유하, 마곡정과 가려도 자연스럽게 그 뒤를 따른다.

　방문자는 두 명의 노인이었다.

　한 명은 비교적 작은 체구에 장난스러운 인상을 지닌 초로의 남자였고, 다른 한 명은 허리가 꼿꼿하고 점잖은 인상으로 일흔 정도는 되어 보이는 노인이었다. 둘 다 만검문의 옷을 입고 검을 차고 있었다.

기파를 절제하고 있었지만 모두들 한눈에 고수라는 것을 알아보았다. 연령대로 보건대 만검문의 장로일 가능성이 높았다.

"만검문의 선배님들을 뵙게 되어 영광입니다. 제가 이들을 이끌고 있는 형운입니다."

"그렇군. 선풍권룡이 자네인가?"

"네. 제가 그런 과분한 칭호로 불리고 있습……."

형운은 말을 끝까지 잇지 못했다. 거의 반사적으로 반보 물러나면서 허공의 한 지점으로 주먹을 내질렀다.

퍼엉!

작은 폭음이 울리며 공기가 진동했다. 다들 깜짝 놀랐다. 아무런 조짐도 없었는데?

서하령이 경악했다.

'격공의 기? 아니야. 분명 중간 궤적이 있었어. 너무 은밀하게 감춰서 작렬한 후에야 드러났을 뿐이야.'

"사숙! 안 됩니다!"

점잖은 노인이 깜짝 놀라서 외쳤다. 그 말에 다들 경악했다.

'사숙? 저쪽이 더 어려 보이는데?'

물론 무인들 간의 배분이라는 것은 나이와 상관없이 얼마든지 꼬일 수 있는 것이다. 형운만 봐도 스승인 귀혁과 나이 차가 까마득하다 보니 그보다 나이는 많으면서 배분은 낮은 자가 한둘이 아니다.

사숙이라 불린, 초로의 남자가 싱글벙글 웃으며 말했다.

"오호! 그걸 막아? 간만에 보는 물건이군! 과연 귀혁의 제자!"

"설마 어르신은 백무검……!"

형운의 말은 이번에도 끝까지 이어지지 못했다.

퍼퍼퍼퍼펑!

연달아 폭음이 울려 퍼지면서 형운이 정신없이 뒤로 밀려났다. 공기가 찢어지면서 광풍이 휘몰아치고 형운의 양 소매가 너덜너덜해진다.

형운은 이 공격의 정체를 깨달았다.

'시간 차로 활성화되는 의기상인! 본인의 지금 심상, 의도와는 전혀 상관없이 정해진 궤적으로 날아들어서 활성화되다니!'

이 자리에서는 형운 말고는 누구도 막을 수 없는 공격이었다.

무인은 일반적으로 상대를 관찰하고 거기서 얻은 정보를 통해서 상황을 예측한다. 마음이 없는 공격, 난전 속에서 아무렇게나 흘러드는 화살이나 함정의 위협이 고수에게도 위협적인 이유가 바로 그것이다.

지금 형운을 공격한 수법은, 조짐과 결과가 완전히 분리되어 있는 해괴망측한 기술이다.

처음에는 아무런 살의도, 적의도 없는 기파를 사방에 깔아둔다. 그것은 무인이, 아니, 사람이라면 당연히 뿌리는 기파와도 같아서 경계심이 일지 않는다.

그런데 이미 그 안에 공격이 설정되어 있다. 마치 완성된 그림을 조각조각 찢은 다음 그것을 다시 모아서 복원하는 것처럼, 파편일 때는 아무것도 아니지만 정해진 시간이 지나면 저절로 모어서 완성되는 공격인 것이다.

공격자의 심상이나 기의 운용은 이 의기상인의 완성과는 분리되어 있다. 그러니 공격자를 보면서 상황을 통찰하려고 했다가는 허를 찔릴 수밖에!

하지만 형운에게는 그 과정이 낱낱이 보인다. 일월성신의 눈이 은밀하게 감춘 기를 시각화해서 포착하고, 감극도가 인간의 한계를 초월한 반응 속도로 대응해 냈다.

'이런 걸 할 수 있는 사람이 우리 스승님 말고도… 아, 많군. 생각해 보니.'

그런 식으로 놀라기에는 지금까지 본 고수들이 너무 많다. 그리고 형운이 이 수법을 처음 보는 것도 아니다. 귀혁이 이미 보여줬던 수법이고 대응책도 알려주었다.

어쨌거나 확신했다. 지금 공격을 가해오고 있는 것은 백무검룡 홍자겸이다.

"어째서 이……!"

투앙!

시간 차로 활성화되는 의기상인의 폭풍을 막아내고 나자 이번에는 그 사이로 일검이 쏘아져 온다. 그것을 받아내는 형운은 머리끝까지 짜증이 치솟았다.

'쌍! 백무검룡인지 뭔지 모르겠지만 말은 좀 하게 내버려 두라고!'

귀혁이 피하라고 신신당부한 이유가 있었다. 이건 진짜 미친 늙은이 아닌가?

"재밌어! 아주 재미있구나!"

물론 형운은 하나도 재미없었다. 홍자겸이 검을 들고 질풍처럼 날리는 공격을 받아내는 것만으로도 식은땀이 난다.

'3장만큼 나를 봐줄 테니 놀아보자, 그런 뜻인가? 정말 제멋대로군! 제기랄!'

동시에 그의 의도가 읽힌다.

어느 순간부터 그가 공격의 압력을 줄이면서 형운과의 거리를 벌렸다. 그 거리는 3장(약 9미터).

그 너머에서 오로지 검을 휘둘러서만 공격을 가해온다. 물론 3장 거리에서 검이 닿을 리가 없지만, 의기상인의 힘이 정확한 지점에 공격을 전달했다.

공격이 가해지는 것과 실제 타격이 가해지는 순간에는 아주 짧은 틈이 있다. 형운은 그것이 홍자겸이 설정한 놀이의 규칙임을 깨달았다.

'3장의 거리, 그리고 그만큼의 시간 차가 있다면 새파란 애송이라도 내 검술에 대응하는 게 가능하지 않겠느냐? 어디 한번 해봐라.'

물론 형운은 그와 놀아주고 싶은 마음이 추호도 없었다. 하지만 그의 행동을 보니 그런다고 해서 놓아줄 리가 없으리라.

'정말… 화가 난다.'

홍자겸의 태도는 형운이 가장 싫어하는 유형이다. 힘이 있다고 해서 상대방의 의사를 무시하고 자기 멋대로, 자신만의 쾌락을 추구하면 그만이라고 생각하나?

'실수했다는 걸 알려주지.'

형운의 눈빛이 차갑게 가라앉았다.

12

"이런."

만검문의 장로 고윤위는 난처한 듯 눈살을 찌푸렸다.

겉으로 보면 그가 더 나이 들어 보이지만 백무검룡 홍자겸은 그의 스승과 사형제지간이었다. 고윤위의 스승은 이미 노쇠하여 은퇴한 데 비해 홍자겸은 아직도 젊은 사람처럼 쌩쌩할 뿐. 그리고 만검문에서는 이제는 제발 좀 그가 점잖아지기를 바라고 있었지만…….

'죽는 날까지 안 고쳐지겠지, 저 성정은.'

나이 먹는다고 고쳐질 문제였으면 진즉 고쳐졌어야 했다. 80살이 다 되어가는 늙은이가 어쩌면 저리도 사리 분별을 못하는가? 자기가 흥미를 가졌다고 해서 다짜고짜 공격을 가하다니, 강호에서는 그 정도면 서로를 죽이기에 충분한 이유가 되고도 남는다.

물론 홍자겸은 그런 것 따위는 개의치 않는다. 몰라서 그런 것이 아니다. 알면서도 자신의 흥미를 충족시킬 수 있다면 상관하지 않는 것이다.

저건 진짜 누가 붙잡고 두들겨 패가면서 바로잡아 줘야 하는 것인데, 유감스럽게도 지금까지 아무도 그럴 수 있는 인물이 없었다. 그런 채로 홍자겸은 저 나이가 되고 말았다.

"이게 무슨 짓입니까!"

과연 별의 수호자 측은 격분하고 있었다.

처음 공격은, 홍자겸에게 물으면 가벼운 시험이었을 뿐이라고 답하겠지만 만약 대처 못 하고 맞았다면 크게 다칠 수도 있었다. 이어진 공격들은 더 말할 것도 없다.

"으음. 미안하네. 사숙께서 워낙 제멋대로이신 분이라……."

"그렇게 말씀하시면 답니까!"

"하지만 여러분, 되도록 조용히 지켜보시기를 권하겠네."

고윤위는 미안해하면서도 위압적으로 말했다. 홍자겸이 그 앞에서 사고를 치는 게 한두 번이 아니다 보니 이제 그도 많이 뻔뻔해졌다.

서하령이 그를 노려보았다.

"지금 협박하시는 건가요?"

"그런 의미는 아닐세, 아름다운 소저. 그저……."

서하령을 본 고윤위는 깜짝 놀랐다. 나이 든 만큼 세상 경험도 많은 그였지만 그녀처럼 아름다운 여성은 한 번도 보지 못했기 때문이다.

놀람으로 잠시 머뭇거리던 그가 곧 평정을 되찾고 말했다.

"사숙께서 무슨 일을 하실지는 나도 모르고, 통제를 할 수도 없고, 그리고 자네들 중 누구에게 흥미를 보이실지도 알 수 없으니 관심을 끌지 않는 쪽을 권하겠다는 것뿐이지. 자랑은 아니지만 사숙의 행동은 우리 문도들에게나 그렇지 않은 사람들에게나 아주 공평하다네."

"……."

다들 아연해졌다. 이토록 무책임하고 뻔뻔할 수가.

고윤위가 그들에게서 시선을 떼어서 형운과 홍자겸을 바라보왔다.

"하지만 저 청년은 대단하군. 선풍권룡이라고 했던가? 사숙의 '놀이'에 휘말려서 저 정도로 오래 버틴… 응?"

다음 순간 그가 경악했다. 왜 그러나 싶어서 그의 시선을 따라간 다른 이들 역시 마찬가지였다.

마곡정이 멍청하니 중얼거렸다.

"…이겼어?"

13

백무검룡 홍자겸의 인생을 요약하자면 자유분방, 혹은 방약무인이라는 말이 어울린다.

그는 자신의 흥미를 자극하는 무인이나 무공이 눈에 띄면 절대 그냥 지나치지 않았다. 다짜고짜 공격해서 실력을 시험해 보기도 하고, 만약 상대가 괜찮은 실력을 가졌다 싶으면 꼭 자신의 의도를 강요해서 '놀이'에 응하도록 만들었다.

물론 그 놀이 상대가 살의를 발하는 경우도 빈번했지만, 그런 것은 지극히 사소한 문제. 무인이 더 높은 경지를 추구하다 보면 서로 죽고 죽일 수도 있는 것 아니겠는가? 적어도 자신이 '놀이'를 강요한 이에게 과도한 폭력을 가해서 불구로 만들거나 죽인 적도 없으니 도리를 어긴 적이 없다.

자기가 상대를 두들겨 패고 패배감을 안겨주는 것은 별문제가 아니다. 그는 그렇게 믿고 있었다.

"……."

홍자겸은 오랜만에 말문이 막혔다.

지난 30여 년간 자신이 '놀이'를 시작해서 지는 경험은 한 번도 해보지 못했다. 언제나 승자는 그였고 상대는 그에게 평가당하는 대상일 뿐이다.

그런데… 지금 이 순간, 형운의 손날이 그의 목 바로 앞에서 멈춰 있었다.

"이쯤 해두시지요."

형운이 3장 거리를 뚫고, 그의 검세까지 돌파해서 목을 취한 것이다. 살의가 없었으니 망정이지 형운이 마음먹었다면 실제로 목이 날아갈 수도 있었으리라.

"…어떻게 한 건가?"

백무검룡은 고개를 갸웃하며 물었다.

자기가 '놀이'에서 졌다는 사실을 이해했다. 그리고 그것이 형운의 실력을 완전히 잘못 판단한 방심 때문이라는 것도 알 수 있었다.

하지만 구체적인 수법을 모르겠다. 형운이 3장 거리에서 자신의 공격을 척척 받아낼 때는 이놈 참 물건이다 싶었고, 다가오기 시작할 때는 이놈이 기고만장했구나, 수위를 좀 높여서 주제 파악을 하게 해줘야겠다고 생각했는데…….

'수위를 높이려는 순간 이 꼴이 났네? 틈이야 있었지만, 그걸 도대체 어떻게 찌른 건가?'

기파의 속도와 밀도를 높이고 검세를 더 정밀하게 가다듬는 그 순간, 형운이 시공을 초월했다.

고차원적인 경지에 오른 무인이라면 응당 상대의 시간 감각,

공간 감각을 왜곡한다. 호흡, 눈빛, 움직임, 기파… 모든 것을 동원해서 상대의 감각을 의도대로 비틀어놓고 그 틈을 찌르려고 시도한다.

느리다고 생각했던 상대가 갑자기 빨라졌을 때, 이 상대가 움직일 수 없다고 생각한 순간에 공격이 날아들었을 때…….

그런 식으로 의식의 허점을 찌른 공격은 절대적인 속도와 위력을 얻는다.

하지만 아무리 생각해 봐도 형운의 공격은 그런 식이 아니었다. 진짜로 시간과 공간을 무시하고 반보 옆으로 움직였고, 그 변화에 놀라면서도 따라가려는 순간 다시 대각선 반보 옆에 나타나더니 자신의 앞에 도달했다.

홍자겸의 의문에 형운이 딱딱하게 굳은 표정으로 말했다.

"대답해 드릴 의무는 없는 것 같군요."

"에이, 치사하게 그러지 말고. 젊은이가 그렇게 쫀쫀해서야 쓰나."

홍자겸이 능글맞게 웃으며 던진 말에 형운은 어이가 없었다. 이 양반 머릿속에는 진짜 뭐가 들어 있는 것일까?

"거절하겠습니다."

형운은 완고하게 말하고는 뒤로 물러났다.

방금 전에 홍자겸의 허를 찌른 수법은 운화였다. 정확히는…….

'운화(雲化) 감극도.'

결코 사라질 수 없는 감극을 좇는 감극도를 두고 완성형을 논한다는 것은 우스운 일일지도 모른다. 그럼에도 귀혁은 무학자

답게 감극도의 수련 단계를 설정하고 각각의 단계에 올랐음을 입증할 수 있는 요소들을 정해두었으며 현시점에서의 완성형을 이야기했다.

무극(無極) 감극도.

심상경의 절예를 터득하여 스스로를 기화함으로써 시공간의 제약을 초월한다. 그런 물리적인 기반이 있어야만 도달할 수 있는 경지.

형운은 아직 심상경의 절예를 터득하지 못했으나, 운화라는 능력은 무극 감극도를 모방하는 것을 가능케 했다. 무심반사경도 봉인한 채로 홍자겸의 '놀이'에 어울려 주다가, 그가 스스로 정해둔 실력의 단계를 바꾸는 바로 그 순간을 찌르고 들어간 것이다.

형운이 물었다.

"이제는 노선배님께서 자신이 누구이신지를 밝혀주셨으면 합니다."

"직접 검을 겨루었으면서도 그런 것을 묻나?"

"짐작은 갑니다만, 제가 우둔한지라 짐작이 맞는지 확신하지 못하는 것을 이해해 주시길."

"후후. 짐작한 바가 맞을 걸세. 난 만검문의 장로 홍자겸일세. 사람들이 백무검룡이라고들 부르지."

"제 짐작이 맞았군요. 명성이 자자하신 팔객의 일원을 뵙게 되어 영광입니다."

형운은 하나도 영광스럽지 않다는 표정과 목소리로 말했다.

"그럼 이제 팔객의 일원이신 백무검룡 대협께서 왜 다짜고짜 저를 공격하셨는지 알려주셨으면 감사하겠습니다."

"흠. 그거야 그냥 무인으로서의 인사지. 실수도 아니고 그냥 가볍게 서로 실력이나 보자고 던진 한 수 아닌가? 자네도 척척 잘 막아놓고 뭐 그런 걸로 화를 내고 그러나?"

"……."

한 대 패버리고 싶다. 그냥 그대로 목을 따버릴 걸 그랬나?

형운의 내면에서 그런 충동이 부글부글 끓어올랐다. 동시에 궁금해졌다.

"혹시 제 사부님하고도 이런 일이 있으셨습니까?"

"음……."

그러자 홍자겸이 왠지 망설이는 모습을 보였다. 형운이 빤히 바라보자 슬그머니 시선을 피하며 말했다.

"그랬었지."

"혹시 결과를 여쭤봐도 되겠습니까?"

"내가 졌지. 사제가 나란히 나를 패배시키다니 이것도 참 재미있는 인연이로구먼."

"그걸로 끝이었습니까?"

"어허, 뭘 그런 걸 궁금해하고 그러나? 나중에 자네 사부에게 물어보면 되지 않겠나?"

졌다는 사실은 말해주면서 그 이후의 일을 말하기를 꺼려하는 것이 묘하다. 보통은 졌다는 사실도 말하기 싫어하지 않나?

형운은 울컥울컥하는 기분을 눌러 참았다. 정말 마음에 안 들지만 상대의 신분이 신분이니만큼 조심해서 대할 수밖에 없다.

"알겠습니다. 그럼 전 이만 실례하겠습니다."

"음? 잠깐만."

"하실 말씀이 남으셨습니까?"

"자네 어쩜 그리도 자네 사부랑 똑같은가? 이런 좋은 만남이 있었으니 서로 무공에 대해서 논하면서 발전을 꾀하기도 하고, 다시 대련도 해보고, 뭐 그래야 않겠나?"

"…제가 사부님이랑 똑같다니, 그런 말은 처음 듣는군요. 좋은 말씀 감사합니다."

이번에는 비꼰 게 아니라 진심이었다. 귀혁을 아는 사람치고 형운이 귀혁이랑 닮았다고 한 사람은 하나도 없지 않았던가? 자기도 모르게 슬쩍 입꼬리가 올라갔을 정도로 기분 좋은 말이었다.

"명성 높은 백무검룡 대협께서 그렇게 말씀해 주시니 영광입니다만 저는 일행을 이끄는 몸으로서 해야 할 일이 있음을 너그럽게 이해해 주셨으면 합니다."

"어, 아니, 그게 그렇기는 하지만 말이지……."

형운이 정중하게 거절하니 홍자겸은 할 말이 궁색해졌다. 그런 그의 태도가 형운은 좀 의외였다.

'보자마자 다짜고짜 공격을 가해왔으면서 지금은 왜 이러지?'

형운은 또 홍자겸이 억지를 쓰면서 공격을 해올 거라고 생각해서 경계심을 풀지 않고 있었다. 하지만 홍자겸은 전혀 그럴 생각이 없어 보였다.

형운이 일행에게로 돌아오는 동안 홍자겸이 그 뒤를 졸졸 따라왔다. 형운의 뒤통수로 홍자겸의 뜨거운 시선이 와 닿는데 거기에 담긴 감정이 아주 적나라하다.

'이놈 되게 재밌는데. 또 놀아보고 싶다. 놀아줘! 놀아줘! 놀아달라고!'

…이쯤 되면 강아지의 심리와 뭐가 다른지 매우 궁금하다.

형운이 고윤위에게 말했다.

"별의 수호자의 형운입니다. 만검문의 장로님을 뵙게 되어 영광입니다. 용무를 말씀해 주시겠습니까?"

"용무라면… 음. 일단 끝나긴 했네."

"……."

아무래도 홍자겸이 형운의 이야기를 듣고는 한번 보러 가자고 해서 온 모양이다.

형운은 다시금 울컥 치미는 화를 눌러 참고는 정중한 태도로 말했다.

"한 가지 부탁드려도 되겠습니까?"

"무엇인가?"

"아시다시피 저희는 이번 일에 도움이 되고자 왔습니다. 저희가 협조할 수 있도록 해주셨으면 합니다."

만검문 입장에서는 형운 일행의 행동을 제약해 두고 일이 끝날 때까지 방치해 둘 수도 있었다. 그렇게 되지 않기 위해서 이 기회를 활용해야 했다.

형운은 서하령과 대화로 나누면서 결정해 두었던 사항들을 요구했다. 포위망 안쪽을 수색하는 것에 대해서 자율적인 권한을 확보하는 것을 핵심으로 삼는 그 요구는 만검문 입장에서는 받아들이기 싫은 내용이었다.

하지만 고윤위는 받아들일 수밖에 없었다. 형운이 내건 명분이 옳은 데다가 보자마자 홍자겸이 사고를 치기까지 하지 않았던가? 심지어 그가 형운에게 강요한 '놀이'에서 지기까지 하는 바람에 억지를 부리기가 어려웠다.

　고윤위가 한숨 섞인 목소리로 말했다.

　"알겠네. 내 우리 문도들에게 잘 이야기해 두도록 하지."

　"감사합니다."

　흡족한 결과였다. 형운은 물론이고 일행 모두 조금이나마 울분이 사그라지는 것을 느낄 수 있었다.

　그때까지 형운의 뒤통수만 바라보고 있던 홍자겸이 말했다.

　"윤위야, 이야기는 끝났느냐?"

　"그렇습니다, 사숙. 이제 돌아가시지요."

　고윤위는 원망 가득한 눈으로 홍자겸을 바라보았다.

　하여튼 이 양반하고 얽히면 늘 골치 아프다. 자신의 제자들에게 힘 좀 실어주겠다고 이번 일에 나선 것인데 이게 무슨 봉변인가? 홍자겸이 사고만 치지 않았어도 외부인이 공적을 나눠 가질 기회를 주지 않을 수 있었을 것을.

　하지만 고윤위가 어떤 감정으로 바라보든 홍자겸은 눈곱만큼도 관심이 없었다. 그가 히죽 웃으며 말했다.

　"혼자 돌아가거라. 난 여기 머물란다."

　"네?"

　"네에?"

　고윤위뿐 아니라 형운 일행도 다들 경악했다. 홍자겸이 형운의 등을 두드리면서 말했다.

"이 젊은 친구가 너무너무너무 마음에 드는구나! 좋은 기회니 여기 머무르면서 같이 이야기나 나눠봐야겠다!"

"……."

형운은 갑자기 머리가 아파오기 시작했다.

제59장
무인(武人)

성운을 먹는자

1

위진국의 오흉마 중 하나, 살무귀는 자신이 어떻게 해서 지금에 이르렀는지 기억하지 못한다.

이번 일의 전모를 기억 못 한다는 것이 아니다. 인간이라면 당연히 갖고 있을 삶의 기억이 없다는 뜻이다.

이름은 무엇일까? 왜 마인이 되었을까? 어떤 이유로 힘을 갈구했고, 인간의 도리를 저버리는 선택을 한 것일까? 부모는 누구였고 사부는 누구였을까? 사랑하는 사람은 있었을까? 증오하는 사람은 누구였을까?

그런 사람다운 기억이 하나도 없었다. 하지만 사고력이나 기억력이 없는 것은 아니다. 필요하다면 얼마든지 생각하고, 얼마든지 기억한다.

즉 사람이던 시절의 기억은 필요 없다는 것이리라. 그 기억을 떠올려야 할 이유를 찾을 수 없었고, 그러고 싶다는 욕망도 생겨나지 않으니 계속해서 잊은 채로 살아간다.

'그렇다면 왜 살아가는가?'

누군가 그렇게 물었던 적이 있었다. 살무귀와 싸워서 먹힌 무수한 존재 중 하나, 아마도 진조 사원의 승려였던 것 같다.

그는 아마 살무귀에게 대단히 강한 인상을 주었던 인물이리라. 지금도 종종 그와의 대화가 떠오를 정도니.

'사람이던 나는 원하는 것을 이루었다. 바라던 것을 손에 넣은 순간, 그 삶은 완성되었다. 완성은 곧 결말이지.'

'그런데 왜 계속 살아가는가?'

'거래를 완수하기 위해서다.'

'무슨 거래인가?'

'약속했다. 혼무진공(魂霧眞功)의 끝을 보겠노라고.'

살무귀는 자신이 마공의 화신이 되었다는 사실을 알고 있었다.

사람으로서의 그는 존재를 다했다. 여기 남아 있는 것은 계약의 대가로 혼무진공의 극의를 이루는 것만을 생각하는 괴물이다.

혼무진공은 인위적으로 요괴를 만들어내고, 그 요괴와 공생함으로써 인간을 초월한 영역에 도달하고자 하는 마공이다. 그것은 시작부터 무공의 영역을 넘어서 기환술의 영역에도 걸쳐 있었다.

혼무진공의 창시자는 세상 만물 그 무엇도 의념의 흐름에 따라서 요괴로 변할 수 있다는 사실, 그리고 요괴가 사람을 먹음으로써 영격을 높일 수 있다는 사실에 주목했다. 이런 특성을 잘 이용하면 인간 이상의 그릇을 만들어낼 수 있을 것 같았다.

승려는 물었다.

'혼무진공의 끝이란 무엇인가?'

'신을 담는 그릇을 만들어내는 것이다. 지상의 존재가 신을 담아낸다면 그것은 즉 인세의 신, 인간이 나아가야 할 다음 단계가 될 수 있지 않겠는가?'

많은 마공이 강력한 대신 불안정한 존재를 만들어낸다. 사람이 당연히 갖고 있는 안정성을 무너뜨림으로써 높은 힘을 얻는 것이다. 그로 인해 심마(心魔)가 발생하여 정신이 변질되는 것은 지극히 당연한 결과였다.

혼무진공은 그것을 하나의 과정으로 보았다.

극도로 불안정한 상태는 동시에 많은 가능성을 내포한 상태이기도 하다. 다양한 인간의 영육(靈肉)을 취함으로써 그 가능성을 개화한다.

혼무진공이 인간을 잡아먹는 행위는, 대다수의 마공이 그저 정혈을 취하여 스스로의 힘을 늘리는 것보다 더 고차원적인 행

위다. 자신이 갖고 태어나지 못한 가능성을 얻음으로써 그릇의
완성도를 높여가기 위함인 것이다.

그 목적을 위해서라면 살무귀는 무엇이든 한다. 인간으로서
의 자신을 버린 지 오래이기에 그에게는 선악의 개념이 없었다.
필요와 욕구가 있을 뿐.

하지만 백 년을 넘는 시간 동안 계속되어 온 그 여정에 위기
가 닥쳤다.

관군과 연합한 만검문의 공세는 그를 위기에 몰아넣었다. 백
무검룡 홍자겸과도 한 번 부딪쳤다. 그는 정말로 막강한 존재여
서 오랜만에 죽음의 문턱을 실감해야 했다.

만검문에는 홍자겸 말고도 얕볼 수 없는 고수가 다수 포진하
고 있었으며, 그가 쉬거나 누군가를 잡아먹어서 힘을 회복할 기
회를 주지 않고 계속해서 몰아붙였다. 그 결과 막대한 여력을
지닌 살무귀도 궁지에 몰려 있었다.

'어떻게 빠져나가지?'

요괴와 합일한 살무귀는 몸을 감추는 데는 귀신같은 솜씨를
갖고 있었다. 인간이 많이 모인 곳일수록 그 의념에 동화되어서
스스로를 감추기가 쉬워진다.

문제는 저들이 놀랄 정도로 그의 종적을 잘 찾아내면서 몰이
를 해서 여기다가 몰아넣었다는 것이다. 약해진 상황에서 포위
망을 돌파해서 빠져나갈 방법이 떠오르지 않았다. 그리고 점점
갈증이 심해져 가고 있었다.

슬슬 살무귀가 한계를 느끼고 있을 때였다.

"살무귀."

한 남자가 그를 찾아왔다.

평범해 보이는 남자였다. 그는 민가의 창고 안에 숨어 있던 살무귀를 잘도 찾아내었다. 살무귀는 반응하지 않았지만 남자는 다 알고 있다는 듯 그가 숨어 있는 지점을 정확히 응시하고 있었다.

"나는 적이 아닙니다. 나는 위대한 흑영신의 의지를 받들어 왔습니다."

남자는 흑영신교도였다. 흑영신교에서 신녀의 예지를 바탕으로 세운 계획을 실행하기 위해서 미리부터 이 마을에 침입시켜 둔 인물이다. 그는 포위망 때문에 이 마을에 발목이 잡혀 있는 상인 중 하나로 위장하고 있었다.

"슬슬 인내심이 한계에 달하셨을 겁니다. 그래서 제가 왔습니다."

―무슨 뜻이냐?

살무귀가 전음으로 물어왔다. 살기가 부풀어 오르는 것이 느껴진다. 살무귀가 공격해 온다면 흑영신교도는 앗 하는 순간 죽게 되리라.

"이성을 잃고 일반인을 취한다면, 그 순간이 당신의 최후입니다. 알고 계시겠지요?"

―…….

일반인을 죽여서 취한다고 한들 큰 회복 효과를 기대할 수 없으리라. 하지만 자제심이 한계에 달해서 폭주한다면 그런 이성적인 사고를 할 수가 없게 된다.

"그래서 저를 드리러 왔습니다."

─뭣이?

"전 당신을 위해 준비된 영육입니다. 저를 드시면 당신은 많은 힘을 회복할 수 있을 겁니다."

─……

살무귀는 당혹스러워했다.

눈앞의 흑영신교도는 무공을 익혔다. 마공이 아니라 일반적인 무공이다. 하지만 그 성취는 그저 나쁘지 않은 정도에 머무르기 때문에 먹는다고 해서 극적인 회복 효과를 기대할 수는 없을 것 같았다.

흑영신교도가 말했다.

"믿으십시오. 제 안에는 흑영신께서 당신을 위해 준비한 힘이 있으니."

─무엇을 바라는가?

살무귀는 흑영신교도의 의도를 의심하면서도 물었다. 흑영신교도가 말했다.

"말하지 않아도, 아마 저를 드시면 알게 될 겁니다. 신녀께서 그리 예지하셨으니."

─……

수상하기 짝이 없는 이야기였다. 흑영신교도는 차갑게 미소 지으며 말했다.

"선택의 여지는 없습니다. 저를 드시지 않겠다면, 저는 당신이 이곳에 있다는 것을 알리겠습니다."

살무귀의 살기가 부풀어 올랐다. 그가 자신을 공격하는 것을 감지한 흑영신교도는 만족스러움을 느꼈다.

살무귀의 행적이 철저하게 파악당한 것은 흑영신교의 농간이
었다.

그의 조심성이 부족했던 것이 아니다. 황실과 만검문의 추적
능력이 월등했던 것도 아니다. 흑영신교가 그의 행적을 예지하
고는 그가 지나갈 곳에 미리 흔적을 만들어두었기 때문에 이토
록 궁지에 몰린 것이다.

그렇게 한 이유는 간단했다.

'교주님의 운명을 가로막는 흥왕의 제자, 너는 반드시 이 위
진국에서 죽게 될 것이다…….'

형운의 발목을 잡아서 일정을 늦추기 위해서였다. 그리고 이
제는 살무귀가 그의 목숨을 노리는 칼이 되리라.

2

형운이 구훈으로 들어온 지 이틀이 지났다.

만검문은 그들에게 따로 협력을 요청하지 않았지만 고윤위
장로와 협의한 사항이 있었기에 독자적으로 주변을 수색하고
다녔다. 이것은 자칫 만검문도들과 충돌을 빚을 위험도 있는 행
동이었지만, 일행은 아무도 그런 걱정을 하지 않았다.

"오늘은 날이 좋구먼. 이런 날에는 맑은 공기를 마시며 서로
무공을 견주어봐야 제 맛이 아니겠나? 젊은 친구, 그렇게 생각
하지 않나?"

…형운의 뒤를 졸졸 따라다니고 있는 홍자겸 때문이었다.

지난 사흘 동안 홍자겸은 줄기차게 형운을 따라다니면서 귀

찮게 굴고 있었다. 형운은 꿋꿋하게 그가 매달리는 것을 뿌리쳤지만 슬슬 지쳐 가는 중이다.

'그냥 한바탕해 버려?'

하지만 그런다고 홍자겸이 만족할 것 같지도 않았고, 지금은 그럴 때도 아니었다. 살무귀가 어디 처박혀서 사람들을 해치고 빠져나갈 기회를 노리고 있을지 모르는데 이 노인네랑 무인의 놀이를 하고 있어야 되겠는가?

게다가 다시 한 번 붙으면 이길 자신이 없다. 처음에 이긴 것은 어디까지나 그가 형운을 얕보고 있었고, 스스로 설정한 규칙에 구애되었기 때문이다.

놀이니까 이래야 한다. 이만큼의 실력만 사용하고 이런 수와 저런 수는 써서는 안 된다.

예를 들면 그는 형운과 '놀이'로 싸우는 동안 단 한 번도 뒤로 물러서지 않았다. 처음에 3장의 거리를 설정하고 자신은 결코 물러서지 않는다는 것이 그가 정한 규칙이었으리라.

그런 심리적 제약은 형운이 찌를 수 있는 틈이 되었다. 하지만 다시 싸운다면 그는 그런 식으로 허를 찔러도 반응하리라. 아니, 애당초 허를 찌르는 게 가능하기는 할까?

'진다고 해서 그게 끝이라는 보장도 없고.'

목숨이 걸린 승부도 아닌데 이기고 지고가 무슨 상관이겠는가? 하지만 자신이 질 경우 그의 흥미가 어디로 튈지 모른다는 게 문제였다.

형운은 자신이 홍자겸의 의식을 집중시키는 쐐기 역할을 하고 있다는 사실을 알고 있었다. 형운이 질 경우 홍자겸이 가려나 서하령, 천유하나 마곡정에게 흥미를 갖고 공격하지 않는다는 보장이 없는 것이다.

그런 이유로 형운은 매달리는 그를 이런 말, 저런 말로 뿌리치면서 시간을 끌고 있었다. 그러다가 문득 물었다.

"그런데 대협. 한 가지 궁금한 게 있습니다."

"뭔가?"

"처음에 대협께서는 제 의사는 묻지 않고 '인사'를 해오셨습니다만… 어째서 지금은 그러시지 않습니까?"

위험한 질문이었다. 아무리 봐도 제정신인지 의심스러운 홍자겸이 '아, 그런 방법이 있었군' 하고 공격을 가해오면 어떻게 해야 할까?

하지만 홍자겸은 피식 웃었다.

"그거야 말 그대로 무인의 인사 아닌가. 인사를 받아냈으니 무인으로서 예의를 차릴 가치가 있지."

"……."

즉 홍자겸의 머릿속에서는 다짜고짜 날린 기습 공격을 받아내지 못하면 무인 취급을 해줄 가치도 없다는 소리다.

'말하는 걸 보니 왠지 무인하고 사람을 별개의 개념으로 설정하고 있는 것 같은데…….'

하긴 생각해 보면 무공도 모르는 일반인을 상대로 기습 공격을 가하는 짓을 하지는 않을 것 아닌가?

"그리고 자네는 나와의 놀이에서 이기지 않았나? 패자로서 승자를 존중하는 것은 당연히 지켜야 할 도리지. 하지만 이기고 도망가는 건 너무 치사하지 않나? 규칙은 자네가 정해도 좋으니까 한 번만 더 해보자니까 그러네."

"나중에 하죠. 나중에……."

홍자겸의 규칙은 다른 사람이 공감할 수 없는 것이었지만, 적어도 그 자신은 그 규칙에 충실하게 살아가는 것 같았다. 형운은 그를 꺼려하는 마음이 더 강해지는 한편, 궁금증이 일었다.

"대협께서는 왜 그런 일을 하십니까?"

"무슨 일 말인가?"

"인사 말이죠. 다른 사람들이 싫어한다는 건 알고 계시지 않습니까?"

"무인이 무(武)를 증명하는 데 좋고 싫음이 어디 있나? 자신이 무인이라는 것조차 증명하기 싫으면 처음부터 무인이 되지 말았어야지. 무공으로 이익을 취했으면 그 순간부터 사람의 규칙에서 벗어나 무인의 규칙으로 말해야 하는 법."

"……."

"무인답지 못한 놈이 너무 많아. 무인으로서 이익을 취하는 주제에 사람의 규칙 뒤에 숨는 비겁한 것들."

형운은 그의 독특한 정신세계에 어이없어하며 물었다.

"무인은 사람이 아닙니까?"

"아니지. 무인에게 사람처럼 평온하게 살아갈 자격 따위는 없어."

"그럼 무인은 뭡니까? 피를 탐하는 짐승이라고 보십니까?"

"그럴 리가 있나? 짐승 따위가 무(武)라는 숭고한 가치를 추구할 수 있을 리가 없지. 오로지 사람만이 무인이 될 수 있네. 난 무인이란 무(武)에 운명을 바친 제물이라고 생각하네."

"제물이요?"

"무인이 되는 바로 그 순간부터 추구해야 할 절대 가치가 정해지지. 물론 그 가치를 사이에 두고 어디에 설지 고민할 수는 있겠지만, 무엇을 추구해야 할지는 너무나도 명확해. 그 외의 선택지는 없어. 그러니까 나는 옥석을 가리고 싶은 것이야."

"인사는 옥석을 가리는 검증 절차란 말입니까?"

"첫 번째 절차라고 할 수 있지."

홍자겸이 수염을 쓰다듬으며 미소 지었다. 형운이 자신의 생각에 관심을 가져 주는 것이 기뻐 보였다.

"다른 사람도 아니고 백무검룡 대협의 인사가 기준이라면 그건 너무 장벽이 높은 것 같습니다만."

"그렇지 않아. 많이들 오해하는데, 내 인사를 받아낼 수 있을지 없을지가 중요한 게 아니라네."

"네?"

그건 또 무슨 소리란 말인가? 홍자겸이 설명했다.

"실력이 없어서 받아내지 못할 수도 있지. 하지만 설령 맞고 쓰러지더라도, 그 모습을 보면 나는 알 수 있어."

"무엇을 말입니까?"

"상대가 자기가 무인이라는 것을 알고 있는지. 항시 자신의 목숨이 칼끝에 걸려 있다는 사실을 자각하고 무인으로서 살아가는지를 말이야. 나이도, 신분도, 실력도 중요하지 않아. 중요한 건 정신이지."

홍자겸은 무인으로서의 각오를 말하고 있었다.

어느 날 갑자기 길을 가다가 등 뒤에서 칼을 맞는다고 하더라도 무인이라면 그것을 받아들여야 한다. 사람이라면 억울해할 수 있지만 무인이라면 그래서는 안 된다. 스스로의 방심을, 실력의 모자람을 탓할지언정 운명이 불합리하다고 원망할 자격은 없다.

형운은 묘하게 감탄하는 한편, 왠지 이대로 홍자겸을 기습해보고 싶어졌다.

'자기가 당해도 똑같은 소리를 할 수 있을까?'

그런 생각이 든 것이다. 하지만 가까스로 그런 충동을 참아낼 수 있었다.

문득 홍자겸이 아쉬워하는 표정을 지었다.

"쓸데없이 참을성이 깊구먼. 쯔쯔."

형운의 얼굴이 붉어졌다. 홍자겸의 자신의 마음을 읽었음을 깨달은 것이다. 형운이 한숨 섞인 목소리로 말하려는 순간이었다.

펑!

홍자겸이 형운을 급습했다. 불쑥 다가오면서 일장을 쳐 내나 싶더니, 그렇게 가려진 시야의 사각에서 발차기를 뻗어온다.

그것을 막아낸 형운이 화를 냈다.

"무슨 짓을 하시는 겁니까! 예의를 지키신다면서요?"

"오해하지 말게. 그건 대답일세."

"대답이라고요?"

뻔뻔한 그의 대답에 형운이 어이없어했다. 하지만 홍자겸은 미소 지은 채로 말을 이어갔다.

"그래. 자네는 무인이야. 자네 사부가 무인인 것처럼. 내 이야기를 납득 못 할 수도 있겠지. 미친 늙은이가 이상한 헛소리를 지껄인다고 생각할 수도 있겠지. 하지만 그러면서도 자네는 알고 있는 거야. 자네의 정신이, 몸이 내가 말하는 기준에 맞는 무인으로서 살아가고 있다는 것을."

"……."

형운의 가슴이 차갑게 가라앉았다.

홍자겸이 말하는 무인의 규칙은 공감할 수 없는 말이다. 하지만 그런 한편 형운은 알고 있었다.

세상이 이토록 불합리하니 무인은 언제 어디서든 각오를 잊지 말고 살아야 한다는 것을.

귀혁은 그를 그렇게 교육시켰다. 언제 어느 순간에 위협을 받더라도 변명 없이 이겨낼 수 있는 무인의 삶을.

"그래서 자네가 마음에 들어. 자네 사부는 진짜 무인이지. 자네는 사부와 판박이야. 다른 사람은 그렇지 않다고 할지도 모르지만, 내 눈에는 그렇게 보이는군."

형운은 등골이 오싹했다. 싱글거리며 웃는 홍자겸의 눈에는 광기가 깃들어 있었다. 그가 바라보는 세상은 일반인이 보는 것과는 완전히 다르며, 그렇기에 일반적인 규범에 구애되지 않는다.

"나는 인사를 통해서 상대가 무인인지 아닌지를, 그 정신을 판단하지. 인사를 받아낼 수 있느냐 아니냐는 그다음 단계야. 젊은 친구, 자네는 진짜 무인이고, 내 검을 더 날카롭게 갈아줄 만한 존재이기도 하지."

"그렇게 해서 무엇을 이루고자 하십니까?"

"그야 당연히 무(武)의 극치일세. 무인은 오로지 그것을 이루기 위해 살아가는 것이야. 그리고 나와 다른 무인이야말로 서로를 연마해 주는 가장 가치 있는 보물이지."

"그걸 위해서라면, 다른 건 아무것도 상관없단 말입니까?"

"물론 그렇다고 말하고 싶지만······."

문득 홍자겸이 쓴웃음을 지었다.

"나 또한 그렇게까지 순수하지는 못하네. 사람으로서의 굴레에 갇혀 있지. 사문인 만검문, 지켜져야 마땅한 사람들의 인생, 그런 것들에 말이지."

"그게 싫으십니까?"

"가끔은. 하지만 그런 것들이 나를 더 강하게 한다는 것을 알고 있다네. 한때는 순수함만을 추구하겠다고 모든 것을 다 벗어던지고 폭주하는 게 멋져 보일 때도 있었는데 지금은 생각이 바뀌었지."

"······."

형운은 잠시 동안 형언할 수 없는 기분으로 그를 바라보았다. 홍자겸이 히죽 웃으며 말했다.

"그러니까 젊은 친구, 이 넓은 세상에서 서로를 연마할 수 있는 무인 둘이 만나는 것이 얼마나 멋진 인연인가? 이런 기회를 헛되이 하지 말고 원 없이 놀아봅세, 우리."

"···사양하겠습니다. 제가 좀 사람으로서 짊어진 굴레를 중시하는 편이라서요."

형운은 고개를 절레절레 저었다.

3

다시 하루가 지나서 형운 일행이 구훈에 들어온 지 사흘이 지났다.

모두들 가슴이 바짝 타는 기분이었다. 물론 일정에는 아직도 여유가 있다. 정 급하다 싶으면 좀 더 무리해서 일정을 단축시키는 것도 가능하다.

하지만 지금 맞닥뜨린 문제가 언제까지 그들의 발목을 잡을지 알 수가 없는 것이다. 살무귀가 잡히지 않으면 일행은 이곳에 계속 갇혀 있어야 하는데 도통 단서를 잡아내지 못했다.

서하령이 말했다.

"일월성신의 눈도 생각보다 쓸모가 없네."

"내가 천라무진경의 기감도 별로 쓸모없다고 하면 화낼 거지?"

"때릴 거야."

"하여튼 그 뻔뻔함은 한결같구만."

형운은 투덜거리면서도 탐색을 게을리하지 않았다. 그런 한편으로는 의심이 들었다.

'정말 살무귀가 이 안에 있기는 한가?'

이미 포위망을 빠져나간 게 아닌가 하는 생각이 드는 것이다. 그런 의심은 형운 일행의 것만이 아니라서 잔뜩 날이 서 있던 만검문도들이나 관병들도 조금씩 긴장이 풀리는 게 보였다.

형운이 가려에게 물었다.

"누나는 어떻게 생각해요?"

가려는 일행 중에서는 은신술의 최고 전문가다. 그녀는 곰곰이 생각해 보더니 말했다.

"전 아직 포위망 안에 있을 가능성이 높다고 봅니다."

"아직도요?"

"한 곳에 숨어서 오래 버티는 능력과 모습을 감춘 채로 움직이는 능력은 별개지요. 정보상으로는 살무귀는 전자가 후자보다 훨씬 뛰어납니다. 마인으로서의 욕구를 제외하고 보면 그는 인간이 지닌 제약에서 보다 자유로울 가능성이 크고 그렇다면 은신한 채로 오래 버티는 것은 그리 어렵지 않을 수도 있습니다."

장기간 은신하는 것에는 많은 제약이 따라붙는다. 아예 의식을 죽이고 가사 상태에 빠진다면 모를까, 의식을 유지한 채로 은신한다면 시간이 지날수록 견딜 수 없는 괴로움이 덮쳐 온다. 일단 인간은 신체 구조상 움직이지 않고 가만히 있는 것을 힘들어하는 생물이며 움직임은 곧 기척의 발현으로 이어지는 것이다.

호흡, 허기와 인한 내장의 움직임, 체력의 고갈과 그로 인한 신체의 변화, 변의(便意)까지 은신을 방해하는 요소를 열거하자면 끝도 없다. 그런 요소들로 인한 흔들림을 얼마나 줄일 수 있느냐가 은신술의 완성도를 결정한다.

"물론 그런 인간의 기준으로만 재서는 안 되는 상대입니다. 하지만 분명한 것은, 흔들림은 계속 드러나고 있다는 것이지요."

아무리 대단한 은신술의 대가라고 해도 정말 무생물처럼 완벽하게 은신을 유지하는 것은 불가능하다. 그저 자신을 포착하고자 하는 존재들의 눈길을 얼마나 잘 피하냐의 문제일 뿐이다. 아무리 많은 인원이 수색하고 있다고 해도 항시 자신이 있는 곳을 살피고 있는 것은 아니니 은신하는 입장에서는 의외로 충분히 숨통이 트여 있다고 여길 수도 있다.

"아직 채 열흘도 지나지 않았지요. 아예 은신한 곳을 통째로 까뒤집으면서 수색하지 않는 한, 저라도 그 정도는 버틸 수 있을 겁니다."

"그럴 수 없다는 게 우리의 문제군요."

이곳이 사람이 살지 않는 산속이라면 그런 방법도 취할 수 있으리라. 하지만 평범한 사람이 사는 마을이다. 그런 곳을 폐쇄하는 것만으로도 큰 반감을 사는데 주민의 살림살이를 뒤집어엎으면서 수색할 수는 없는 것이다.

그런 제약이 살무귀의 숨통을 트이게 해주고 있었다.

"시간문제라고 생각합니다. 만검문도 무능하지 않으니까요."

만검문은 인력과 기환술, 두 가지를 다 동원해서 수색을 계속하고 있다. 살무귀의 은신술이 아무리 대단하다고 해도 언젠가는 잡히리라.

"언젠가는 해결되겠지만 그걸 무작정 기다릴 수 없는 게 우리 입장이니……."

형운이 한숨을 쉬었다. 일월성신의 눈으로 금방 찾아낼 수 있을 줄 알았다. 하지만 실제로 수색을 해보니 살무귀의 은신술은 정말 귀신같았다.

문득 가려가 말했다.

"생각나는 방법이 하나 있습니다."

"무슨 방법이요?"

"다른 사람은 할 수 없는 방법이고, 서하령 아가씨만이 가능합니다. 문제는 만검문도들에게 노출된다는 겁니다만……."

"음공(音功)을 써보자는 거군요."

서하령은 가려가 말하고자 하는 바를 알아들었다.

이쪽의 감각으로 상대를 잡아내지 못한다면 상대를 흔들어서 반응을 이끌어내는 수밖에 없다. 반응을 이끌어내는 방법은 여러 가지가 있겠지만 과격한 수단을 쓸 수 없는 상황이니 답은 한 가지만이 남는다.

서하령의 음공이라면 주민들에게는 피해를 주지 않으면서도 살무귀를 자극해서 반응을 이끌어낼 수 있으리라.

문제는 그렇게 함으로써 서하령이 음공을 구사할 수 있다는 사실이 알려진다는 것이다. 강호에서 무인이 자신의 정보를 노출하는 것은 목숨에 직결되는 문제다.

하지만 서하령은 선선히 수락했다.

"하지요."

"괜찮겠어?"

형운이 묻자 그녀가 새침한 표정으로 말했다.

"안 괜찮으면? 이대로 허송세월할 거야?"

"으음……."

"죄송합니다."

사과하고 나선 것은 무일이었다. 애당초 자신이 이곳에 발이 묶이지만 않았어도 이런 일이 없었을 텐데…….

서하령이 고개를 저었다.

"무일, 당신이 사과할 일은 아니에요. 그건 불가항력이었으니까. 이건 어디까지나 우리 일행을 책임지는 누구 씨 탓이죠."

"…미안하다, 정말."

형운은 입이 열 개라도 할 말이 없었다. 서하령은 코웃음을 치고는 가려에게 말했다.

"그래도 정보 노출은 최소한으로 줄이는 게 낫겠지요. 연습을 도와주겠어요?"

"물론입니다."

가려가 고개를 끄덕였다.

4

살무귀는 놀라고 있었다.

그는 백 년을 넘게 살아온 존재다. 당연히 마교와 얽힌 적도 있었다. 그들이 제안한 거래에 응해서 협력한 적도 있었고, 서로 적대하기도 했다.

그런 만큼 그들의 무서움을 잘 알고 있었다. 하지만 지금 그에게 전해진 비술에는 놀람을 금할 수 없다.

'발각당하지 않았다. 정말로 그 꼴로 살아 있단 말인가?'

흑영신교도가 살무귀를 찾아온 지 사흘이 지났다.

살무귀는 흑영신교도의 제안에 응해서 그의 영육을 취했다. 하지만 그를 통째로 죽여서 삼킨 것은 아니었다. 몸 일부를 뜯어내고 장기를 취하는 끔찍한 포식 과정을 거쳤다.

그런데 그런 일을 당한 흑영신교도는 멀쩡히 살아서 그 자리를 떠났다. 그 후로도 외부에서 살무귀가 은신을 깼다고 확신하는 움직임이 없는 것을 보면 그는 아직도 살아 있다고 추측할 수 있다. 몸 안의 장기를 반절 이상 잃었는데도 멀쩡히 살아 있는 것처럼 위장하고 있는 것이다.

놀라운 사술이다. 그리고 그 목적은 분명했다.

살무귀가 취한 영육을 소화할 시간을 주기 위함이다.

흑영신교도의 몸속에 비장되어 있던 것은 극도로 농축된 생명의 힘이었다. 살무귀는 그것이 흑영신교에서 사람의 목숨을 제물로 삼아서 행한 사악한 의식으로 만들어낸 결과물임을 알 수 있었다.

그 효과는 놀라워서 상처가 모조리 회복된 것은 물론이고 전신에 힘이 넘쳤다. 지금이라면 단번에 포위망을 돌파해서 달아날 수 있을 것 같았다.

'백무검룡, 그자만 잘 피한다면……'

홍자겸과는 이미 부딪쳤다. 일대일이라면 모를까, 다수에게 쫓기는 상황에서 그와 싸우게 된다면 도저히 이길 자신이 없었다.

그런 만큼 신중해야 한다. 홍자겸의 위치를 파악하고 단번에 포위망을 뚫어야…….

'음?'

하지만 그런 생각은 갑자기 들려오기 시작한 은은한 노랫소리로 인해서 깨지고 말았다.

아름다운 노랫소리였다.

마치 아낙이 기분 좋아서 흥얼거리는 것 같은, 가사 없는 가락인데 그 소리가 기이할 정도로 또렷하게 귓가에 흘러들어 온다. 동시에 그에 호응하듯 진기가 제멋대로 꿈틀거리기 시작했다.

'설마 이건 음공?'

백 년 이상 살아온 살무귀조차도 거의 겪어본 적이 없을 정도로 음공은 희귀한 재능을 필요로 하는 무공이다. 음공의 형태를 계승하는 자들도 대개 악기의 힘을 빌려서, 정해진 양식대로 연주함으로써 힘을 발휘하지 이렇듯 육성으로 원하는 효과를 자유자재로 일으키는 자들은 정말 드물었다.

그런 만큼 대응하기가 난감했다. 음에 실린 진기가 전신을 두들겨서 효과를 일으키는 것이니 청각을 차단하는 것만으로는 의미가 없다. 정석대로라면 진기를 일으켜서 기맥을 보호해야겠지만…….

'그게 바로 저쪽의 노림수군. 외통수에 빠졌어. 설마 이런 음공을 구사할 수 있는 자가 있었을 줄이야.'

음공에 저항하고자 진기를 일으키는 순간, 살무귀의 은신술이 깨진다. 그리고 그것 말고는 이 음공에 대응할 방법이 떠오르지 않았다.

'어쩔 수 없군.'

살무귀는 결단을 내렸다. 몸의 회복은 끝났다. 홍자겸의 위치를 파악하지 못한 것이 걸리기는 하지만, 망설이다가 위험도를 높이느니 지금 탈출을 결행한다.

두근!

결단을 내리고 잠재웠던 기의 운행을 활성화시키는 순간, 그의 가슴이 세차게 요동쳤다.

살무귀는 깜짝 놀랐다. 신체 기능이 정상화되니 심장의 고동이 강해지는 것은 당연하다. 하지만 지금 반응은 그의 전신을 울릴 정도로 강했다.

'흑영신교 놈들이 무슨 짓을 한 거지?'

아무런 수작이 없을 거라고는 생각하지 않았다. 하지만 굳이 귀찮음을 감수하고 자신에게 살길을 열어주는 것으로 보아서 나중에 이용할 심산으로 제약을 걸어둘 것이라 예측했을 뿐이다.

그런데 지금 그 수작이 드러나다니? 놀란 살무귀의 의식이 급격하게 확장되었다.

그리고…….

'아!'

살무귀는 자신이 이곳을 벗어날 수 없다는 사실을 깨달았다.

그의 의식은 바깥에 있는 한 청년에게 못 박혀 있었다. 그리고 그의 존재를 의식하는 순간 가슴속에서 불길이 일어나기 시작했다.

도저히 끌 수 없을 정도로 맹렬한, 질투와 절망의 불길이.

5

쾅!

폭음이 울리며 민가 일부가 터져 나갔다. 방금 전까지만 해도 아무런 기척이 없던 곳에서 숨 막힐 정도로 어마어마한 기파가 뿜어져 나온다.

솟구치는 흙먼지 속에서 검은 그림자가 뛰쳐나왔다. 그리고 그의 몸에서 새하얀 안개가 폭발적으로 번지기 시작했다.

"살무귀다!"

그 광경을 본 만검문도 하나가 외쳤다.

형운 일행은 단독으로 수색을 하고 있었지만 만검문도들과 관병들은 늘 경계를 서고 있었다. 무슨 일이 있으면 바로 목격당할 수밖에 없는 것이다.

"어째서!"

퍼져 나가는 백무(白霧) 속에서 살무귀의 목소리가 쩌렁쩌렁 울렸다. 진기가 실린 노성에 사람들이 비명을 질렀다. 무공을 익힌 인간이라도 충격을 받을 소리인데 일반인이라면 그대로 까무러쳐도 이상하지 않았다.

사아아아아……!

그러는 동안 화탄을 터뜨려서 연기가 퍼져 나가는 것처럼 강렬한 기세로 퍼져 나간 안개가 삽시간에 주변을 뒤덮고 시야를 제약한다. 살무귀가 모습을 드러내고 나서 몇 호흡 지나지도 않았는데 이미 주변 수십 장은 한 치 앞도 제대로 볼 수 없는 공간이 되어버렸다.

'무서운 능력이다.'

형운은 경악했다. 자욱한 안개를 퍼뜨리는 능력을 가졌다는 것은 알고 있었지만 이 정도로 적용이 빠를 줄이야? 게다가 이 안개는 단순히 시야를 제약하는 것만이 아니라 기감마저 혼란시키고 있지 않은가?

왜 그가 오흉마라 불리며 악명을 떨쳤는지 알 수 있었다. 웬만한 무인들은 이 안개에 사로잡힌 것만으로도 살무귀에게 속수무책으로 당할 수밖에 없으리라.

'어?'

다음 순간 형운의 눈이 크게 떠졌다. 그리고 충격이 폭발했다.

쾅!

형운이 안개 속에서 뒤로 튕겨 나갔다. 충격으로 안개가 살짝 흐트러지면서 그 너머에서 흉흉한 푸른빛을 발하는 두 개의 눈동자가 드러났다.

살무귀가 형운을 공격한 것이다. 일월성신의 능력이 아니었다면 기습을 당했을지도 몰랐다.

"어쩌서냐!"

살무귀가 의미를 알 수 없는 말을 외쳤다.

모습을 드러낸 그는 아무리 봐도 인간이라고 볼 수 없었다. 양옆으로 길게 찢어진 입속에서는 날카로운 이빨들이 번들거리고 바짝 마른 피부는 잿빛을 띠고 있다. 그리고 눈동자는 푸른 귀광을 발하고 있었다.

형운이 그를 보며 눈살을 찌푸리는 순간, 그가 다시 안개 속으로 모습을 감춘다. 그리고 다음 순간 뒤쪽에서 시선이 느껴졌다.

콰아아앙!

폭음이 울리며 형운이 있던 자리가 터져 나갔다. 공격을 받아낸 형운의 몸이 허공으로 솟구친다. 그리고 채 자세를 바로잡기도 전에 그 위에서 살무귀가 나타났다.

'빨라!'

형운이 경악했다. 무시무시한 속도였다. 마치 안개를 타고 공간을 뛰어넘기라도 하는 것 같지 않은가?

형운과 살무귀가 격돌했다. 자세가 불안정했지만 무심반사경이 발동, 한순간 시간을 가속한 것처럼 손발이 움직이면서 공격을 받아내고 반격까지 가한다.

폭음이 연거푸 울렸다. 그리고 한 박자 늦게 형운의 전신을 휘감고 푸른 섬광의 기류가 일었다.

꽈과과광!

그런 형운에게 보이지 않는 기공파가 날아든다. 안개 너머에서, 안개를 흐트러뜨리지도 않아서 궤적을 전혀 눈치챌 수 없는 무형의······.

'아니야. 이 안개 자체가 그가 운용하는 기운의 일부! 그렇기 때문에 안개와 기공파마저도 동화시킬 수 있는 거다!'

형운이 이 공격의 실체를 꿰뚫어 보았다. 이 또한 의기상인의 영역이다. 의념으로 기의 형질을 자유자재로 변화시키는 무서운 기술이었다.

그래도 형운은 막아냈다. 하지만 완전히 막아내지는 못했다. 조짐이 거의 없는 데다가 너무 수가 많고 빠르기까지 했기 때문이다.

"크윽!"

형운이 신음했다. 전신을 휘감은 광풍혼이 미처 막지 못한 기공파를 받아내는 갑옷 역할을 하고 있었다. 체내로 침투한 기공파의 힘을 녹여 버리는 일월성신의 튼튼함, 그리고 막대한 내공이 있기에 가능한 방어다.

'다른 사람을 공격하게 두면 안 돼. 내가 아니면 받아낼 수 없어!'

이유는 알 수 없지만 살무귀는 형운에게 집착하고 있었다. 형운은 그것을 다행스럽게 여겼다. 이 안개 속에서 신출귀몰하게 움직이면서 다른 사람들을 급습한다면 최악의 사태로 번질 것이다.

하지만 일월성신 역시 피와 살로 이루어진 육신이다. 공격을 받아내는 형운이 피투성이가 되었다.

"커억……!"

그런 형운을 살무귀가 덮쳤다. 마치 안개 속으로 녹아드는 듯 아무런 기척도 없이 다가와서 맹수의 발톱처럼 변화한 손으로 형운의 얼굴을 노린다.

콰직!

"…잡았다."

순간 형운의 눈이 빛났다. 번개처럼 움직인 양손이 그 공격을 막아낸 것이다.

안개 속에 숨어서 기기묘묘한 기공파를 날려오는 것은 도저히 어찌할 방법이 없었다. 일월성신의 눈, 그리고 시선을 파악하는 능력 때문에 상대의 위치는 파악할 수 있지만 도저히 손을 쓸 틈이 안 보였던 것이다.

거북이처럼 방어를 굳히고 살무귀가 다가오기를 기다린 것이 형운이 취한 전술이었다. 그리고 예상외로 막강한 형운의 방어가 일찌감치 살무귀를 움직이게 만들었다.

꽈앙!

보이지 않는 공격이 작렬했다.

살무귀가 경악했다. 분명히 형운의 양손은 자신의 공격을 받아내느라 묶여 있었다. 발차기는 충분히 주의하고 있었다. 만에 하나, 몸동작과 상관없이 날릴 수 있는 기공파나 의기상인을 구사할 것까지도 염두에 두었다.

그런데 그 모든 대비를 초월한 공격이 그의 몸을 후려갈겼다.

'설마, 격공의 기……?'

말도 안 되는 가능성이 뇌리를 스치고 지나갔다. 그리고 그것은 정답이었다.

자세를 바로잡은 형운이 살무귀에게 달려든다. 살무귀는 거의 반사적으로 기척을 감추면서 안개 속으로 녹아들었다. 형운의 앞쪽에 실체와 똑같은 기척을 발하는 환술이 펼쳐지면서 그의 몸은 옆으로 빠져나간다. 이 역시 무수한 자들을 저승으로 보낸 그의 절기였다.

그런데 형운이 그것을 무시한다. 분명 실체와 똑같은 형상, 기척을 발하는 환영이거늘 깨끗하게 무시하고 그의 실체가 있는 곳을 쫓아서 주먹을 내질렀다.

'어떻게 알았지?'

살무귀가 동요했다. 형운의 공격을 받아내기는 했지만 그의 반응을 이해할 수가 없었다.

형운은 그 틈을 놓치지 않았다. 그의 방어와 맞닿은 주먹을 통해서 기공파를 폭발시킨다.

폭음이 울리며 살무귀가 밀려났다. 동시에 그는 경악했다.

'이 애송이의 내공이 나를 능가해? 이런 말도 안 되는!'

막대한 기운을 가졌다는 사실은 한눈에 꿰뚫어 보았다. 하지만 설마, 정상적인 기준으로 따지면 8심에 이르는 자신을 능가할 정도라니?

휘리리리리리……!

광풍혼이 채찍처럼 풀려나가서 살무귀를 휘감았다. 살무귀가 그것을 뿌리치려고 했지만 이미 늦었다. 잠시 거기에 의식이 향한 순간 전혀 의외의 방향에서 보이지 않는 공격이 날아들었다.

'확실하다. 이놈, 격공의 기를 쓰고 있어.'

믿을 수가 없다. 새파랗게 젊은 애송이가 자신도 비장의 무기로 삼고 있는 격공의 기를 터득했다니! 그것도 실전에서 유효적절하게 사용할 수 있을 정도의 수준이 아닌가?

비틀거리는 그에게 형운이 달려든다. 그 순간 그의 눈이 빛났다.

쾅!

폭음이 울리며 형운이 옆으로 날아갔다. 이번에는 그가 격공의 기로 반격한 것이다.

마차에 치인 것처럼 날아가는 형운에게 보이지 않는 기공파를 난사한다.

"크으, 아아아아아!"

순간 형운이 고함을 지르며 전신의 기운을 폭발시켰다. 그의 몸을 보호하던 광풍혼이 일순간 수축하는가 싶더니 폭발, 섬광이 노도와 같이 살무귀를 노린다.

살무귀가 경악해서 그것을 받아냈다. 기공파가 폭발하면서 자욱한 연기가 밀려나고 일순간 그의 모습이 노출되었다.

'이런!'

형운의 의도를 알 수 있었다. 의도 자체는 놀랍지 않지만 그것을 해낼 수 있다는 사실이 놀랍다. 젊은 놈의 실력이 상상을 초월하지 않는가?

그러는 사이 형운이 하늘로 솟구치고 있었다. 기공파를 쏘아낸 반동을 이용, 어기충소로 비상하여 안개의 영역으로부터 벗어난다.

'어리석은 것! 안개 밖으로 나가면 네놈도 나를 공격하지 못한다!'

이대로 살무귀가 안개 속으로 숨는다면 결코 그를 찾아낼 수 없으리라. 그동안 살무귀는 안개 속에 있는 다른 인간들을 하나하나 요리하면 그만이다.

아아아아아아!

그런데 그때였다. 안개 너머에서 노랫소리가 울려 퍼졌다. 그리고 그 소리가 채찍처럼 그의 기맥을 강타한다.

'음공! 아까 그 음공의 고수인가?'

안개 속으로 숨으려던 살무귀가 일순간 주춤했다. 완전히 허를 찌른 공격이라 움직임이 멎어버리고 말았다.

그 틈을 찌르듯이 옆에서 덮쳐 오는 공격이 있다.

파아아아아아앙!

'벽까지 통째로……?'

골목 저편에서 벽을 통째로 가르는 검기가 그를 덮쳤다. 그 사이에 사람이 없다는 것을 확신한 공격이다.

"으으윽!"

살무귀가 신음했다. 극한까지 압축된 검기가 그의 호신기공을 뚫고 육신에 긴 상처를 냈다.

그 너머에 있던 천유하가 이어지는 공격을 준비하는 것을 본 살무귀는 곧바로 일장을 쏘아냈다. 천유하는 예상했다는 듯 자세를 바꾸어 그것을 흘려보내면서 옆으로 빠져나간다.

"이놈!"

형운이 안개를 치운 것은 자신이 공격을 가하기 위해서가 아니었다. 안개 때문에 감각을 제약당한 일행들에게 공격 기회를 주기 위해서였던 것이다.

그리고 서하령과 천유하가 공격을 가하는 사이, 형운이 허공에서 반전하면서 양 주먹을 질풍처럼 내지르기 시작했다.

꽈과과과과광!

나선 유성혼이 소나기처럼 쏟아져 내렸다. 서하령과 천유하의 공격으로 인해 경직된 살무귀가 빠져나갈 틈을 주지 않는 융단폭격이었다.

그걸로 끝이 아니다. 제정신으로는 도저히 다가갈 수 없을 것 같은 기공파의 융단폭격 너머, 폭발의 여파를 뚫고 다가가서 공격을 준비하는 이가 있었다.

마곡정이었다. 그가 혼신의 힘을 다한 도격이 유성혼의 소나기를 가르면서 살무귀에게 닿았다.

"크악!"

살무귀가 비명을 질렀다. 이 소나기 같은 기공파가 그를 붙잡아두고 감각을 가리기 위함이었다니!

"흥! 어떠냐? 오흉마인지 뭔지 모르겠지만……!"

"곡정아! 피해!"

"끄억!"

순간 뒤에서 나타난 서하령이 호쾌한 날아차기로 그를 밀어버렸다. 의기양양하던 마곡정이 비명을 지르며 옆으로 나가떨어졌다.

하지만 재빨리 낙법을 구사해서 일어난 그는 불평할 수가 없었다. 간발의 차로 그가 있던 자리를 보이지 않는 기공파가 강타했기 때문이다.

"공격하고 나면 바로 빠지랬지! 주제 파악 좀 해!"

"아니, 그, 그래도 그렇지……."

서하령이 신경질을 내며 옆으로 달려 나갔다. 마곡정은 서러움을 참으며 그녀와 반대편으로 달려갈 수밖에 없었다.

"이놈! 피도 안 마른 애송이들이 감히……!"

살무귀가 격노했다. 동시에 그의 몸이 푸른 불길을 발했다.

허공에 뜬 채로 그 광경을 본 형운이 경악해서 외쳤다.

"모두 피해!"

화아아아아아악!

살무귀의 주변에 있던 안개가 요동치나 싶더니 푸른 불길이 되어 사방을 휩쓸었다.

6

살무귀는 운명의 분기점에 서 있었다.

죽느냐, 아니면 완성되느냐.

인간으로서의 그는 오래전에 죽었다. 그리고 오로지 혼무진 공을 완성하고자 하는 집념의 화신만이 남았다.

인간의 그릇을 초월한다. 인간의 영혼보다 훨씬 거대한 것, 신이라 불리는 존재를 담을 그릇을 완성한다.

그는 그것만을 위해 살고 있었다. 계속해서 인간을 먹고, 힘을 키우면서 새로운 가능성을 모색한다. 그러면 언젠가는 목적지에 도달할 수 있으리라 믿었다.

그렇게 백 년이 지났다. 아무리 강한 집념도 닳아 없어질 만한 세월이지만 그는 한결같았다. 어느 순간부터 정체된 채로 한발도 앞으로 나갈 수 없었지만, 그래도 포기하지 않았다.

그러나 사람으로 태어났으니 어찌 회의하지 않겠는가?

정말로 자신이 낸 답이 옳은 것인가, 혼무진공을 만든 존재의 생각이 틀린 것은 아니었나?

그런 의문은 늘 그를 괴롭히고 있었다. 인간성을 버림과 동시에 혼자가 되었기에 누구에게 심정을 토로하고 새로운 답을 구할 길도 막혀 버렸다.

그런데…….

'어째서 저런 존재가 있는 것인가?'

형운을 발견하고 말았다.

흑영신교가 부린 수작은 간단했다. 그의 의식에 형운을 인지시켰을 뿐이다. 그의 의식 속에 형운을 던져 넣음으로써, 형운이 어떤 존재인지 뼛속 깊이 알 수 있도록 했다.

그것만으로도 살무귀는 도저히 형운을 그냥 지나칠 수 없었다. 왜냐하면 그것은 그의 희망이며 절망이었으니까.

'어째서 인간이! 인간이 저런 그릇을 이루었는가?'

백 년을 넘게 살아오면서 수많은 인간을 보았다. 뛰어난 인간을 보았다. 강한 인간도 보았다.

그래도 이런 절망을 느끼지는 않았다. 무예를 연마함으로써 사람의 한계를 초월한 자들은 그가 목표하는 것과는 달랐으니까. 그들은 사람으로서 신에 다가갔을지는 몰라도 신을 담을 수 있는 그릇은 아니었다. 결국은 인간의 그릇에 갇혀 있는 자들이었다.

하지만 형운은 달랐다.

저것이야말로 그가 백 년 동안이나, 아니, 그보다 아득히 오래전에 혼무진공이 창시될 때부터 추구해 온 이상이다.

새파란 애송이가 인간인 채로 저런 존재가 되다니, 질투가 나서 참을 수가 없었다.

동시에 압도적인 탐욕이 고개를 쳐들었다.

'저것을 취한다면 나는 완성될 수 있다.'

그동안 취한 그 어떤 인간도 그를 완성시키지 못했다. 하지만 형운을 취한다면 더 이상 아무것도 필요하지 않다. 그는 백 년 동안의 집념을 완성하고 초월적인 존재가 되리라.

그러니까 여기서는 기꺼이 목숨을 건다. 살무귀는 사람으로

서의 삶을 끝낸 이후 처음으로 생존보다 더 우선시하는 가치를
만난 것이다.

"흐흐흐……!"

살무귀는 웃었다. 광기에 휩싸인 채로 웃는 그의 주변이 온통
불타오르고 있었다.

"하하하하하하!"

사방에서 비명이 메아리친다. 발화한 안개 속에서 사람들이
죽어나갔다. 만검문도들, 관병들, 그리고 일반인들까지…….

"뭐가 우습지?"

타오르는 거리 한복판에서 형운이 물었다.

푸른 화염이 폭발하는 순간, 형운이 한 지점으로 유성처럼 낙
하했다. 그리고 전력으로 호신장벽을 펼쳐서 그 방향을 보호해
냈다.

스스스스…….

불길로 화해 사라졌던 안개가 다시 모여들고 있었다. 그 속에
서 형운은 폭발할 것 같은 분노로 살무귀를 노려보았다.

"뭐가 그렇게……."

말하던 형운이 사라졌다. 살무귀가 놀라는 순간, 바로 앞에
나타난 형운의 주먹이 그를 강타했다.

"…우습냔 말이야! 이 개자식!"

폭음이 울리며 살무귀의 몸이 튕겨 나갔다. 하지만 그것도 잠
시, 측면에서 날아든 격공의 기가 그를 후려갈겨서 땅으로 처박
고 그 앞으로 달려든 형운이 발차기로 머리통을 후려갈긴다.

그대로 머리가 날아갔어도 이상하지 않았지만, 놀랍게도 그

순간 살무귀의 몸이 안개로 변하면서 공격을 흘려보냈다.

기괴하기 짝이 없는 현상을 보면서도 형운은 동요하지 않았다. 아니, 마음속으로는 놀랐지만 몸은 그에 맞는 대응을 하기 위해 움직이고 있었다.

콰직!

하지만 살무귀의 행동이 그 대응을 넘어섰다. 무심반사경으로 자세를 취하는 순간 날아든 격공의 기가 자세를 무너뜨렸고, 그사이 안개에서 육신으로 돌아온 살무귀의 일권이 등짝을 후려쳤다.

'커억……!'

일순간 의식이 아득해진다. 하지만 의식을 놓는다면 죽는다.

후우우우웅!

살무귀의 공격이 허공을 꿰뚫는다. 이번에는 살무귀가 경악할 차례였다. 완전히 붙잡았다고 생각한 형운이 연기처럼 흩어지면서 사라지는 게 아닌가?

'방금 전에 사라진 것도 이건가? 도대체 무슨 능력이지?'

그의 안개화와는 다른 것 같았다. 그는 요괴와 합일한 채로 마공을 연마한 결과 사령인이 되었다. 일반적으로 사령인이 되는 과정과는 좀 다른, 요괴화가 이루어지고 계속해서 인간을 잡아먹으면서 자연스럽게 이루어진 변화였다.

그 결과 그는 요괴의 능력을 갖게 되었다. 인간처럼 기를 다루지만, 기에 대한 인식이 인간과 다르다. 요괴, 환마, 영수… 인간이 아닌 존재들이 그러하듯이 자신이 기로 이루어진 존재임을 명확히 인지하고 그 형질을 제어할 수 있게 된 것이다.

하지만 형운이 보여준 변화는 그로서도 이해하기 어려웠다. 인간이 스스로를 형체 없는 것으로 바꿀 수 있다고?

파파파파파파!

물고 물리는 접전이 벌어졌다.

서로가 육신을 가진 존재와 실체 없는 존재가 되기를 반복한다. 분명 서로 숨결이 마주 닿는 거리에서, 서로 겹치기까지 하면서 싸우고 있는데 공격이 하나도 닿지 않았다.

파앗!

형운의 주먹이 안개가 된 살무귀를 가르고 지나간다.

쉬이익!

맹수처럼 변한 살무귀의 손이 운화한 형운을 관통한다.

"세상에……."

그 광경을 멀리서 보는 서하령이 경악했다.

그녀는 살무귀와 가까이 있었기 때문에 꼼짝없이 푸른 화염에 휘말릴 상황이었다. 하지만 형운이 그 앞을 가로막고 호신장벽을 펼친 덕분에 털끝 하나 다치지 않을 수 있었다.

언뜻 보면 도저히 실체를 파악할 수 없는 싸움이었다. 형운과 살무귀가 실체와 비실체를 오가는 속도가 너무 빠르기 때문이었다.

하지만 서하령의 감각은 따라간다. 그리고 보고 있는 것은 그녀만이 아니었다.

"저건 이미 사람의 싸움이……."

천유하가 자기도 모르게 중얼거리다 흠칫 놀라서 입을 닫았다.

하지만 서하령도 그가 하려고 한 말을 알고 있었다. 일순간이 지만 공감해 버리기도 했다.

저건 이미 사람의 싸움이 아니다. 사람과 괴물의 싸움조차도 아니다.

"어째서!"

형운이 격노했다. 보고 있는 자들이 자신을 어떻게 여기든, 그는 분노하고 있었다.

"사람 목숨을 그렇게 우습게 보는 거야!"

"사람? 사람이라고?"

문득 살무귀가 고개를 갸우뚱했다. 일순간 격렬한 공방이 멎으면서 둘이 서로를 노려보았다.

살무귀가 말했다.

"이상한 소리를 하는군. 왜 네가 그런 말을 하지?"

"뭐라고?"

"넌 사람을 초월한 그릇이다. 설마 스스로의 가치를 모르는 가?"

살무귀는 정말 이해할 수 없다는 듯 묻고 있었다.

물론 그는 보통 사람들과는 사람을 보는 시각 자체가 다르다. 대다수의 인간은 그저 식량일 뿐이고, 일부 가치 있는 존재도 자신의 가능성을 넓혀줄 수 있는 귀한 식량에 불과했다.

하지만 보통 인간이 다른 인간을 어떻게 보는지 모르는 것은 아니다. 협의를 이야기하는 자들이 내뱉는 헛소리도 넌더리가 날 정도로 많이 들었다.

"왜 가치 있는 네가 가치 없는 목숨 때문에 화를 내지? 고작해야 권력이나 힘이 좀 있을 뿐인 인간조차도 인간의 목숨에 경중을 매기고 대다수의 목숨 따위는 창고에 쌓아둔 물건만큼도 귀이 여기지 않거늘, 네가 왜?'

"너……!"

형운이 이를 악물었다. 분노로 인해서 몸이 덜덜 떨린다.

'사람이고 싶다.'

이 순간 뇌리에서 환청처럼 들려오는 목소리가 있었다. 사람을 초월한 무언가가 되는 변화를 거부하고 사람으로 남고자 했던 스스로의 목소리.

사람으로서 살아가는 자신이 좋다. 사람으로서 다가온 인연들이 소중하고, 사람으로서 누리는 것들이 행복하다.

"…너 같은 놈들이 있기 때문이다."

형운의 몸에서 흉흉한 기파가 끓어올랐다.

"힘이 있으니까. 할 수 있으니까. 하고 싶으니까."

그저 그것 때문에 다른 사람의 목숨 따위는 파리 목숨처럼 우습게 여기는 자들이 있다.

그런 자들을 내버려 둘 수 없다. 그들이 부리는 패악을 용서할 수가 없었다.

살무귀가 말했다.

"우습군. 역시 넌 자격이 없다."

"뭐라고?"

"그릇이 될 자격이 없다. 나의 완성을 위한 초석이 되어라. 진정 가치 있는 그릇이 될 내게!"

"웃기지 마!"

둘이 재차 격돌한다. 하지만 이번에는 좀 양상이 달랐다.

'음?'

살무귀는 한 가지 사실을 깨달았다.

형운은 이성을 잃을 정도로 분노하고 있다. 그런데 움직임은 놀랄 정도로 절도 있고 합리적이었다.

구우우웅……!

무거운 소리가 울려 퍼졌다. 그리고 형운의 공격을 피하기 위해 안개화하던 그의 움직임이 느려졌다. 마치 물속에 빠진 사람의 움직임처럼.

그리고 형운의 주먹이 깨끗하게 그를 강타했다.

"으윽……!"

하지만 형운도 연타를 이어나가지 못했다. 은밀하게 펼쳐 뒀던 중압진을 활성화, 반쯤 안개화한 그를 강타하는 바로 그 순간 격공의 기가 몸통을 후려쳤기 때문이다.

그리고 잠깐 대화를 이어나가는 동안 밀려온 안개가 형운을 휘감고 그 속에서 보이지 않는 기공파가 연달아 날아들었다.

"인정하지. 완성된 그릇이여, 네 재주는 나보다 위다."

형운의 운화가 살무귀의 안개화보다 더 고등한 기술이다. 살무귀는 굴욕적이지만 그 사실을 인정했다.

형운이 운화하는 속도와 살무귀가 안개화하는 속도는 거의 비슷하다. 게다가 형운의 운화와 달리 살무귀의 안개화는 몸의 일부만을 바꿀 수도 있다.

그런데도 운화가 더 고등한 이유는, 운화한 동안에는 무적이며 자유자재로 공간을 뛰어넘을 수 있기 때문이다.

살무귀는 안개화한 상태에서도 이동 능력이 거의 없으며, 무적도 아니다. 단순히 물질이 충돌하면서 빚어내는 타격은 무시하지만 기로 인한 타격은 막지 못한다.

즉 형운과 실체와 비실체를 오가며 싸우는 동안 그는 조금씩 타격을 받았다. 그에 비해 형운은 전혀 타격을 입지 않고 기력만 소진했을 뿐이다.

"하지만 이기는 건 나다. 넌 여기서 나를 완성하기 위한 제물이 될 것이다."

타격을 입었다고는 하지만 그는 사령인이며 요괴이기도 하다. 기운의 정순함이나 한 번에 낼 수 있는 힘은 형운이 우위일지라도 여력만큼은 그가 더 앞선다. 육신이 상처 입었을 때의 손실이 압도적으로 적은 것이다.

물론 형운 역시 기의 운행으로 스스로의 상처를 회복하는 능력이 있다. 하지만 그 과정은 살무귀처럼 쾌속하지는 않았고, 공격을 받는 와중에 회복할 수도 없었다.

파바바바밧!

안개 속에서 보이지 않는 기공파가 형운을 난타한다. 이 공격의 문제는 뻔히 알면서도 막을 수 없다는 데 있었다. 살무귀는 아예 다가오지 않고 형운을 약화시킬 생각이었다.

"그건 좀 재미없구먼."

그때였다. 안개 저편에서 들려온 목소리에 살무귀의 감각이 곤두섰다.

그리고 새하얀 운무(雲霧)로 휘감긴 무수한 검의 환영이 그 자리를 베고 지나갔다.

후우우우우우……!

일순간 모든 사람이 환상을 보았다. 새하얀 운무를 휘감은 수백, 수천 개의 검이 그 자리를 휩쓸고 가는 광경을.

그것은 마치 운무로 이루어진 용이 승천하는 광경 같았다. 형운은 그 환상을 보며 홍자겸의 별호인 백무검룡(白霧劍龍)을 떠올렸다.

"으음……!"

그 환상은 금세 스러졌지만 현실에는 분명히 그 흔적이 남았다. 자욱한 안개가 갈라지면서 모습을 드러낸 살무귀가 온몸에서 푸른 불길을 뿜어내고 있었다.

"거참. 역시 요괴는 골치 아프단 말이지. 그냥 사령인 나부랭이였다면 이걸로 죽었을 텐데."

혀를 차며 중얼거리는 것은 홍자겸이었다. 검을 뽑아 든 그는 허공을 마치 평지처럼 걸으면서 다가오고 있었다.

'심상경!'

서하령과 천유하는 소름이 돋는 것을 느꼈다. 그가 아무렇지도 않게 보여주는 능공허도 때문이 아니다. 방금 전에 본 환상이 심상경의 절예였음을 깨달았기 때문이다.

다짜고짜 심상경의 절예를 날린 홍자겸도 놀랍지만, 거기에 직격당하고도 버텨낸 살무귀가 더 놀랍다. 설마 그도 심상경에 도달했단 말인가?

'아니야. 살무귀는 요괴화한 자. 그래서 기화를 막는 능력이 있는 거야.'

흔히 심상경의 절예가 절대적인 파괴의 비술로 이야기되지만 직접적으로 기를 다루는 능력을 지닌 존재들에게는 의외로 별 위력을 발휘하지 못하는 경우가 많았다.

고위 환마, 영격이 높은 요괴, 강한 영수 등은 스스로를 기화 하지는 못해도 기화를 막을 수 있는 능력을 가졌기 때문이다.

물론 심상경의 절예는 무인들이 궁구하는 경지인 만큼 그 깊이도, 넓이도 끝이 없다. 그러니 기화를 막는 능력을 지닌 존재 들을 상대로도 통용되는 심상경의 절예도 있을 것이다.

하지만 적어도 홍자겸은 그런 기술을 갖지 못한 것 같았다. 그렇지 않았다면 살무귀가 기화를 막느라 주춤한 사이에 공격 해서 끝장을 냈으리라.

형운이 그를 보며 눈살을 찌푸렸다.

"대협……?"

"애쓰더군, 젊은 친구. 아주 인상 깊었어."

홍자겸이 웃는다. 하지만 형운은 그가 웃을 만한 상태가 아님 을 알아보았다.

살무귀도 마찬가지였다. 살무귀가 고개를 갸웃했다.

"설마 팔객이라 칭송받는 자가 조금 전의 그 공격에 당한 건 가?"

홍자겸은 누가 봐도 중상자였다. 상의가 반쯤 찢겨 나가서 맨 몸이 드러나 있었고 전신에 자잘한 상처가 나서 피투성이가 되 어 있었다. 상처 때문에 한쪽 눈은 감겨 있기까지 했다.

홍자겸이 혀를 찼다.

"그렇게 말하는 걸 보니 그 괴물은 네놈 소행이 아니었나 보군. 하긴 그런 재주가 있었으면 진즉 썼겠지."

"괴물?"

살무귀가 의아해했다. 동시에 왠지 짚이는 구석이 있었다.

'흑영신교 놈들이 나를 돕기 위해 수작을 부렸나 보군.'

그의 추측은 옳았다. 그에게 영육을 내준 흑영신교도에게는 또 다른 비술이 내장되어 있었다. 그는 혼란 통에 홍자겸에게 접근해서 스스로를 살아 있는 폭탄으로 삼았다.

그 자리에 홍자겸만 있었더라면, 그리고 홍자겸을 표적으로 삼았더라면 그 공격은 성공하지 못했으리라. 하지만 흑영신교도는 미리 내려진 지침대로 젊은 만검문도와 마을 주민을 노렸다. 자신을 향한 살기에 주의하던 홍자겸은 예상 못 한 공격을 막아내기 위해 급히 몸을 던졌고, 그 결과 중상을 입었다.

최악의 상황이다.

─젊은 친구, 고백할 게 있는데…….

─말씀하시지요.

형운은 자신에게 날아드는 홍자겸의 전음에 표정 하나 바꾸지 않고 대답했다.

─눈이 잘 안 보여.

─네?

─머리를 좀 거하게 얻어맞아서 그런가, 앞이 거의 안 보이는군. 귀도 잘 안 들리고. 기감도 정확도가 영 떨어지는 게… 저놈을 정확히 포착해서 칠 수가 없겠어.

―…….

흑영신교도의 자폭 공격은 홍자겸에게서 무인의 생명선이라고 할 수 있는 것들을 빼앗았다.

처음부터 의도된 공격이었다. 단순히 폭발만 일으켰다면 모르되 그 안에는 저주의 힘이 담겨 있었던 것이다.

모든 것은 형운을 죽이기 위해서다. 홍자겸만 약화시킨다면 살무귀가 충분히 형운을 죽일 수 있으리라는 기대가 있기에, 수십 교도의 목숨을 희생시켜 가면서 이 상황을 만들어낸 것이다.

―내가 대충 치고받으면서 틈을 만들어줄 테니 자네가 기회를 노려보게. 젊고 싱싱한 몸이니 잠깐만 여유가 주어지면 회복할 수 있겠지?

―네?

형운은 자기가 잘못 들은 줄 알았다. 보통 이런 때는 역할이 반대이지 않은가?

하지만 홍자겸은 더 말하지 않고 살무귀에게로 뛰어들었다. 살무귀는 그에게 맞서는 대신 안개 속으로 모습을 감추었다.

파파파파파!

하지만 홍자겸의 검이 휘둘러지면서 안개 속에서 핏물이 솟구쳤다.

"이런……!"

살무귀가 당황했다. 곧바로 다른 방향으로 이동하지만 소용없다. 마치 기다렸다는 듯 그 방향에서 홍자겸의 검이 날아들었다.

팟! 파바밧! 파바바바밧!

"이놈! 죽을 생각이냐?"

곧 살무귀는 상황을 깨달았다.

홍자겸의 검이 가속한다. 그 검은 하나가 아니다. 그의 손에 들려 휘둘러지는 실체의 검, 그리고 기로 이루어진 검 아홉 자루가 정밀한 연수합격을 펼치듯이 주변을 휩쓸고 있었다.

십검(十劍).

그 이름 그대로 열 명의 검객이 한 몸이 된 것처럼 공격을 펼치는 만검문의 절기였다.

열 개의 검이 주변을 휩쓰는 기세는 흡사 강철의 태풍 같았다. 요리조리 피하는 것만으로는 도저히 빠져나갈 수 없었다.

홍자겸은 감각이 고장 나서 도저히 정밀하게 상대를 포착하고 검술을 펼칠 수가 없었다. 고수가 고수다움을 보일 수 있는 전제 조건이 망가져 버린 것이다.

그러니 수와 양으로 승부한다. 상대가 자신의 공격 거리 안에 들어와 있기만 하면 충분했다. 그리고 그를 검으로 포착한 시점에서, 홍자겸은 절대로 거리를 내줄 생각이 없었다.

하지만 그것은 대가를 필요로 하는 행위였다. 살무귀를 압도할 정도로 빠르고 강한 공격을 이 정도 양으로 퍼붓기 위해서는 막대한 진기와 심력을 쏟아부어야 한다. 중상을 입어서 기맥이 흐트러진 홍자겸 입장에서는 죽고 싶어서 환장한 짓이었다.

홍자겸이 히죽 웃었다.

"실전이란 어차피 죽느냐, 사느냐인 것을! 죽음을 벗하지 않고 삶만을 탐하는 자를 무인이라 하느냐? 사람을 버리고 생존에 예속된 미물! 역시 너는 미학을 모르는구나!"

"미물! 미물이라고?"

살무귀가 격노했다. 홍자겸의 말이 그의 자존심을 건드렸다.

팍!

의기상인의 검이 살무귀의 기공파와 맞부딪친다.

파파파파팟!

살무귀의 몸이 실체와 안개를 오가면서 현란하게 십검에 맞서갔다. 노도와 같은 기세로 쏟아지는 혼무진공의 절학이 만검문의 무공 그 정수를 받아낸다.

"온갖 잡것에 구속된 인간이 무(武)를 논하느냐? 그런 여분들에 짓눌려서 진정 가야 할 곳으로 가지 못하는 어리석은 자! 미물은 너다. 극치를 추구하기 위해서는 모든 것을 버리고 순수해지지 못한 너!"

"나도 그렇게 생각했던 적이 있었지."

안개 속에서 검의 태풍이 휘몰아친다. 인간이 한 손으로 검을 쥐었을 때 나올 수 있는 온갖 궤적이 공간을 난도질하고 있었다.

"극에 도달하기 위해서는 더없이 순수해져야 한다고. 사람의 굴레를 벗어던지고, 인정을, 협의를, 도덕을, 선을, 악을, 오욕을, 칠정을 벗어던지고 일념으로 그것만을 구해야 한다고 믿었던 적이 있었지."

그것은 마치 신앙과도 같았다.

처음 검을 드는 그 순간부터 꿈꾼 환상. 처음에는 손에 잡힐 듯이 가까워 보이지만 스스로를 연마하면 연마할수록, 현실의 자신이 완성될수록 멀어져 가기만 하는 절망적인 이상.

그래도 믿어야 했다. 할 수 있다고, 반드시 도달할 수 있다고 믿으며 스스로를 갈고닦아야 했다.

"그런데 그게 아니더란 말이야."

"뭐라고?"

"애당초 무(武)란 어디에서 태어났나? 나보다 오래 산 괴물, 자네는 알고 있나?"

"무슨 소리를 하고 싶은 거냐?"

"그것도 결국 사람이 만들어낸 것이다. 어느 날 갑자기 하늘에서 뚝 떨어진 게 아니야. 사람이 만들어내고, 사람이 벼려내어 지금에 이르지 않았나?"

정공이든 마공이든 결국 사람의 손에서 태어났다. 사람의 도리를 저버릴 것을 요구하는 마공조차도 결국 사람이 상상하고, 사람이 벼려낸 기술이었다.

"그런데 그 극치를 이루기 위해서는 사람다움을 버려야 한다니, 얼마나 웃기는 소리란 말이냐?"

껄껄 웃는 홍자겸의 몸놀림이 흐트러지기 시작했다. 중상을 입은 몸으로 무리해서 진기를 쏟아부은 반동이 덮쳐 오는 것일까?

살무귀는 그렇게 생각했지만, 곧 자신의 판단이 틀렸음을 알수 있었다.

'검이 불어나고 있잖아?'

조금 전까지만 해도 분명 열 개의 검이 자신을 몰아치고 있었다.

그런데 검의 수가 조금씩 늘어난다. 자신의 인식 밖에서 새로운 기의 검이 출현해서 예측 밖의 궤도를 그려내고 있었다.

살무귀가 밀려나기 시작했다.

'말도 안 돼. 저 몸 상태로 어떻게 이런……!'

지금까지도 계속 위치를 바꾸면서 싸우고 있었다. 뒤로 밀리기도 했지만 그것도 거리를 조절하면서 원하는 위치를 잡기 위한 과정이었다.

그런데 이제는 아니다. 밀려나는 것 말고는 선택지가 없었다.

어느 순간 살무귀의 등이 무언가에 부딪쳤다. 정신없이 밀리다가 마침내 벽을 등지게 된 것이다.

'이런!'

물론 살무귀라면 이런 벽 정도는 순식간에 부술 수 있었다. 하지만 격렬한 공방 중에 그런 짓을 했다가는 치명타를 맞을 것이다.

홍자겸이 껄껄 웃었다.

"자, 한 번 더 받아보게! 오늘 이 순간 자네 같은 괴물을 만나게 된 것을 천운이라고 생각하네. 왠지 방법을 알 것 같거든. 그리고 아직 한 번은 더 할 수 있을 것 같아!"

십검(十劍)이 백검(百劍)이 된다. 백검(百劍)이 천검(千劍)이 된다. 그리고 이윽고…….

─만검만상(萬劍萬象)!

헤아릴 수 없는 검의 폭풍이 휘몰아쳤다.

이 순간, 일대에 있는 모든 자가 환상을 보았다. 마을 사람들도, 포위망을 펼치고 있는 자들도 새하얀 운무를 휘감은 무수한 검이 소용돌이치며 하늘로 올라가는 광경에 압도되었다.

후우우우우…….

환상이 사라지면서 광풍이 휘몰아쳤다. 그리고 바람이 잦아들자 일순간 정적이 그 자리에 내려앉았다.

"하하하! 이런이런……."

그리고 그 경이로운 광경을 일으킨 홍자겸은…….

"…잘난 척 떠들어놓고 할 소리는 아니지만, 이런 때는 정말 피류로 이루어진 인간이라는 게 짜증 나는군. 쯧. 원래 인간의 마음이 이렇게나 간사하지. 쿨럭!"

부서진 검을 바라보다가 피를 토하며 주저앉았다.

그 앞에서 살무귀가 비명을 지르고 있었다.

"으아, 아아아아악……!"

그의 몸에서 푸른 불길이 뿜어져 나온다. 몸 여기저기가 갈라져서 요사스러운 불길을 뿜어내는 모습은 마치 피를 흘리는 것 같았다.

8

"이런, 어떻게 나를……?"

살무귀는 격통 속에서도 의문을 품었다.

만검문에 전해지는 심상경의 절예, 만검만상이 그를 난도질했다. 하지만 요괴의 능력으로 기화를 막는 그에게는 심상경의 절예는 큰 위력을 발휘할 수 없었다. 그래야 했다.

그런데 현실은 그의 육체에 중상을 입혔다. 몸에 난 상처들을 통해서 그를 이루는 요소들이 서서히 기화하며 출혈과 유사한 현상을 일으킨다. 그것을 막기 위해 안간힘을 써야 했다.

그리고 위기는 아직 끝난 것이 아니었다.

아아아아아아……!

저편에서 노랫소리가 울려 퍼진다. 누구라도 홀려 버릴 수밖에 없는 아름다운 노랫소리다. 넋을 잃고 계속 듣고 싶어지는 그런 노랫소리.

하지만 살무귀에게는 악몽 속에서 울려 퍼지는 마귀의 절규나 다름없었다.

"크윽, 이런, 이 계집이 감히……!"

기화를 막느라 안간힘을 쓰고 있는 그는 극도로 불안정한 상태였다. 서하령이 멀리서 음공으로 기맥을 공격하는 것만으로도 심각한 타격이 될 수 있었다.

그리고 그 노랫소리를 뚫고 형운이 나타났다.

주먹이 작렬하며 살무귀의 몸이 뒤로 날아간다. 아까 전까지만 해도 등 뒤를 가로막고 있던 벽은 만검만상의 여파로 사라지고 없었다. 그의 몸이 폐허가 된 민가에 처박혔다가 솟구쳤다.

"무극(無極)……."

그 뒤를 운화로 추적하면서 형운이 홀린 듯이 중얼거렸다. 뇌리에서 방금 전에 본 광경이 떠나지 않았다.

살무귀와 달리 형운은 방금 전에 일어난 일을 이해하고 있었다.

일월성신의 눈으로 그 과정을 보았다. 그리고 귀혁이 심상경에 대해서 내린 가르침들이 그것을 이해할 수 있는 기반이 되어

주었다.

막 심상경의 절예에 입문한 자들이 구하는 것은 절대적인 파괴의 심상이다.

스스로를 기화한다. 혹은 손에 쥔 병기를 기화한다.

그로써 시간과 공간의 제약을 초월해 상대를 친다. 그리고 그 결과는 표적이 어떤 물질적인 특성을 가졌어도 상관없는, 기화(氣化)를 이용한 절대적인 파괴다.

하지만 그것은 그야말로 시작일 뿐이다. 심상경의 세계는 하늘처럼 넓고 바다처럼 깊다.

그저 적을 파괴하는 것뿐이라면 굳이 위험을 무릅쓰고 기화할 필요가 없다. 기화를 막는 능력을 지닌 존재들을 상대할 때는 기화를 이용하기보다는 그냥 물리적인 파괴를 일으키는 것이 더 효과적이기까지 하다.

'무인에게 있어서 기술의 완성은 목적지가 아니다. 목적지가 되어서도 안 되지. 그저 목적지에 이르기 위한 수단이어야 한다.'

귀혁은 형운에게 그렇게 가르쳤다.

검사가 추구해야 하는 것은 검이 아니다. 검을 통해 자신이 바라는 이상적인 순간을 현실에 구현하는 것이다.

많은 무인이 심상경을 궁극적인 도달점으로 여긴다. 하지만 그래서는 안 되는 것이다. 심상에 품은 이상을 현실로 구현하는 것조차도 자신이 바라는 결과를 얻기 위한 수단에 불과한 것을.

그 사실을 깨달은 자만이 더 깊은 곳으로 나아간다. 심상경에 도달하지 않은 무예가 무궁무진한 기술을 낳았듯이, 심상경의 절예 역시 무궁무진하게 발전할 수 있었다.

홍자겸은 그 사실을 깨달았다.

상대가 기화를 막을 수 있는 능력이 있어서 심상경의 절예가 통용되지 않는다?

고작 그런 이유로 쓸모없어지는 기술을 무인이 품은 이상의 구현이라고 할 수 있겠는가?

발전은 부족함을 아는 것에서 시작된다. 그리고 홍자겸은 오랜 정체를 깨고 그 한 걸음을 내디뎠다.

'그래, 멈춰서는 안 돼. 앞에 무엇이 있을지 몰라 무섭다고 해도, 멈춰 버리는 것은 대답이 될 수 없어.'

왠지 웃음이 나온다. 홍자겸이 쏟아낸 말들이 별빛처럼 선명하게 가슴에 박혀서 지금껏 그를 괴롭히던 마음의 안개를 걷어 내 주고 있었다.

파파파파파!

안개 속에서 기공파가 종횡무진 쏟아졌다. 안개와 일체화되어서 조짐이 거의 존재하지 않는 공격이지만 형운은 개의치 않는다. 무심반사경이, 그리고 운화 감극도가 그 모든 공격을 남김없이 막아내고 있었다.

살무귀가 경악했다.

'어떻게 막아내는 거지?'

자신이 기화를 막느라, 그리고 끊이지 않고 쏟아지는 음공 때문에 기의 운용이 제약되기 때문인가?

물론 그런 영향도 있긴 할 것이다. 하지만 아무리 그래도 이 정도로 완벽하게 막아내는 것은 이해할 수가 없었다. 마치 살무귀가 언제 어디서 공격을 가해올지 다 알고 있기라도 한 것 같은 반응 아닌가?

'설마 예지 능력이라도 지닌 것인가?'

살무귀의 추측은 틀렸다. 형운에게 예지 능력 따위는 없었다.

그저 통찰할 뿐이다. 지금까지 보고도 그냥 지나쳤던 정보를 명확히 이해함으로써 살무귀의 움직임을 명확히 통찰할 수 있게 되었다.

시선이 느껴진다.

'기기묘묘한 공격이지만 상대를 보아야 하지. 본다는 사실에서 자유롭지 못해.'

홍자겸이 보여준 심상경의 절예가 형운의 인식을 새로운 영역으로 이끌었다.

지금까지는 살무귀 본체의 시선만을 인지했다. 하지만 이제는 그가 안개 속에서 다각도의 공격을 가하기 위해서 표적의 정보를 포착하는 감각의 움직임 전부를 알 수 있었다.

일월성신만의 능력은 아니다. 평범한 사람도 누군가의 시선을 느낄 수 있듯이, 무인이라면 기파만으로도 상대가 자신을 인지하고 있는지 느낄 수 있게 마련이다.

형운의 감각은 살무귀의 감각이 자신을 포착하는 순간을 감지하고 있었다. 그저 지금까지는 그 정보의 의미를 몰라서 무의식중에 흘려 버리고 있었던 것을 이제는 명확하게 활용할 수 있게 된 것이다.

"크악!"

형운의 발차기가 살무귀의 몸통에 내리꽂혔다.

안개화할 틈도 주지 않는 공격이었다. 살무귀가 격공의 기를
발하는 바로 그 순간, 형운은 공격 지점을 읽어내고 빠르게 자
세를 바꾸었다. 기운을 집중한 어깨로 타점을 흘려내면서 동시
에 발차기를 날리니 살무귀는 정통으로 반격을 맞아버렸다.

퍼버버벙!

날아가는 살무귀에게 격공의 기가 쏟아지면서 몸이 허공에서
공처럼 튀어 다녔다. 그리고 운화로 뒤를 잡은 형운이 발차기로
그를 하늘로 띄우고는 곧바로 추격한다.

후우우우우우!

광풍혼이 채찍처럼 날아들어서 살무귀를 휘감았다. 일순간
그의 몸이 거대한 뱀에게 휘감긴 것처럼 짜부라지면서 비명이
울려 퍼졌다.

하지만 살무귀는 안개화를 통해서 그 압력을 흘려내면서 기
공파를 쏟아내서 광풍혼을 찢었다. 그대로 허공에서 반전하는
그는 이미 몸에 생긴 상처로부터 기화로 인해 푸른 불길이 치솟
는 것을 도외시하고 있었다.

"네놈만! 네놈만 손에 넣는다면……!"

몸 상태는 이미 글렀다. 홍자겸에게 큰 상처를 입은 채로 형
운에게 난타당하는 바람에 회생 불가능한 상태에 빠졌다.

하지만 그는 인간의 제약을 초월한 괴물이다. 기운만 남아 있
다면 육체를 부상이 없는 것처럼 움직일 수 있었다.

"죽어라!"

솟구치던 형운이 눈을 크게 떴다. 허공에서 반전한 살무귀가 안개로 변하나 싶더니 벼락처럼 가속하며 코앞까지 다가온 것이다. 미처 손쓸 틈도 없이 그가 몸 전체로 형운을 덮쳤다.

그렇게 보였다.

콰직!

"커, 어억······!"

그대로 형운을 덮쳐서 목덜미를 물어뜯을 작정이었던 살무귀의 입에서 신음이 흘러나왔다.

격돌의 순간, 당황한 것처럼 보였던 형운이 거짓말처럼 허공을 박차고 옆으로 움직였다. 그리고 자신의 오른팔로 살무귀의 왼팔을 휘감아서 수수깡처럼 부러뜨리고 관수로 심장을 꿰뚫었다.

'이 녀석, 처음부터 여기까지 계산했단 말인가!'

무섭도록 차가운 형운의 눈빛을 보면서 살무귀는 이 모든 것이 계산된 결과임을 깨달았다.

애당초 그가 광풍혼의 구속을 풀어낸 것은, 형운이 일부러 느슨하게 붙잡았다가 풀어줬기 때문이다. 결정적인 순간에 허점을 연기하면서 유혹하면 살무귀가 앞뒤 가리지 않고 결사의 각오로 찔러올 수밖에 없다는, 소름 끼치도록 차가운 계산이었다.

'누구냐?'

경탄과 절망 속에서 살무귀는 의문을 떠올렸다.

'누가 이런 그릇을, 만들어낸 것이냐······?'

영원히 답을 구할 수 없는 의문에 사로잡힌 채 살무귀의 의식이 끊어졌다.

9

별의 수호자의 위진국 본단 최고 권력자, 화성 하성지는 보고서를 보면서 눈살을 찌푸리고 있었다.

별의 수호자의 조직은 거대하다. 하나의 이름으로 유지되고 있다는 것이 기적으로 여겨질 정도로 커서, 당연히 그 안에는 크고 작은 세력들 간의 무수한 알력이 존재하고 있었다.

위진국 본단은 명목상으로는 하운국 총단의 하부 조직이다. 하지만 늘 하운국 측과 기 싸움을 하고 있었다. 조금이라도 독립적인 권한을 늘리기 위해서 노력하고, 이익이 되는 일에 하운국 측이 참견해 오면 주도권을 지키기 위해 수작을 부린다.

그런 만큼 서로가 약한 모습을 보이고 싶어 하지 않는 것은 당연한 일이었다.

"뭔가 일이 크게 나긴 났군."

하성지는 하운국을 살피는 독자적인 정보망을 갖고 있었다. 하운국의 조직에서 주는 정보만을 받아먹는다면 그들이 원하는 대로 왜곡된 현실 인식을 갖게 되기 때문이다.

특히 총단의 상황을 살피는 것은 늘 게을리하지 않았다. 정기적으로 정보를 받아 보면서 새로운 인선이나 권력 구도의 변화를 놓치지 않으려고 노력했다.

그런데 이번 보고는 이상하다.

하성지의 제자이며, 실질적으로는 부관 노릇을 하고 있는 아윤이 말했다.

"강력한 통제가 이루어졌군요. 우리 쪽 사람들도 함부로 보고할 수 없을 정도로……."

그도 보고서를 보면서 하성지와 같은 느낌을 받았다.

어떤 경로로 전해진 보고서를 봐도 중요한 정보가 조작되어 있다는 느낌이 든다. 그들이 심어둔 사람들에게서 전해진 정보조차도 그렇다는 것은, 총단에서 그들이 섣불리 움직일 수 없을 정도로 강력한 정보 통제를 하고 있다는 의미일 것이다.

하지만 역으로 생각하면 평소 공식적인 정보와는 다른 방향에서 수집한 정보를 주던 사람들이 입을 맞추기라도 한 듯이 전부 똑같은 내용을 전달했다는 것이 그것이 조작되었음을 알려주었다. 정보를 통제하는 쪽에서도 그 사실을 알고 있을 텐데 좀 더 교묘하게 처리하지 않았다는 것은……

"그럴 여유가 없을 정도로 큰 사고가 터졌다는 거겠지. 재미있군."

"그건 제가 알아볼 테니 오늘은 이만 들어가시죠."

"뭐라고?"

"오늘 부군께서 돌아오시는 날 아닙니까? 일찍 돌아가서 같이 식사라도 하세요."

"……."

하성지가 허를 찔린 듯 멍청한 표정을 지었다. 아윤이 피식 웃었다.

"중요한 일이기는 합니다만 어차피 당장 답이 나올 문제도 아니잖아요. 필요한 조치 취해두고, 들어온 정보 분석하는 일은 해둘 테니까 내일 와서 같이 보시죠."

"…웬일로 정말 기특한 소리를 하는구나."

하성지가 멋쩍은지 흠흠 헛기침을 했다. 그녀는 성혼하여 가정을 이루었으며 자식도 둘이나 있었다. 남편은 위진국 본단에서 일하는 연단술사였으며 자식들도 별의 수호자의 일원이었다.

아윤이 씩 웃으며 말을 돌렸다.

"그러고 보니 그에게는 제대로 된 정보가 전해졌을까요?"

"귀혁의 제자 말이냐?"

"네."

"흠. 지위를 생각하면 그랬을 수도 있겠지만, 이 정도로 강경하게 감추는 사실이라면 이 나라로 나와 있는 그 애송이에게도 전하지 않았을 것 같구나."

하운국 총단 입장에서는 정보를 위진국으로 전하는 과정에서 유출될 위험을 고려하지 않을 수 없다. 그러니 형운에게도 그들이 감추고 있는 진실은 전해지지 않았으리라.

10

마을 여기저기서 뚱땅거리는 소리가 울리고 있었다. 외부에서 온 인부들이 폐허의 잔해들을 들어내고, 새로운 자재들을 운반하는 과정이 한창이었다.

구훈은 하룻밤 사이에 마을의 절반이 파괴되는 참화를 겪었다.

날뛰기 시작한 살무귀가 짧은 시간 동안 입힌 피해가 그만큼 대단했다. 형운도 혹시 다른 사람이 말려들지 않을까 신경을 곤두세우고 싸웠지만 지형지물에까지 신경을 쓸 수는 없었다. 그리고 그만큼이나 막강한 힘을 지닌 자들끼리 격돌하면 주변이 폐허로 화하는 것은 필연이었다.

사상자도 많았다.

살무귀가 안개를 발화시켰을 때 죽은 사람만 해도 스무 명이 넘었다. 만검문도와 관병들이 반이었고, 전후 사정을 모르는 채 휘말린 불쌍한 주민들이 반이었다. 그 외에도 목숨은 건졌지만 부상을 입은 이도 많았다.

형운 일행은 기적적으로 사망자가 나오지 않았다. 사태가 벌어졌을 때, 서하령이 무일을 포함한 호위단에게 일대의 주민들을 대피시키는 역할을 맡긴 덕분이었다.

싸움에 임한 것은 형운과 서하령, 마곡정, 가려, 천유하 다섯 명이었고 다들 무사히 살아남았다.

"네 덕분이야."

형운이 서하령에게 감사했다.

서하령이 호위단에 내린 지시는, 사실 일행을 이끄는 형운이 내렸어야 하는 것이다. 하지만 살무귀에게 붙잡혀 있느라 그럴 겨를이 없었는데 서하령이 그 역할을 대신해 준 것이다.

"알았으면 잘해. 슬슬 쌓인 빚이 이마아아안큼은 되는 것 같은데."

서하령이 양손을 크게 벌리면서 말했다. 그 모습이 귀여워 보여서 형운이 피식 웃자, 그녀가 흥 하고 새침한 표정을 지었다.

"두고두고 우려먹고 싶지만 뭐, 그건 목숨 빚으로 적당히 퉁 치는 걸로 해줄게."

"어, 나 지금 좀 감동했어."

형운의 말에 서하령이 삐딱하게 웃었다. 이번 싸움에서 형운 이 아니면 그녀도 죽을 고비를 넘겼을 것이다. 안개가 발화하는 그 순간, 형운이 앞을 가로막고 호신장막을 펼치지 않았더라 면…….

'하여튼 한결같은 바보라니까.'

서하령은 그렇게 생각하며 한숨을 쉬었다. 그 급박한 싸움 중 에 남을 위해 몸을 던지다니 예나 지금이나 놀랄 정도로 변함없 는 녀석이다.

"그런데 괜찮겠어? 벌써 사흘째인데."

형운 일행은 살무귀를 척살한 후로 사흘째 구훈에 머무르고 있었다. 형운이 말했다.

"어차피 다들 쉴 필요도 있고…….""

"상식적으로 생각하면 우리 중에 제일 휴식이 필요한 건 넌 데."

"난 괜찮아. 알잖아?"

우습게도 살무귀와 격전을 벌인 형운이 일행 중에서 가장 멀 쩡했다. 싸움을 끝낸 후, 차분하게 운기조식하는 것만으로도 몸 에 난 상처가 회복된 것이다. 살무귀에게 받은 타격으로 인해서 기의 운행이 조금 흐트러지고, 몸에도 피로가 남지만 전부 사소 한 문제에 불과하다.

문득 그녀의 뇌리에 천유하의 중얼거림이 스쳐 갔다.

'저건 이미 사람의 싸움이 아니다.'

사람과 괴물의 싸움조차도 아니었다. 그때 서하령과 천유하는 두려움을 느꼈다. 형운과 살무귀의 싸움이, 마치 괴물과 괴물의 싸움 같았기 때문에.

서하령은 고개를 저어서 그 생각을 털어버렸다.

비록 형운이 사람처럼 보이지 않게 변화해 가더라도, 그는 그녀가 아는 누구보다도 사람다웠다. 사람으로서 사람을 소중히 여기는 마음을 갖고 있었다.

문득 형운이 말했다.

"그럼 다녀올게."

"무사히 돌아오길 빌게."

"그게 병문안 가는 사람한테 할 소리냐?"

형운이 어이없어했다.

살무귀와의 싸움 때 이후로 계속 혼절해 있던 홍자겸이 의식을 회복했다. 그 소식을 들은 형운이 병문안 겸 가겠다고 하니 저런 소리를 하는 것이다.

홍자겸이 머무는 곳은 구훈의 관아였다. 형운을 본 이들은 다들 방문 목적을 묻지도 않고 예를 표하며 물러나 주었다. 그만큼 형운은 구훈에서 존경받는 사람이 되어 있었다.

관병에게 안내를 받아서 홍자겸의 숙소 쪽으로 향하니 그곳에 익숙한 얼굴이 보였다. 처음 형운과 충돌했던 만검문도 이성평이었다.

"어서 오시오, 선풍권룡 대협."

"으, 대협이라는 말은 거두어주시죠. 부끄럽습니다."

그가 정중히 예를 표하며 한 말에 형운이 얼굴을 붉혔다. 그러자 이성평이 껄껄 웃었다.

"그대가 아니면 누가 대협이라 불리겠소? 이번에 정말 크게 개안했소이다. 그 용기, 그 무위, 그리고 어려운 사람들을 못 본 척하지 않는 협의까지! 내 오늘에 이르러서야 진정한 영웅을 보았다오."

"가, 감사합니다."

형운은 당장 어디론가 도망치고 싶은 것을 참으면서 말했다.

하지만 이성평만이 아니라 현재 구훈에서는 다들 형운을 경외하고 있었다. 홍자겸과 함께 살무귀를 척살했을 뿐만 아니라 그 후로도 스스로 나서서 다친 사람들을 돌보고, 갖고 있던 의약품을 아낌없이 풀어서 그들이 치료받을 수 있도록 했다. 또한 구훈 사람들을 위해 여행 자금을 써서 한동안 버틸 수 있는 식량을 마련하고 재건 비용도 보탰기에 그를 칭송하지 않는 자가 없었다.

형운 입장에서는 당연히 해야 할 일을 했다고 생각하는데 이런 대접을 받으니 얼굴이 뜨거웠다.

그때 문이 벌컥 열렸다. 그리고 홍자겸이 걸어 나왔다.

"우리 젊은 친구가 왔구먼."

"막 의식을 회복하셨다고 들었습니다. 안으로 들어가시지요."

"괜찮아, 괜찮아. 아프다고 방구석에 혼자 누워 있으면 얼마나 우울한데. 바람이라도 쐬어야지."

형운이 이성평을 바라보았지만 그는 고개를 절레절레 저을 뿐이었다. 아무래도 만검문에서는 홍자겸은 절대 남의 말을 안 들어먹는 존재로 인식을 굳힌 모양이다.

형운이 한숨을 쉬며 목함 하나를 건넸다.

"이건 뭔가?"

"내상에 효과가 있는 약입니다."

"흠. 좋아 보이는군. 기감으로 기운이 느껴질 정도의 약이라니 이런 건 오랜만인걸? 이거 그냥 먹어도 되는 건가?"

"운기조식하셔야 효과가 제대로 드는데……."

"그럼 잠시 주변을 봐주게."

홍자겸은 약을 홀라당 삼키고는 그 자리에 가부좌를 틀고 주저앉아서 운기조식을 시작했다. 형운이 당황해서 이성평을 바라보았다. 운기조식을 한다는 것은 스스로를 무방비 상태로 노출하는 행위라서 이런 때는 정말 믿을 수 있는 사람에게 자신을 지켜달라고 하게 마련인데…….

이성평이 쓴웃음을 지으며 말했다.

"부탁드리겠소."

"…알겠습니다."

형운은 한숨을 쉬며 홍자겸의 등에다 손을 가져다 대었다. 그리고 손바닥을 통해 진기를 살살 흘려 넣자 홍자겸이 잠시 움찔했다. 하지만 그뿐, 차분하게 한 식경(약 30분)에 걸쳐서 운기조식을 하고는 눈을 떴다.

"대단하군. 이 정도로 정순한 기운은 처음 봤세. 며칠은 정양

하면서 푹 자고 깨어난 듯한 기분이야."

"막 약 기운을 받아들이셔서 그런 것이니 그런다고 무리는 하지 마시지요."

"허허. 잠시 걷지."

사흘 동안이나 의식을 잃었다 깨어났으면서도 홍자겸의 걸음 걸이는 흐트러짐이 없었다. 하지만 진짜 괜찮은 것은 아니다. 그는 여전히 걷기도 힘들어해야 할 환자였다. 그런 몸을 진기로 조작해서 멀쩡한 것처럼 움직이게 하고 있는 것이다.

애써 강한 척하는 것도 아니다. 그는 마치 새로운 장난감을 만난 것처럼 즐거워하고 있었다.

'장애가 생겼다는 것은 극복할 만한 과제를 만났을 뿐이라는 건가?'

형운은 속으로 혀를 내둘렀다. 홍자겸이 물었다.

"솔직히 놀랐네. 이 나이 들고 나서 놀랄 일이 별로 없을 거라 고 생각했는데, 자네는 정말 내 상상을 가뿐하게 뛰어넘는구먼. 어떻게 그 나이에 내공이 나와 대등한 수준인가?"

"……"

"별의 수호자의 기밀인가? 흠. 하늘이 기연을 세끼 식사처럼 던져 줘도 그렇게는 못 될 것 같은데 대단하구먼. 나도 살면서 제법 기연 좀 만난 편인데 자네 앞에서는 명함도 못 내밀 것 같 으이. 게다가 그 진기, 깜짝 놀랄 정도로 정순하더군. 그런 기운 은 생전 처음 봤어. 약 기운보다 자네 진기가 더 도움이 된 것 같 구먼."

홍자겸은 형운이 대답을 하든 말든 신이 나서 떠들어대고 있었다. 할 말이 궁해진 형운이 말을 돌렸다.

"그때 왜 그렇게 다치셨었는지 들었습니다."

"음?"

"문도와 마을 주민을 구하기 위해 몸을 던지셨다지요?"

"에잉, 쓸데없는 소리를 들었구만."

홍자겸이 겸연쩍어했다. 왠지 그 모습이 지금까지에 비해 굉장히 인간적으로 보여서 형운은 자기도 모르게 웃었다.

자기만의 기준으로 살아가며 수많은 무인에게 원한을 사면서도 팔객이라 칭송받는 것에는 그만한 이유가 있게 마련이다. 무인에게는 기괴한 재앙처럼 취급받는 그지만, 동시에 평범한 사람들을 지키기 위해서 기꺼이 몸을 던지는 협의를 실천하는 인물이기도 했다.

문득 홍자겸이 말했다.

"전에 말하지 않았나?"

두서없는 말이었지만, 형운은 그가 무슨 말을 하고자 하는지 짐작했다. 그래서 가만히 다음 말을 기다렸다.

"가끔은 사람으로서 짊어진 것들이 싫어질 때가 있다고. 아프고 힘들 때일수록 그런 마음이 강해지지. 내가 추구하는 것만 보면서 가고 싶은데 온갖 것이 발목을 잡아."

"그래도 버리지 않으시는군요."

"그런 것들이 나를 사람이게 하니까. 사람으로서 무인의 길을 걸을 수 있게 하기 때문일세. 다 버리고 싶어질 때도 있었고, 그러려고 했던 적도 있는데… 먼 길을 돌아서 원래 가던 길 위로 돌아오는 경험을 하고 나서야 알게 되었지. 사실은 내가 정말로 강해지기 위해서는 그런 귀찮은 것들이 필요하다는 것을."

홍자겸이 히죽 웃으며 물었다.

"그나저나 마지막으로 부탁이 있는데 들어주겠는가?"

"뭔지 알 것 같군요."

형운이 빙긋 웃었다.

퍼엉!

직후 작은 폭음이 울려 퍼지며 두 사람이 서로 자리를 바꾸었다.

홍자겸이 희희낙락했다.

"역시 말이 통하는 친구야! 이래서 자네가 좋아."

"이거, 비밀로 해주셔야 합니다. 안 그러면 전 두고두고 사람도 아니라고 욕을 들어먹어야 할 테니까요."

형운이 장난스럽게 웃었다.

방금 전, 며칠 전에 눌러 참았던 충동을 실행에 옮겼다. 부상으로 골골거리는 홍자겸을 인정사정없이 기습한 것이다.

조금 전까지만 해도 정말 이래도 되나 싶었는데, 막상 저지르고 나니…….

'어, 후련해.'

가슴속에 얹혀 있던 찝찝한 기분이 날아갔다. 상대가 골골거리는 병자인데도 눈곱만큼도 죄책감이 일지 않는다.

홍자겸이 껄껄 웃었다.

"침묵이라. 대가치고는 싸군. 규칙은 자네가 정해도 좋아."

"그럼… 흠. 좋아요. 피차 누군가에게 들키면 곤란하니까, 먼

저 소리 내는 쪽이 지는 걸로 할까요?"

"호오, 그거 재미있구만. 신선해."

누구의 시선도 없는 곳에서, 두 사람이 조용한 격투를 벌이기 시작했다. 그리고 그날의 승패는 어디에도 알려지지 않고 두 사람의 가슴속에만 남았다.

제60장
명암(明暗)

성운을 먹는 자

1

예전에 귀혁은 왜 다른 이들이 그렇게 제자를 못 둬서 안달인지 이해할 수가 없었다. 그에게 아까운 기술 혼자 안고 있지 말고 제발 제자 좀 들여서 전수하라는 사람들의 잔소리는, 젊은 시절 제발 좋은 여자 만나서 가정을 이루라는 잔소리만큼이나 집요했다.

물론 귀혁도 제자의 필요성은 인정하고 있었다. 기술과 지식의 역사에 비하면 한 인간의 일생은 하루살이처럼 짧고, 그 한 몸이 지닌 가능성도 좁으니까. 자신이 쌓아 올린 성과는 후대로 계승되어야 마땅했다.

무학자로서도 제자 육성은 관심을 가질 만한 분야였다. 제자를 두진 않았지만 여러 훈련법 등을 개발해서 이런저런 집단에 도입하면서 실효성을 검증해 보기도 했다.

'역시 사람 마음이 어디 들어갈 때랑 나올 때 다른 법이지.'

그리고 현재, 귀혁은 자기가 참 사람답다는 결론을 내렸다.

제자들을 가르치는 게 참 재미있다. 이런 재미있는 일을 왜 그렇게 온갖 이유를 대가면서 피해 다녔단 말인가?

영성 호위대장, 석준이 말했다.

"10년 전의 제게 이 사실을 말해준다면 안 믿을 겁니다."

"뭘 말인가?"

"10년 후의 영성님께서 제자 가르치는 재미에 흠뻑 빠져서 밖에 나와서 일을 하시는 와중에도 뭘 가르칠까 궁리하신다는 것 말이지요."

귀혁은 임무 수행을 위해 나와 있었다. 영성 호위대, 그리고 다른 인원들을 이끌고 황족의 생일에 선물로 바치기 위한 귀한 약들을 운송하는 중이다.

이런 경우 실질적으로 인원들을 움직이는 것은 대체로 석준의 몫이다. 하지만 할 일이 없다고는 해도 귀혁이 남는 시간에 제자들을 가르치기 위한 계획과 새로운 훈련법에 대한 구상을 열심히 세필로 적고 있는 모습이 신기하지 않은 것은 아니었다.

귀혁은 부끄러워하는 기색도 없이 말했다.

"맞는 말이군. 아마 그때의 나도 안 믿었을 거야. 그리고 보니 형운 녀석 소식은 들어온 것은 없나?"

"진조족과 만난 이후로는 아직입니다."

"흠. 그 녀석 참. 가는 곳마다 사건을 만난단 말이지. 늘 나를 놀라게 해."

"그래서 제자로 들이신 거 아니었습니까?"

"처음 제자로 들일 때는 그런 기대감으로 들인 것은 아니었네만."

귀혁이 옛일을 떠올리며 웃었다. 형운만큼 그를 재미있게 하는 놈들은 아니었지만 다른 제자들도 좋다. 새파랗게 어린 주제에 다들 어른의 시커먼 꿍꿍이속에 휩쓸려 있는 것들이기는 했지만, 그래도 제법 가르치는 맛이 있었다.

우우우우웅……!

그때였다. 갑자기 귀혁의 품 안에서 강렬한 빛이 새어 나오기 시작했다.

"음?"

귀혁이 놀라서 품속을 뒤졌다. 긴급 신호용 부적이 빛을 발하고 있었다.

이 부적의 의미는 분명하다.

'총단에 긴급 사태 발생. 조속히 귀환할 것.'

오직 그것만을 위해 만들어진 부적이었다. 총단에서 그를 호출하면 아무리 먼 곳에 있더라도 곧바로 발동하게 되어 있다.

즉 귀혁이 기환술 통신망이 있는 지점에 당도하기를 기다리지도 못할 정도로 급박한 사태가 터졌다는 소리다. 6년 전, 흑영신교의 무리들이 성해를 급습했을 때처럼.

"충분히 대비했을 텐데도 이렇게 되는가. 역시 예지를 갖고 장난치는 놈들은 골치 아프군."

하지만 이런 긴급 사태도 귀혁은 담담하게 받아들였다. 어느 정도는 각오한 일이었기 때문이다. 석준이 긴장한 표정으로 말했다.

"조심하십시오. 총단에 남아 있는 분들만으로는 감당 못 할 사태가 터졌다는 뜻이니까요."

"그 말은 내가 자네에게 해야 할 것 같군. 이쪽에도 무슨 술책을 부려올지 모르니 조심하게."

그리고 꽝음이 울려 퍼지며 귀혁의 모습이 사라졌다. 총단을 떠난 지 닷새, 그동안 이동한 거리를 단숨에 되돌아가기 위해 귀혁은 소리조차 뒤에 두는 속도로 공간을 가로질렀다.

2

별의 수호자는 오늘의 위험을 예견하고 있었다.

진(眞) 일월성단(日月星丹).

연단술의 성지라고 할 수 있는 성도의 탑에서 안정화하는 데 실패한 희대의 비약 때문이었다. 이 비약의 위험성 때문에 성도의 탑에서 안정화 작업을 계속하기를 포기하고 성해 외곽에 별도의 연구 시설을 건립했다.

연구 시설이 완성되고 나자 이송이 문제가 되었다. 그리 길지 않은 거리이기는 하지만, 그들은 총단을 벗어나서 성해의 성벽 밖으로 이 귀한 보물을 옮겨야 한다.

언뜻 별로 어렵지 않은 일이라고 생각할 수도 있다. 하지만 별의 수호자는 촉각을 곤두세웠다.

마교가 진 일월성단을 노릴 가능성 때문이었다. 상식을 초월한 예지 능력자를 보유하고, 어떤 예측보다도 정확하게 예지된 미래를 바탕으로 움직이는 그들은 두려운 적이었다.

성해는 별의 수호자의 앞마당이지만, 저들이 막대한 희생을 감수하고 달려든다면 황실조차도 안전지대가 될 수 없다. 그 사실은 30여 년 전에 전 대륙을 휩쓴 마교와의 전쟁에서 증명된 바 있었다.

그리고 그들의 우려는 들어맞았다.

"설마 이게 놈들의 수작이라는 겁니까?"

풍성 초후적의 다섯 번째 제자, 오량은 눈앞에서 벌어지고 있는 사태에 신음을 삼켰다. 그러자 그의 둘째 사형인 정무격이 대답했다.

"그렇게 생각할 수밖에 없을 정도로 공교롭지."

"하지만 어떻게?"

"그건 윗분들도 알아내지 못한 것 같다. 그리고 여기서 이런 일이 벌어진다는 것도 계산 밖의 일이었던 것만은 분명하다."

정무격도 식은땀을 흘리고 있었다.

오량과 정무격은 차분하게 대화를 나누고 있었지만, 그들의 본능이 경고하고 있었다. 지금 당장 이 자리를 떠나라고. 뒤도 돌아보지 않고 전력으로 이곳에서 멀어져야만 살 수 있을 것이라고.

쿠구구구구……!

그들의 눈앞에서 눈부신 빛이 새어 나오고 있었다.

온통 기환술로 특수 처리를 한 금속으로 만들어진, 직경이

1장(약 3미터)에 이르는 커다란 원형의 궤짝은 진 일월성단을 운송할 목적으로 제작된 특수 보관함이었다. 운송하는 동안에는 설사 외부에서 큰 충격이 가해지더라도 진 일월성단의 안정성이 훼손되지 않도록 만들어진 것인데…….

'그런데 내부에서 진 일월성단이 안정을 잃다니.'

엄청난 돈과 노력이 투자된 보관함이 안쪽으로부터 파괴되고 있었다. 당장에라도 주변을 잿더미로 만들어 버릴 수 있는 힘이 보관함의 연결을 파괴하면서, 강렬한 빛과 열기를 뿜어낸다.

"내공이 약한 자들은 물러나라! 물러나서 연수하여 스스로를 지키면서 사방을 경계하도록!"

정무격이 명령을 내렸다.

보관함이 파손되면서 쏟아져 나오는 기파는 너무나도 농밀하고 강력했다. 내공이 약한 자들은 거기에 닿는 것만으로도 진기의 운행이 불안정해지고 있었다.

"만약……."

오량이 침을 꿀꺽 삼키며 물었다.

"…세 분께서 안정화에 실패하신다면 어떻게 되는 겁니까?"

별의 수호자는 덮쳐 올 위험에 대비하여 만반의 준비를 갖췄다. 각별히 신경 써서 진 일월성단 운송용 보관함을 만들고, 풍성과 지성, 성운검대주까지 최강의 고수들을 호위로 투입함으로써 위험에 대비했다.

그런데 엉뚱하게도 운송이 시작되고 나서 얼마 지나지도 않아서 문제가 터졌다. 아직 성해의 성문 밖으로 나가지 않은 상황, 즉 성해 시내 한복판에서 진 일월성단이 폭주하기 시작한 것이다.

정무격이 말했다.

"최악의 경우 성해라는 도시가 죽음의 땅이 될 수도 있다고 하더군."

"……."

"그게 아니더라도 막대한 희생자가 나올 터. 그게 노림수였다고 해도 믿을 수 있겠군. 무슨 수를 써서 이럴 수 있었는지는 알 수 없지만……."

"따지고 보면 고작 비약 하나일 뿐인데, 그것 때문에 그런 사태가 일어난다니… 어처구니가 없군요."

더 어처구니없는 점은 오량 자신도 정무격의 추측이 현실적임을 이해하고 있다는 것이다.

이것은 별의 수호자의 예측을 뛰어넘은 사태였다. 본래는 마교의 습격으로부터 진 일월성단을 지켜내기 위해 투입된 풍성, 화성, 성운검대주라는 최강의 고수들이 폭주한 그것을 안정화하기 위해서 온 힘을 다하고 있었다.

오량이 말했다.

"사형의 추측대로라면 우리가 할 일은 준비되어 있겠지요."

"잘 아는군. 준비해라."

오량과 정무격이 도를 뽑아 들고 전투에 대비했다.

사실 오량은 아직도 이것이 마교의 수작이라는 것을 믿기 어려웠다. 성도의 탑에까지 그들의 손길이 미쳐 있다는 뜻이 아닌가?

'아무리 마교 놈들이라고 해도 그렇게까지…….'

하지만 지금은 그런 의문에 집착할 때가 아니다. 중요한 것은 눈앞에서 문제가 터졌다는 사실 그 자체다. 오량도 그 사실을 잘 알고 있었다.

성해 시내 한복판에서 문제가 발생했다는 것은 별의 수호자에게 있어서 악재다. 하지만 빠른 시간 내에 대응이 가능하다는 장점도 있다. 총단에서는 이 사태를 수습하기 위한 인력, 즉 기환술사들과 기공사들을 모으고 있을 것이다.

무공보다는 순수하게 기를 다루는 능력에 치중한 기공사들은 전투 병력이 아니지만, 이런 사태에 대응하는 인원으로는 최적이다. 그래서 별의 수호자에서는 기공사를 적극적으로 육성하고 있었다.

그들이 와서 사태를 안정시키기를 기대해야 한다. 그때였다.

파지직!

저편에서 날아온 뭔가가 허공에 구축해 둔, 보이지 않는 기환진과 충돌하면서 불꽃이 튀었다.

오량이 탄식했다.

'역시 오는군. 어떤 놈들이지?'

별의 수호자는 분주하게 움직이고 있었다.

막대한 인원을 투입해서 일대의 주민들을 대피시키는 한편 적들의 공세에 맞설 준비를 갖췄다. 궁사들이 저격할 수 있는 지점은 이미 다 선점했을 텐데도 위쪽에서 공격이 날아들었다는 것이 의미하는 바는 한 가지였다.

"위다! 놈들이 하늘을 나는 수단을 갖고 있다!"

오량이 허공의 한 점을 가리키며 외쳤다.

그 말대로 저편에서 마치 철새의 무리처럼 대열을 유지한 채로 비행하고 있는, 하지만 그저 새라고 하기에는 너무나 덩치가 큰 날짐승들의 그림자가 보였다. 그리고 그 위에 올라타고 있던 인간들이 지상을 향해 낙하해 오기 시작했다.

3

"그날이 오늘이었을 줄이야. 2년이면 충분히 먼 훗날이라고 생각하는데, 아무래도 저쪽의 신녀께서는 나와 시간 감각이 다르신 것 같군."

광세천교의 그림자 교주, 만상경은 하늘을 나는 거대한 마수의 등에 올라탄 채 중얼거리고 있었다. 그러자 그의 옆에 서 있던, 눈에서 섬뜩한 붉은빛을 발하는 야수 같은 인상의 중년 남자가 물었다.

"무슨 말씀이십니까?"

그는 바로 광세천교의 칠왕(七王) 중 하나인 혼살권(魂殺拳) 유단이었다. 만상경이 직접 나서는 일을 돕기 위해서 투입된 것이다.

만상경이 대답했다.

"흑영신교 쪽에서도 오고 있다는 뜻이지요."

괴령 사건이 일어났을 때, 만상경은 흑영신교주와 대화를 나누었다. 그때 교주가 신녀의 예지를 전하길 아마도 머지않은 미래에 보게 될 것이라 했는데 벌써 2년의 시간이 흘렀던 것인가?

만상경이 말을 이었다.

"그것도 교주 본인, 혹은 전에 저와 봤을 때처럼 분신까지 포함한 무리가. 좀 이상하긴 하지만 이 사태에 개입한다는 것만은 분명합니다."

"그게 이상한 일입니까? 물론 교주가 직접 뛰어든다는 점은 그렇게 볼 수도 있겠습니다만⋯⋯."

유단이 의아해했다. 작전 시작 전에 들은 설명으로는 진 일월성단은 가치를 따질 수 없는 보물이었다. 성운의 기재들을 태어나게 한 성운단(星運丹)의 축소판이라고 할 수 있는, 만유(萬有)를 담은 비약.

그런 보물이라면 흑영신교 쪽에서 노려도 이상하지 않은 일이 아닌가?

만상경은 교도들이 차례차례 지상으로 낙하해 가는 것을 보며 대답했다.

"얼마 전까지만 해도 그들은 저것에 흥미가 없어 보였습니다. 이쪽으로 별 인원을 배정하지 않은 채로 다른 곳에 힘을 쓰고 있었죠."

흑영신교와 광세천교는 전 대륙을 장기판으로 삼아서 전략적인 장기를 두고 있다. 서로가 예지 능력을 바탕으로 행동을 결정하는 데다가, 장기 말이 한정되어 있는 만큼 어디에 얼마만큼 비중을 두고 있는지를 읽어내는 것까지는 어렵지 않은 일이다.

만상경은 흑영신교에서 진 일월성단에는 흥미를 두지 않는다고 판단하고 있었다. 그런데 정작 작전을 시작하고 나니 거짓말처럼 다른 곳에 배치했던 인력들을, 그쪽에서 진행하던 일들을 포기하면서까지 그러모아서 개입해 오는 게 아닌가?

이 사실이 만상경에게 알려지지 않았다는 것은 두 가지 사실을 알려준다.

첫째, 흑영신교의 신녀가 그 사실을 만상경의 예지로부터 감춰두었다.

둘째, 최근까지는 예정에 없다가 갑작스럽게 내린, 즉 신녀조차도 최근까지는 예지하지 못한 정보를 바탕으로 한 결정이다.

"무슨 속셈인지 모르겠군. 어차피 그쪽에는 저걸 취할 수 있는 그릇도 없을 것이고, 목적을 위해서는 혼원교의 방식을 쓰기로 한 것 같았는데……."

만상경이 중얼거렸다. 예지 능력자인 그에게 있어서 예지가 빗나간 상황은 그냥 넘어갈 수 없는 불안감을 심어주었다. 도대체 흑영신교는 왜 일찌감치 수립한 계획들을 수정해 가면서 이 사태에 개입하는 무리수를 둔 것일까?

문득 그의 시선이 뒤쪽으로 향했다. 그곳에는 멍하니 지상을 내려다보고 있는 청년, 광세천교에서 만들어낸 성운의 기재 모사품인 광요가 있었다.

"그럼 우리도 가볼까?"

곧 만상경과 유단, 광요가 마수의 등에서 뛰어내려 지상으로 낙하해 갔다.

크오오오오오!

그리고 동시에 지상이 뒤흔들리면서, 텅 빈 민가들을 부수면서 흉측하고 거대한 괴물들이 모습을 드러내기 시작했다.

4

　오량은 기겁했다.

　"이 괴물들은 뭐지?"

　적을 맞이할 준비는 완벽했다. 무려 300여 명에 이르는 무인이 시가지를 장악하고 방어진을 펼치고 있었다.

　적들이 하늘에서 낙하하면서 공격을 가해온 것은 예상 밖이었지만, 거기에 대한 대비도 어느 정도 되어 있었다. 사전에 펼쳐 둔 방어용 기환진이 그들이 하늘에서 날리는 공격을 완벽하게 차단했다.

　한 박자 늦게 낙하해 오는 광세천교도들 역시 무사하지 못했다. 지상에서 쏘아낸 화살과 기환술의 공격에 의해서 지상에 닿지도 못하고 시체로 변한 자들이 수두룩했다.

　그런데 갑자기 땅이 뒤흔들리더니 도로와 민가를 부수면서 정체불명의 괴물들이 출현했다.

　샤아아아아!

　언뜻 거대한 뱀처럼 보이는 괴물들이었지만, 피부가 기이할 정도로 새카만 암석 같고 그 사이로 갈라진 형태의 무늬가 용암처럼 빛을 발하고 있었다. 어떤 놈은 머리가 여럿 달린 뱀의 형상이었고 또 어떤 놈은 사람의 몸에 뱀의 머리가 달려 있기도 하는 등, 피부의 질감과 뱀 머리를 제외하면 각양각색이었다.

　이 괴물들의 출현으로 별의 수호자의 진영이 무너지기 시작했다. 게다가…….

꽈과광! 꽈아아아앙!

그들의 뒤를 따라 나온 인간들이 몸에 화탄을 품고 있다가 터뜨려서 자폭을 하는 게 아닌가?

목숨을 도외시한 공격에 수십 명의 사상자가 발생하면서 아비규환의 참상이 펼쳐졌다. 그것을 본 오량이 분노했다.

"젠장! 시귀로군!"

자폭 공격을 가한 것은 사악한 술법으로 인해 괴물이 된 시체, 시귀였다. 시귀를 자폭용으로 쓰는 것은 광세천교 입장에서는 지극히 합리적인 전술이리라.

'이 괴물들은 대체 어디서 튀어나온 거지? 광세천교가 새로 개발한 것들인가?'

이 혼란의 핵심은 저 뱀 머리의 괴물들이었다. 하늘에서의 공격마저도 침착하게 대응한 별의 수호자가, 저놈들이 땅속으로부터 쳐들어오는 바람에 혼란에 빠진 것이다.

기환술로 순식간에 땅굴을 파는 것은 대단히 고도의 기술이다. 그런 기술을 사용할 수 있는 자라도 제 한 몸 통과할 땅굴을 만드는 것이 고작이고, 길게 파내기는 대단히 어렵다.

전술적으로 이용하려면 결국 막대한 인원을 투입해서 공사를 진행해야 하는데, 그런 수법을 썼다면 별의 수호자 측에서 알아채지 못했을 리가 없었다. 따라서 저 괴물들이 땅굴을 파는 데 특화된 능력을 가졌다는 결론이 나온다.

'광세천교 놈들이 보유한 마수들 중에 이런 놈들이 있다는 정보는 없었는데……'

별의 수호자가 수집한 광세천교의 정보에 존재하지 않는 뱀 머리 괴물들은 600여 년 전에 마교라 불렸던 혈신교(血神敎)의 유산이었다. 광세천교가 괴령의 유적을 미끼로 손에 넣은 비밀 병기다.

혈신교가 멸망한 것이 오래전의 일이기에 괴물의 정체를 파악하는 사람은 없었다. 다들 허겁지겁 눈앞의 적에 대응하는 게 고작이다.

'머릿수로는 우리가 약간 유리하지만… 최악이군.'

대혼란 속에서도 오량은 최대한 침착하게 상황을 살피려고 노력했다.

하늘에서 낙하해 온 광세천교도의 수는 고작해야 100여 명 정도. 그 정도 숫자가 하늘을 날아왔다는 사실이 경악스럽지만 수적으로는 두려운 수준이 아니다.

문제는 땅의 힘을 자유자재로 다루는 뱀 괴물들이 30마리가 넘는 데다가, 땅굴을 통해서 뒤늦게 모습을 드러낸 광세천교도들이 있다는 것이다.

'세 분은 아직도 저기에 묶여 있고.'

이런 상황에서 풍성과 지성, 성운검대주는 진 일월성단의 폭주를 막아내느라 발이 묶여 있었다.

그것이 이 사태를 빚어내는 원흉이었다. 셋이 자유자재로 행동할 수 있었다면 초기의 피해도 훨씬 작았을 것이다. 이렇게 되면 오량도 정무격의 의견에 동감할 수밖에 없었다.

'철저하게 이 순간을 노리고 진 일월성단을 폭주시켰어. 하지만 어떻게 그럴 수가 있지?'

마교가 온갖 놀라운 비술을 가졌다고 하지만 연단술에 대해서만큼은 별의 수호자가 최고였다. 일월성단처럼 성존만이 만들어낼 수 있는 것들을 제외하고 보더라도 그 사실은 흔들리지 않는다.

그런데 죽 성도의 탑에서 연구, 안정화 작업을 계속해 온 진 일월성단을 그들이 원하는 순간에 폭주시킨다고?

'정말로 첩자가 있단 말인가? 그것도 진 일월성단 관리에 참가한 인원들 중에.'

믿기 어렵지만 그 외에 다른 가능성을 떠올릴 수 없었다.

그것은 별의 수호자가 가장 두려워하는 일이기도 했다. 삶을 기꺼이 신을 위해 바치는 광신도들은 신의 뜻을 이루기 위해서는 무슨 일이든 서슴지 않는다. 온 세상에서 배척당하는 마교가 계속해서 암약할 수 있는 것은 평범한 사람인 척 위장하고 살아가는 교도들의 공로가 지대했다.

어린 시절부터 마교도임을 알아볼 수 있는 흔적을 남기지 않고 사회 속에 융화된 첩자들은 무엇이든 될 수 있다. 마공을 익히지도 않고 인륜을 저버린 범죄행위를 저지르지도 않은 채, 멀쩡한 사회의 구성원을 연기하며 마교를 지원한다.

그 무서움이 적나라하게 드러났던 사건이 몇 년 전에 일어난 흑영신교의 백야문 침공이었다.

그때 백야문에 모여들었던 각 집단은, 자신들 내부에 있던 흑영신교의 첩자들 때문에 큰 타격을 입었다. 그 후로 다들 첩자 색출에 열을 올리기는 했지만 그래도 완벽을 자신할 수는 없는 일이었다.

"흡!"

오량은 그런 생각을 하면서도 넋 놓고 있지는 않았다. 양옆에서 뛰어든 광세천교도들의 공격을 막아내고는 곧바로 반격을 날린다.

파악!

6심에 이르는 내공이 실린 칼날이 호쾌하게 적을 두 동강 낸다. 그리고 등 뒤쪽에서 달려드는 광세천교도의 공격을 팽이처럼 회전하며 흘려낸다.

"크아악……!"

그를 비껴간 광세천교도가 피를 뿌리며 쓰러졌다. 오량은 부하들이 막고 있는 광세천교도들을 차례차례 베어 넘기면서 상황을 안정시켜 갔다.

별의 수호자 무인들의 역량은 뛰어나다. 예상치 못한 술책으로 혼란에 빠진 와중에도 잘 싸우고 있었다.

하지만 그들 사이를 누비는 몇몇 고수가 문제다. 압도적인 실력을 자랑하는 몇몇이 혼란을 가중시키고 있었다.

'광세천교의 칠왕!'

혼살권 유단이 광세천교의 칠왕이 되었다는 정보는 별의 수호자에서도 파악한 바였다. 그 흉악한 별호 그대로 그가 주먹을 뻗을 때마다 별의 수호자의 무인들의 목숨이 덧없이 스러진다.

그리고 그 옆에는 검은 안대로 한쪽 눈을 가린 청년이 마치 산책이라도 나온 것처럼 느긋하게 걷고 있었다. 그런데 때때로 그가 손을 쓸 때마다 그들을 포위하려는 별의 수호자 무인들의 시도가 무산된다.

'저건 누구지?

그림자 교주, 만상경의 정보는 아직 대외적으로 알려지지 않았다. 그래서 오량은 그의 정체를 알아볼 수 없었다.

또 그 옆에는 왠지 멍청한 표정을 짓고 있는 청년이 있었다. 하지만 긴장감 없는 표정과 달리 그 손속은 살벌하다. 셋 중에 가장 열심히 움직이면서 주변을 휩쓰는 것이 바로 그였다.

'저것이 광요인가.'

위험 요소는 그들만이 아니다. 이 자리에 유단 외에 또 다른 칠왕이 나와 있었다.

염마도(炎魔刀) 구윤의 제자로 알려진 폭염도(暴炎刀) 가한은 성운검대주의 제자 양준열이 이끄는 성운검대의 정예를 맞이해서 격투를 벌이고 있었다.

그리고 칠왕보다 한 단계 지위가 낮은 구영(九影) 중 둘이 전임 지성의 제자들과 격돌, 그러나 그들을 쓰러뜨리기보다는 요리조리 피해 다니면서 별의 수호자의 혼란을 가중시키는 데 주력하고 있었다.

옆에서 부하들을 지휘하던 정무격이 말했다.

"저놈들은 우리가 막아야겠군."

"아무래도 그런 것 같군요."

오량이 고개를 끄덕였다. 별로 사이좋은 사형제지간은 아니지만 이런 때는 마음이 통했다.

정무격이 외쳤다.

"개진(開陣)하라!"

별의 수호자는 집단전에 익숙한 자들이다. 그들은 무인들끼리의 연계는 물론이고 거기에 기환술사들의 지원까지 더한 전술을 확립하고 있었다.

개개인의 무력만으로 보면 확연히 떨어지는 자들이 광세천교의 칠왕을 막아내고 있는 것도 그 때문이다. 무인들을 부품으로 삼는 기환진이 펼쳐지는 순간, 그들은 개개인의 역량을 초월한 집단의 힘을 발휘하게 된다.

진을 펼친 별의 수호자 무인들에게서 무시무시한 기파가 뿜어지는 것을 보면서도 만상경과 유단, 광요는 겁먹은 기색이 없었다. 만상경이 차갑게 미소 지었다.

"이것만 뚫으면 끝이군요."

그리고 만상경의 몸에서 아지랑이 같은 빛이 일어나서 유단과 광요를 감싸고 타오르기 시작했다.

5

성해는 흑영신교의 공습 이후로 신속한 대응 체계를 확립했다.

당연히 관군 역시 문제가 일어나면 곧바로 반응하게 되어 있었다. 그들은 별의 수호자 측에 정보를 요구하는 한편, 도시의 수호영수인 적익조(赤翼鳥)를 불러냈다. 인간들의 부름에 응한 적익조는 이미 도시 상공에서 광세천교의 마수들과 격전을 벌이고 있었다.

'역시 대응이 빠르군. 전에 흑영신교 놈들이 분탕질을 치지 않았더라면 훨씬 수월했을 것을…….'

그것을 본 만상경이 눈살을 찌푸렸다.

만상경은 자신들이 아주 위험한 도박을 하고 있다는 사실을 잘 알고 있었다.

초반에 의표를 찔러서 유리한 상황을 만들어두기는 했지만, 광세천교의 병력은 한정되어 있고 주어진 시간은 짧다. 별의 수호자가 지원 병력을 투입하기 전에 목적을 이루고 빠져나가야만 하는, 전광석화 같은 속도를 요구하는 작전이었다.

이런 상황에서 그의 신경을 건드리는 것은 별의 수호자보다는 흑영신교 쪽이었다. 그들이 이곳에 와 있다는 것은 예지력으로 포착했다. 하지만 앞으로 무슨 일을 할지 읽어낼 수가 없었다.

'신녀, 역시 대단한 여자야.'

흑영신교의 신녀가 그의 예지를 가리고 있다. 흑영신교도들의 움직임을 읽을 수 없도록.

'하지만 아무리 당신이라도 내 앞에서 일어날 일까지 가리지는 못하지. 그런데도 아직 미래가 안 보인다는 것은… 설마 놈들이 노리는 것은 진 일월성단이 아니라는 말인가?'

예지할 수 없는 변수가 늘어나는 것은 만상경에게는 막대한 부담으로 작용했다. 가뜩이나 별의 수호자 총단은 예지력으로 꿰뚫어 보기 힘든 곳이거늘, 또 다른 변수가 등장하다니…….

팟!

만상경 앞에서 불꽃이 튀었다. 허공을 격하고 날아온 의기상인의 공격이 가로막히며 일어난 현상이었다.

파팟! 파바바바밧!

사방에서 의기상인의 공격이 비처럼 쏟아지고 있었다. 하지만 만상경은 그것을 전부 비껴내고 흘려낸다.

"어설픈 재주를 그렇게나 자랑하고 싶은가?"

만상경이 자신을 의기상인으로 공격해 오는 적, 정무격을 조롱했다. 정무격이 이를 악물었다.

퍼어엉!

그의 앞에서 아무런 조짐도 없이 충격이 폭발했다.

격공의 기다. 하지만 바위도 부술 그 힘이 정무격을 둘러싼 중후한 힘의 기류를 뚫지 못하고 흩어진다.

별의 수호자의 무인들이 펼친 진 때문이었다. 진을 이룬 자들의 기운이 아군을 보호하고 적을 압박하는 거대한 힘의 기류를 만들어내고 있었다.

거기에 온갖 환영이 감각을 교란시키기까지 한다. 기환술의 환각 효과는 탁월해서 광요조차도 혼란을 일으키고 있었다.

하지만 그것은 만상경이 있기에 통용되지 않는다.

후우우우우⋯⋯!

그의 몸에서 일어나 유단과 광요를 감싼 빛은 광세천으로부터 내려 받는 권능의 빛이다. 서로의 심령을 연결하고 외부의 위협으로부터 심신을 보호해 준다.

심령이 연결되어 있기에 유단과 광요도 만상경의 예지를 공유한다. 그들 정도의 고수에게 예지력이 더해지니 철옹성과도 같았다.

'인정하기 싫지만 단독으로 맞섰다면 열 합도 못 버텼겠군.'

오량은 그들의 역량에 전율했다. 그와 비슷한 연령대로 보이는 광요조차도 일대일로는 상대할 자신이 없었고, 만상경과 유단은 별세계의 존재다.

파파파파파파!

정무격과 오량을 중심으로 진을 이루는 별의 수호자 무인들이 폭풍 같은 공세를 펼쳐 내었다. 개인의 역량이 그들에게 미치지 못한다고 하더라도 집단의 힘은 그 한계를 초월한다.

그러나 만상경 일행의 대응은 놀라웠다.

보통 이런 상황이 되면 진을 펼친 다수가 그 안으로 들어온 소수를 거대한 힘으로 찍어 누르면서 기력을 소모시키게 마련이다. 아무리 뛰어난 무인이라도 사방팔방에서 쏟아지는 무수한 공격을 다 피해낼 수는 없고, 그로 인해 행동의 폭이 제약되는 것도 나쁜 상황으로 이어지게 된다.

그런데 만상경 일행은 모든 공격을 회피하고 있었다. 현실적으로 불가능한 일인데, 눈앞에서 실제로 벌어진다.

'젠장! 어떻게 이럴 수가 있지?

오량은 자기가 악몽을 꾸는 게 아닌지 의심스러웠다. 그렇지 않고서야 시간 차를 두고 다양한 각도에서 쏘아낸 수십 발의 기공파를 제자리에서 몇 걸음 걷는 것만으로 모조리 피해낼 수 있단 말인가?

무공이 탁월하니까, 통찰력이 뛰어나니까 그럴 수 있다고 변명할 수 있는 수준을 초월했다. 그들은 마치 사전에 어디에 어떤 공격이 날아들지 적혀 있는 답안지를 손에 쥐고 있는 것 같았다.

'잠깐. 모든 공격을 사전에 알고 있는 것처럼 피한다?

오량은 한 가지 사실을 깨달았다.

"예지력! 설마 광세천교의 그림자 교주인가?"

"눈썰미가 제법 뛰어난 자로군. 그렇다. 내가 위대한 광세천을 섬기는 그림자이니라."

오량이 자신을 알아보자 만상경이 즐거워했다. 그는 정무격이 날린 의기상인의 공격을 비껴내면서 다가왔다. 예지력으로 읽어낸 공격의 궤도를 산책이라도 하듯이 피하고, 흘려내는 모습은 공포스럽기 그지없었다.

"그러는 그대는 누구인가? 이름 정도는 알아두고 싶군."

"풍성 초후적의 제자, 오량이다!"

오량은 자신에게 접근해 오는 그를 향해 도격을 날렸다.

먼 곳을 베어내듯이 크고 느릿한 일격을 쳐 내니 도기가 쏘아져 나가 적을 공격한다. 직후 몸의 중심을 옮겨서 그것을 되돌리면서 한층 더 가속된 일격을 가까이 쳐 내자 첫 일격과 비스듬하게 교차하는 도기가 뻗어 나간다.

그리고 마지막으로 상대에게 뛰어들면서 몸 바로 앞을 베어내듯이 쳐 내는 일격! 일격으로 상대를 포착하고, 이격으로 상대를 붙잡고, 삼격으로 쳐부순다. 세 번의 공격이 물 흐르듯이 연계된 절기가 완성되면서 폭음이 울려 퍼졌다.

'아, 이런……'

실전에서 훌륭하게 절기를 펼쳐 낸 오량은 절망감에 사로잡혔다.

일격과 이격을 펼쳐 냈을 때, 만상경은 그것을 피하지 않았다. 일격을 비껴내고 이격을 받아내면서 오량의 의도대로 끌려왔다.

그러나 필살의 삼격이 날아드는 순간, 오량이 더 이상 변화를 일으킬 수 없는 절묘한 순간에 그가 움직였다. 단번에 오량의 도기를 와해시키면서 아슬아슬하게 도의 궤적을 비껴나가는 발차기가 오량의 옆구리를 강타했다.

"크억……!"

완벽한 반격이 진으로부터 비롯된 강력한 보호의 힘마저 뚫고 오량의 갈비뼈들을 부러뜨렸다. 씩 웃으며 추가타를 날리려던 만상경이 갑자기 마음을 바꾸어 뒤로 물러났다. 그러자 쓰러지던 오량이 거짓말처럼 몸을 돌리며 올려베기를 날리는 게 아닌가?

"감탄할 만한 투지군. 상당히 경험이 풍부한 모양이야."

만상경은 솔직하게 오량의 대응에 감탄했다. 오량은 정타를 맞고 자세가 무너지는 상황까지도 반격의 기회로 삼은 게 아닌가? 어지간히 역경을 많이 겪어보지 않고서야 저런 대응은 불가능하다.

"으윽……!"

오량이 비틀거리며 뒤로 물러났다. 만상경이 말했다.

"그대들과 노는 것도 제법 즐겁기는 하지만… 시간이 별로 없구나."

만상경의 예지에 별의 수호자 총단에서 지원 병력이 나오는 것이 포착되었다. 그들이 도착하면 전황이 급변하게 될 것이다.

"유단."

"예."

"다소 무리해서라도 당장 뚫어야겠습니다."

"알겠습니다."

이대로 싸우더라도 적을 무너뜨리기까지 오랜 시간이 걸리지 않을 것이다. 하지만 만상경은 그 정도 여유도 없다고 판단했고, 유단은 토를 달지 않았다.

유단이 펼친 쌍장으로부터 붉은 섬광이 뻗어 나갔다.

쫘과과광!

폭음이 울리며 별의 수호자의 진열이 뒤흔들렸다.

"크억……!"

부상을 입은 오량이 신음했다. 단 한 사람이 발한 기공파가 30여 명이 펼친 진 전체를 뒤흔들다니, 터무니없는 힘이다.

게다가 그것은 시작에 불과했다.

쫘광! 쫘아앙! 쾅!

만상경과 유단이 완벽하게 맞아떨어지는 기공파 연수를 펼쳤다. 진이 발생시키는 힘의 기류가 약한 곳만을 골라서 기공파를 퍼부어대니 다들 충격으로 내장이 진탕되었다.

그리고 진이 발하는 압박이 약해지는 순간, 유단의 몸이 흐릿해지며 한 줄기 섬광이 하늘로 뻗어 나갔다.

그 현상을 본 오량이 눈을 크게 떴다.

'아, 안 돼! 무극의 권이다!'

그들이 진을 펼치고 있는 한 심상경의 절예라도 막아낼 수 있었다. 그들이 형성한 힘의 흐름이 기화한 적의 움직임을 차단하기 때문이다.

하지만 한차례 적의 공격에 흔들려서 압력이 약해진 지금, 과연 무극의 권을 온전히 막아낼 수 있을까?

―아직이야. 그대는 좀 더 그곳에서 시간을 벌어줘야겠다.

그때였다. 만상경에게 예전에 들어본 적이 있는 목소리가 날아들었다.

우우우우우!

직후 유단이 펼친 무극의 권이 작렬한다. 하늘을 관통하는 빛기둥이 한 지점으로 수렴되더니 창처럼 전방을 꿰뚫었다.

그리고 아무도 죽지 않았다.

"어?"

꼼짝없이 죽었다고 생각했던 오량이 어리둥절해했다. 분명히 진의 힘이 약해진 상황에서 무극의 권이 덮쳐 왔는데 아무런 피해도 없다니?

물론 진의 힘이 막아냈을 수도 있다. 하지만 그렇다고 해도 아예 반발이 없는 것은 이상한 일이 아닌가?

그 이유를 꿰뚫어 본 것은 만상경 하나였다.

"흑영신교주……!"

그가 분노 가득한 눈으로 저편을 바라보았다. 대혼란이 일어난 시가지 저편에서 인파들 속을 걷고 있던 청년의 눈과 그의 눈이 마주쳤다.

처음 보는 얼굴이었다. 별의 수호자의 연단술사들이 입는 옷을 입고 있는 평범한 인상의 청년이다.

하지만 300장(약 900미터)도 넘게 떨어진 곳에서 정확하게 만상경과 시선을 마주하고 씩 웃는 모습을 보니 의심의 여지가 없었다. 그때 꼭두각시를 통해서 만상경과 이야기를 나누었던 흑영신교주다.

―조금만 더 고생하도록. 뜻을 이룰 수 있을지는 모르겠지만 말이야.

흑영신교주는 만상경을 비웃으며 인파 속에 묻혀 사라져 갔다.

그리고 만상경에게 예지가 날아들었다. 곧 일어날 일을 예지한 만상경의 분노가 한층 더 커졌다.

"…그렇군! 그런 속셈이었나?"

만상경의 예지력이 흑영신교주의 속셈을 읽어냈다. 진 일월성단에 관심이 없어 보였던 흑영신교가 왜 개입해 왔는지, 그리고 왜 광세천교의 뒤통수를 치는지…….

'목적은 성존이었나!'

흑영신교주는 혼란을 틈타서 성도의 탑으로 침입하려고 하고 있었다.

더 정확히는 성도의 탑 위에 있는 성혼좌에 기거하고 있는 성존과 만나려고 하고 있다. 성도의 탑에 침입할 것까지도 없이 총단 안으로 들어가는 데만 성공해도 성존을 자극해서 마주하는 게 가능하리라.

'그와 만나서 뭘 할 생각이지?'

유감스럽게도 거기까지는 알아낼 수가 없었다. 자칫 성존의 화를 샀다가는 그곳에서 죽게 될 수도 있는데 왜 그런 무모한 짓을 하는 것일까?

"…모르겠군. 제기랄. 이 빚은 아주 크게 갚아줄 것이다."

"왜 내가 할 소리를 네놈이 하는지 모르겠군."

얼음장처럼 차가운 목소리가 대꾸해 왔다.

별의 수호자 무인들이 파도처럼 갈라지면서 한 사람이 걸어

나왔다. 날카로운 눈매를 가진 초로의 도객(刀客)이었다.

체격은 별로 크지 않다. 그러나 그저 칼자루를 쥐고 걸어오는 것만으로도 숨 막히는 압박감이 발생하고 있었다.

"사부님!"

오량과 정무격이 반색했다.

풍성 초후적.

진 일월성단의 폭주로 붙잡아둔 세 명의 고수 중 한 명이 그들의 앞을 가로막았다.

6

만상경이 이를 갈았다.

'이런 수작을 부릴 줄이야. 아주 제대로 뒤통수를 맞았어.'

광세천교가 일으킨 혼란을 숨죽인 채로 지켜보던 흑영신교는 더없이 효과적인 순간에 개입해 왔다.

비술을 펼쳐 유단이 펼친 무극의 권을 무효화하고, 진 일월성단의 상태를 약간이나마 안정시켜서 별의 수호자의 세 고수 중 하나를 자유롭게 만들었다. 만상경에게는 최악의 상황이었다.

콰콰콰콰콰!

풍성 초후적이 도를 뽑아 들자 광풍이 휘몰아쳤다. 서로 간에 10장(약 30미터)의 거리가 있지만 전혀 상관없다. 그가 검을 휘두를 때마다 거대한 도기(刀氣)의 궤적이 사방팔방에서 광세천교의 세 명을 후려갈겼다.

노도와도 같은 기세다. 고개를 어디로 돌려봐도 날카로운 도기가 그려내는 투명한 빛의 궤적밖에 보이지 않았다. 그리고 그렇게 할퀴어진 공간이 비명을 지르듯이 광풍을 쏟아낸다.

전개한 힘의 총량만 보면 조금 전까지 그들이 상대하던 진이 월등히 위였다. 그러나 위험도를 따지면 풍성이 뿜어내는 도기는 그것과 비교도 할 수 없을 정도였다.

"광세천교의 그림자 교주라. 전대는 보았지만 후계자를 구했는 줄은 몰랐군. 네놈의 능력이 귀찮음은 아주 잘 알고 있으니 발견한 김에 여기서 끝내주마."

도기의 진으로 만상경 일행의 발을 묶은 초후적이 말했다. 그가 자신의 도를 휘두르는 오른손 대신 왼손을 들자 전장에 흩어져 있던 무기들이 떠오르기 시작했다.

만상경이 눈을 크게 떴다.

예지력이 다음 순간에 일어날 일을 포착했다. 어떤 공격이라도 사전에 날아들 지점과 위력, 순간까지 알 수 있다면 더 이상 위협이 되지 못하리라.

그래야 하는데…….

'이 작자, 도대체 무슨 짓을 하는 건가?'

그런데 빠져나갈 길이 보이지 않는다. 모든 정보를 사전에 예지했는데 피할 방법을 떠올릴 수 없었다.

"유단!"

만상경에게 찾아온 예지는 유단과 광요에게도 공유되었다. 더없이 긴장한 만상경의 외침에 유단은 행동을 결정했다. 그리고 그가 결단하는 순간 만상경 역시 자신이 무얼 해야 할지 알 수 있었다. 만상경이 급하게 양손을 모아 쥐었다.

그리고 초후적이 허공섭물로 들어 올린 네 자루의 무기가 빛으로 화했다.

—사상무극화(四象無極花)!

기술의 발현과 작렬 사이에 시간 차는 없다. 스스로를, 혹은 병기를 기화하여 적을 치는 심상경의 절예가 상식을 초월한 형태로 구현되었다.

……!

소리는 없었다.

허공을 가로지른 네 줄기의 섬광이 폭발적으로 광량을 높여 가면서 모든 것을 지워 버린다. 전장을 가득 채우고 있던 소음이 깨끗하게 지워지면서 일순간 기묘한 정적이 밀려들어 왔다.

그리고 마치 시간이 정지한 것 같은 상황 속에서, 무기들이 땅에 떨어지는 소리가 시끄럽게 울려 퍼졌다.

따당, 타당탕…….

무언가에 홀린 듯이 정지해 있던 사람들은 그것이 초후적이 허공섭물로 들어 올렸던 무기들임을 깨달았다. 마치 쓸모를 다했다는 듯 땅을 뒹굴고 있는 무기들 사이에서 초후적이 도를 회수하며 말했다.

"혼살권, 별 볼 일 없는 잡것이라고 생각했는데… 제법 인정해 줄 만한 실력이군."

후우우우우……!

정적이 지배하는 공간에 거짓말처럼 광풍이 휘몰아쳤다. 그 중심부를 본 오량이 경악했다.

'저건 도대체 무슨 현상인가?'

만상경, 유단, 광요가 불길을 피워 올리고 있었다. 인세의 것이 아닌 듯 보랏빛 불길이 타오르는데 그 한가운데 있는 셋은 마치 허상처럼 반투명해 보였다. 그것도 모자라서 그 모습을 그려내는 빛이 흩어졌다 모이기를 반복한다.

"으윽, 이런 말도 안 되는 고수가 별의 수호자에 둘이나 있다니……."

만상경이 고통스러워하며 중얼거렸다. 그러자 초후적이 코웃음을 쳤다.

"애송이 주제에 미친 신의 총애가 깊구나. 역시 광신도들을 상대하는 것은 짜증 나는 일이야."

동시에 초후적이 허공에다 도를 십자로 긋는다. 그러자 그 궤적 그대로 보랏빛 불길이 갈라지며 반투명해진 만상경 일행이 베어졌다.

"이런!"

유단이 전신에서 붉은 섬광을 발하며 그것을 막아냈다. 반투명하던 그의 몸이 원래대로 돌아왔다. 그러나 그 순간 전신에 칼로 난자당한 것 같은 상처가 발생하면서 피가 뿜어져 나왔다.

초후적은 그 틈을 놓치지 않았다. 한 걸음 성큼 나아가면서 도기를 뻗어낸다.

비틀거리던 유단이 아슬아슬하게 그것을 받아냈다. 그러자 그 옆에 있던 건물 하나가 통째로 갈라지며 폭음이 울려 퍼졌다.

쫘과과광!

그 광경을 보며 만상경은 전율했다.

지금 그와 광요는 경계에 걸쳐 있다. 물질로 이루어진 현실과 광세천의 가호를 받는 마계의 영역에.

유단이 무극의 권을 펼쳐서 초후적의 공격을 상쇄하고, 만상경이 만약의 사태를 대비해서 준비해 두었던 대술법으로 자신들을 지키지 않았다면 셋 다 기화하여 소멸했으리라. 지금 이 순간에도 초후적의 공격이 입힌 여파를 현실로 가져가지 않고 무력화하기 위한 작업이 계속되고 있었다. 유단이 현실로 돌아가자마자 상처를 입은 것은 아직 그 과정이 끝나지 않았기 때문이다.

하지만 이 상태는 동시에 현실에서 반 발짝쯤 떨어져 있기에 평범한 수단으로는 간섭을 안 받는 상태이기도 했다. 그런데 초후적은 스스로가 통제하는 기의 질을 변화시켜서 간단하게 그런 문제를 해결한 것이 아닌가?

'말도 안 돼. 이자의 무위가 흉왕과 필적한단 말인가?'

30여 년 전, 마교 토벌이 이루어질 당시에 초후적은 풍성이 아니었다. 그때는 강력한 무인이기는 해도 심상경에는 도달하지 못한 자였다.

마교의 재앙으로 인정받은 귀혁과 비교할 때 그의 무위, 그리고 발전 가능성은 그리 대단하지 않아 보였다. 하지만 방금 전에 그가 보여준 한 수는 만상경의 간담을 서늘하게 했다.

심상경의 절예는 온갖 제약이 따라붙는다. 이 경지에 오른 자는 대부분 스스로의 육신, 그리고 병기의 제약을 넘어서지 못했다.

예를 들면 검술을 연마하며 심검(心劍)의 경지에 오른 자는 검 외의 다른 병기로는 심상경의 절예를 펼칠 때 어려움을 겪는다. 미숙하다면 자신에게 아주 익숙한 애병이 아닌 다른 병기로는 심상경의 절예를 펼칠 수 없기도 했다.

그런데 초후적은 전장에서 굴러다니던, 그것도 종류나 크기 등등이 각각 제멋대로인 네 개의 병기를 기화시켜서 만상경 일행을 공격했다. 익숙하지 않은 병기를 써서, 그것도 네 개를 동시에 했다는 것만으로도 기절초풍할 일인데 더 놀라운 것은……

'심상경의 영역에서 각기 다른 네 개의 심상을 동시에 구현하다니.'

기화한 네 개의 병기는 각기 다른 네 개의 심상을 구현했다.

세상에 절대적인 방어 기술은 없다. 아무리 강력한 무인이라도 상황에 맞는 기술을 펼쳐서 방어하는 것이다.

그 점은 심상경도 마찬가지였다.

초후적의 공격은 첫 번째는 모든 물질의 결합을 파괴하고, 두 번째는 정신을 베고, 세 번째는 영적인 영역을 멸하고, 네 번째는 생명의 흐름을 끊는 심상을 구현했다.

그에 비해 유단이 펼친 무극의 권이 구현한 심상은 단 하나, 절대적인 파괴의 심상뿐이었다.

그러니 도저히 초후적의 공격을 전부 막아낼 수 없었다. 초후적의 절기 사상무극화는 설사 사전에 모든 정보를 알더라도 막아낼 수도, 피할 수도 없는 공격이었던 것이다.

만상경은 고민했다.

'실패를 인정하고 빠져나가야 하는가?'

초후적이 너무 강하다. 이 순간을 위해 이제까지 들인 공이 너무 아깝긴 하지만 자신과 광요, 유단은 모두 천금보다 귀중한 인적 자산이다. 포기하고 빠져나가는 쪽이 나을 수도 있었다.

그때 초후적의 공격을 막아내던 유단이 전음을 보내왔다.

─저자는 제가 막아보겠습니다. 부디.

─음. 하지만…….

─예지의 힘이 함께한다면 붙잡아둘 수는 있습니다.

유단이 고집스럽게 말했다.

초후적은 분명 무서운 상대고 유단은 부상까지 입었다. 하지만 초후적은 진 일월성단을 안정화하느라 기력을 소모한 데 비해 유단은 만상경의 예지를 공유하며, 광세천의 가호를 받는 상태다.

잠시 고민하던 만상경이 예지를 바탕으로 결단을 내렸다.

─맡기겠습니다, 유단. 하지만 무사히 빠져나가는 것이 최우선임을 잊지 마시길. 주어진 시간은 앞으로 일각(15분)뿐입니다.

─저자 하나만이라면 어떻게든 버텨낼 수 있을 겁니다.

─다행히…….

만상경은 가장 신경 쓰이던 존재의 행보를 예지로 알아내고 말했다.

─흉왕은 오지 않을 겁니다. 우리 쪽의 대책을 희생시킬 필요는 없겠군요. 젠장. 병 주고 약 주는군.

짜증을 내던 만상경이 또 다른 비장의 술법을 사용했다. 그러자 그와 광요의 모습이 투명해지고, 기척마저도 깨끗하게 사라진 채로 그 자리를 빠져나갔다.

7

인적 없는 산속에 광풍이 일고 있었다. 푸른 섬광의 궤적이 그려지고 나서 찰나의 시간이 지난 후 그 뒤를 굉음과 충격파가 뒤따른다.

전력으로 경공을 전개하고 있는 귀혁이었다. 그가 한 번 땅을 디딜 때마다 지면이 폭발하고 물 위를 가로지르면 수면이 거세게 갈라지며 물보라가 주변을 강타했다.

일행들과 함께 짐을 싣고 닷새 동안 간 거리는 그가 전력을 다하면 한 식경(약 30분) 안에 돌아갈 수 있는 거리에 불과했다. 하지만 그것도 그를 가로막는 장애가 없을 경우에나 가능한 일이다.

'음?'

어느 순간, 귀혁이 달리던 기세 그대로 몸을 돌리며 허공에다 일장을 쳐 냈다.

콰아아아앙!

섬광이 폭발하며 귀혁의 질주가 멈췄다. 산속에서 몇 번이나 도약하면서 속도를 죽인 귀혁이 말했다.

"쓸 만한 저격이군. 예지가 나를 붙잡았느냐?"

전력으로 경공을 펼칠 때의 그는 너무나도 빨라서 함정으로 붙잡는 것은 불가능에 가깝다. 함정으로 뛰어든다고 해도 채 발동하기 전에 빠져나가 버리기 때문이다.

그 정도로 빠른 상대를 저격하는 것은 사실상 불가능하다. 그런데도 정확히 귀혁을 노렸다는 것은, 그들이 관측을 통한 계산으로 저격을 가한 게 아니라 다른 수단을 썼다는 의미다.

"흉왕이여, 이렇게 만나게 되어 영광이오."

음산한 목소리가 울려 퍼지며 한 사람이 모습을 드러냈다. 귀혁이 뭐라고 대꾸하려는 순간이었다.

섬광이 공간을 관통했다.

"…역시 무극의 권 대책은 세우고 왔군."

귀혁이 혀를 찼다. 대화에 응하는 척하면서 곧바로 무극의 권을 전개해서 상대를 쳤다. 그런데 상대가 허상처럼 반투명해진 채로 기화를 막고 있었다.

귀혁의 기감이 그의 몸 여기저기에 장비한 호부(護符)를 포착했다. 기환술로 만발의 준비를 갖추고 온 것이다.

'다른 대책은 포기하고 심상경의 절예만 막을 생각으로 호부를 준비하다니… 애당초 이기기 위해 나온 게 아니란 말인가?

귀혁의 발목을 잡고 싶다면 최소한 심상경의 절예는 막을 수 있어야 한다. 흑영신교는 귀혁이 얼마나 쉽게 무극의 권을 쓰는지 뼈저리게 알고 있었다. 그래서 기환진을 이용하거나 호부를 준비하는 대책을 세운 것이다.

다시 원래대로 돌아온 상대가 어이없어하며 말했다.

"역시 흉왕, 들은 대로 성미가 불같으시군."

"이상한 가면을 쓴 놈하고 사이좋게 대화를 나누는 취미는 없다."

온통 검은 옷에 검은 태양의 문양이 그려진 가면을 쓴 남자였다. 상대가 쿡쿡 웃었다.

"이런 실례. 하지만 나는 얼굴이 없어서 말이오. 이 가면이 내 얼굴이니 이해하면 좋겠군. 나는 흑영신을 모시는 팔대호법 중 하나, 암천령이라고 하오."

"흠. 암천령은 설산에서 죽었다고 하더니 그새 인원을 충원했나?"

"그렇다오."

"잘 알았다."

귀혁이 고개를 끄덕였다. 동시에 무시무시한 압력이 주변을 덮쳤다.

쿠우우웅……!

대화하는 동안 중압진을 전개해 놓고 활성화한 것이다. 암천령뿐만 아니라 주변의 나무들이 그 압력을 이기지 못하고 부러져서 쓰러질 정도였다. 그러나…….

우우우우우!

땅속에서 빛이 뿜어져 나오면서 중압진이 와해되었다. 미리 기환진을 설치해 둔 것이다.

암천령이 말했다.

"당신의 수법은 아주 잘 알고 있어서 말이오. 우리도 대책은 열심히 연구했지."

"광세천 놈들이 대책을 세웠다기에 네놈들도 그럴 줄은 알았다."

귀혁이 혀를 찼다. 중압진 무력화는 이미 형운과 싸운 광요가 선보인 바 있었다. 흑영신교도 비슷한 대책을 개발했다고 해도 놀라운 일은 아니다.

문득 귀혁의 시선이 산 너머로 향했다.

"여전히 사람 목숨 귀한 줄 모르는 놈들이구나."

"당신을 붙잡아둘 수 있다면 그 정도 가치는 있지 않겠소?"

귀혁은 산 너머에서 불길한 기파가 피어오르는 것을 감지했다. 그 기파가 땅의 영맥을 타고 암천령에게 흘러들어 가고 있었다.

저편에서 흑영신교도들이 암천령에게 힘을 보태주기 위해서 사악한 의식을 치르고 있었다. 분명 사람의 목숨을 땔감으로 써서 일시적으로 힘을 부여하는 짓일 터.

문득 암천령이 말했다.

"하지만 오해는 하지 마시오. 지금 성해에서 난리를 피운 것은 우리가 아니니까."

"무슨 의미지?"

"사고를 친 것은 광세천의 주구들이라오. 진 일월성단이던가? 그게 어지간히 탐났는지 아주 공들여서 공작을 했더군."

"흠. 마치 네놈들은 거기에 관심이 없는 것처럼 말하는구나."

"그렇소. 그게 보물이라는 것은 인정하지만… 우리에게는 필요 없는 것이지."

귀혁은 암천령이 말하는 내용에는 크게 신경 쓰지 않고 상황을 살피고 있었다. 어차피 그가 무슨 말을 지껄이든 그게 거짓이 아니라는 보장은 없다. 성해로 갔더니 그가 한 말과 달리 사고를 친 놈들이 흑영신교라고 하더라도 귀혁은 동요하지 않을 것이다.

귀혁이 물었다.

"그럼 왜 나를 가로막았지?"

"그저 좋은 기회가 왔기 때문이라고 말하면 믿겠소?"

"예전에 네놈들한테서 많이 들었던 말이군."

귀혁이 피식 웃었다. 암천령이 고개를 갸웃하는 순간이었다. 갑자기 귀혁이 그의 앞에 나타났다.

쾅!

폭음이 울리며 암천령의 팔이 날아갔다. 방어한 팔이 통째로 부서진 것이다.

암천령은 한 박자 늦게 그 과정을 알아차렸다.

'무극의 권을 이동 수단으로 썼어? 이런……!'

심즉동의 경지에 오른 무극의 권을 이동 수단으로 써서 공간을 뛰어넘었다. 심상경의 절예가 사용자에게 어떤 부담으로 다가오는지를 생각하면, 아니, 그보다는 애당초 심상경의 절예를 구현하기 위해 구축해야 하는 심상이 절대적인 파괴를 목표로 한다는 것을 생각하면 믿기 어려운 행동이었다.

일념으로 단 하나의 심상만을 갈고닦아도 도달하기 어려운 것이 심상경이다. 자신이 완성한 심상을 뿌리로 삼아서 어느 정도의 변화를 일궈낼 수 있는가만 해도 평생을 몰두해야 하는 과제였다.

그런데 무언가를 공격하기 위한 것조차 아닌 심상을 구현하다니? 즉 귀혁은 이미 자유롭게 온갖 심상을 심상경의 절예로 구현할 수 있으며, 기화와 육화에 대한 부담마저도 초월했다는 의미가 아닌가?

그리고 이어지는 공격이 암천령을 난타했다.

꽈과과과광!

산이 뒤흔들렸다. 귀혁은 일순간에 수십 발의 권격을 먹이고는 발차기로 암천령을 차버렸다. 무시무시한 기세로 날아간 암천령이 얕은 산봉우리를 강타, 그곳을 반쯤 깎아내면서 폭발이 치솟았다.

"…물론 그렇게 말한 놈들은 사실은 자기가 죽기에 참 좋은 날을 잡았다는 사실을 알게 되었을 뿐이지만."

귀혁은 말하면서 광풍혼을 전개했다. 양손을 질풍처럼 놀려서 유성혼을 소나기처럼 쏘아낸다.

"하하하하……!"

폭발 속에서 암천령이 미친 듯이 웃었다.

우우우우우!

직후 그의 주변 공간이 아지랑이처럼 일그러지면서 수십 발의 유성혼이 꺼지듯이 소실되었다. 그리고 그 아지랑이 너머에서 아득한 폭음이 들려온다.

귀혁은 곧바로 상황을 눈치챘다.

'일대에 기환진을 아주 빽빽하게 깔아두었군. 이걸 조종하는 놈들은 따로 있고. 이 정도로 적절하게 연계하는 걸 보니 심령을 연결하고 있는 것인가?'

기환진으로 공간을 뒤틀어서 귀혁의 기공과 세례를 무력화한다. 그러나 암천령은 이미 죽어도 이상하지 않을 정도로 너덜너덜해졌는데 의미가 있을까?

"…어차피 죽을 각오이긴 했지만, 이 정도로 무력하게 죽을 줄이야."

뭉게뭉게 피어오르는 흙먼지 속에서 스산한 목소리가 울려 퍼진다.

"하긴 무인으로서의 나는 그리 뛰어나지 못한 몸. 애당초 그대의 상대가 되리란 기대는 하지 않았지."

"그렇게 말하는 걸 보니 본업은 기환술 쪽인가 보군. 그런데 뭘 믿고 내 앞에 섰나?"

"죽음으로써 완성되기 위해서였소."

흙먼지를 가르고 암천령이 모습을 드러냈다. 귀혁이 눈을 크게 떴다.

"완성이라. 설마 그 다 죽어가는 모습을 완성이라고 하는 건 아니겠지?"

말하는 동안 암천령의 주변 공간이 일렁거린다. 귀혁이 의기상인과 격공의 기로 공격을 가하는데 기환진의 힘이 그것을 상쇄하고 있었다.

"물론 아니지. 그래서야 무슨 의미가 있겠는가……."

암천령의 가면은 반쯤 깨져 나갔는데 그 아래쪽에는 얼굴은 없고 시커먼 어둠만이 자리하고 있었다. 암천령은 스스로 말한 대로 정말 얼굴 없는 존재였던 것이다.

"우리들 팔대호법은 위대한 흑영신의 의지를 받들어 모시는 신관."

그렇기에 무력만 뛰어나서는 결코 그 지위에 오를 수 없다. 반대로 무력 없이 영적인 힘만 뛰어나다고 해도 마찬가지다.

귀혁은 몰랐지만 암천령은 하나가 아니라 둘이었다.

사악한 비술로 태어난 쌍둥이는 둘이면서 하나, 서로 심령을 공유하는 존재였으며 언젠가 한쪽이 죽으면 홀로 남는 하나가 진정한 완성을 이루도록 설계되었다. 남는 한쪽이 두 명의 능력을 모두 가진, 아니, 진정한 의미에서의 합일을 이루어 더 뛰어난 존재로 완성될 운명이었던 것이다.

그러나 쌍둥이 둘 모두가 뛰어난 인재였기에 흑영신교는 그들의 완성을 미루고 있었다. 원래 계획상으로는 이곳이 아닌 다른 곳에서, 좀 더 훗날에 완성될 예정이었다.

"당신 때문이오, 흉왕."

"뭐가 말인가?"

"아니, 당신 제자 때문이라고 해야 할까? 크큭, 정말 대단해. 본인뿐만 아니라 그 제자까지도… 이다지도 우리를 두렵게 하다니."

광세천교의 그림자 교주 만상경이 예지한 대로, 흑영신교는 진 일월성단을 탐내지 않았다. 원래대로라면 광세천교가 진 일월성단을 손에 넣든 말든 그것은 광세천교와 별의 수호자만의 일이 되었어야 했을 것이다.

흑영신교가 계획을 수정하게 된 것은 형운 때문이었다.

형운이 허용빈이 지닌 별의 힘을 손에 넣은 것은 흑영신교 입장에서는 거대한 계획의 축이 흔들린 상황이었다. 감수할 만한 변수가 아니라 계획 자체를 재검토하고 수정해야 할 필요성이 있을 정도로 치명적이었던 것이다.

그래서 흑영신교는 이번 일에 개입했다. 아니, 정확히는 이번 일을 이용하기로 했다.

'우매한 광세천의 주구들이여, 감사하라. 그대들의 대비는 너무나도 얄팍했느니라.'

광세천교 측에서도 귀혁의 발목을 잡기 위한 수단을 준비해 두었다. 하지만 신녀는 지금의 귀혁이 그들의 예상을 훨씬 초월하는 존재임을 알아보았다.

광세천교 측이 안이하거나 능력이 부족해서는 아니다. 그저 흑영신교 측이 귀혁에게 당한 것이 더 많다 보니 더 그를 두려워하고, 보다 완벽한 정보와 대책에 집착했을 뿐이다. 만약 나윤극에 대해서라면 광세천교 쪽이 훨씬 정확한 대책을 세울 수 있으리라.

그래서 흑영신교는 귀혁을 막기 위해 심혈을 기울였다. 급하게 계획을 변동하는 바람에 이쪽에 할애할 수 있는 패가 그렇게 많지 않았지만, 무리를 해서 여력을 쥐어짜 냈다.

'혼마, 그자만 없었어도 일이 훨씬 수월했을 것을……'

이번에 흑영신교가 꺼내 든 패는 다른 집단으로부터 손에 넣은 비술이다.

광세천교가 혈신교의 비밀 병기들을 투입한 것처럼 흑영신교는 혼원교의 비술을 투입했다.

하지만 혼원교의 유산을 사용한다는 것은 필연적으로 혼마 한서우를 불러들인다는 뜻이다. 그것을 막기 위해 그들은 다른 장소에서 많은 출혈을 감수하고 있었다.

문득 귀혁이 눈을 찌푸렸다.

'이 느낌은… 혼마 그 작자와 비슷한데?'

암천령으로부터 검은 파동이 원형의 파문을 그리면서 쏟아져

나왔다. 그 파동이 주는 느낌은 귀혁에게는 낯설지 않았다. 예전에 싸웠던 혼마 한서우와 비슷한 느낌을 주었다.

"교주시여, 부디……."

암천령이 하늘을 올려다보며 말했다.

"…제 죽음이 완전한 존재를 이루시는 데 도움이 되기를."

암천령 쌍둥이를 태어나게 한, 그리고 완성할 비술은 혼원교로부터 비롯된 것이었다.

서로 다른 존재들을 합일하여 더 뛰어난 존재를 만들어낸다.

그런 목적을 지닌 비술에 있어서 혼원교를 따라갈 집단은 없었다. 그 정수가 바로 혼마 한서우가 아닌가?

이곳에서 암천령은 완성될 것이다. 그리고 그의 경우를 실험 자료로 삼아서 흑영신교주는 더욱 완전한 존재로 거듭날 것이다.

그리고 산 저편에서 이루어지던 의식이 끝났다. 그곳에서 피어오르던 기파가 거짓말처럼 사라지면서 어둠이 들불처럼 솟구치기 시작했다.

귀혁이 분노했다.

"이놈들, 예나 지금이나 목적을 위해서라면 사람 목숨을 아무렇지도 않게 여기는구나."

그의 기감은 이 현상을 일으키기 위해 어떤 희생이 치러졌는지 잡아내고 있었다. 저편에서 수백의 목숨이 꺼졌다. 그것이 흑영신교도들의 것뿐인지 아니면 죄 없는 인간들의 목숨이 더해졌는지는 알 수 없지만…….

〈흉왕이여, 그대가 상대할 것이 무엇인지 알려주마.〉

솟구친 어둠 속에서 불길한 목소리가 울려 퍼졌다. 더 이상 암천령의 목소리가 아니라 수십 명이 입을 모아 말하는 듯한, 그리고 그 모두가 심하게 쉬어 있는 듯한 불쾌한 목소리였다.

〈혼원(混元)의 마수라 하느니.〉

흑영신교도들이 치른 사악한 의식에 의해서 이 자리에 괴물이 탄생했다.

신의 의지를 거부하고 인간의 뜻으로 세상의 운명을 바꾸고자 했던, 인간의 힘을 광신하는 자들의 집단 혼원교.

멸망한 그들의 비술이 신을 섬기는 광신도들의 손으로 구현되었다. 혼원교도들이 보았다면 끔찍한 모독이라고 여겼을 광경이었다.

8

바닥이 시커먼 어둠으로 물들었다.

마치 풍경화에다가 먹을 방울방울 뿌려놓는 것 같은 광경이다. 암천령의 몸이 온통 새카만, 빛을 완벽하게 흡수해서 입체감조차 없는 이질적인 어둠의 윤곽으로 화하고 그로부터 번져나간 어둠이 사방으로부터 색채와 입체감을 빼앗아 갔다.

"어쩐지 느낌이 비슷하더라니. 혼원교 놈들의 비술을 도입한 건가? 고고한 흑영신교의 자존심도 땅에 떨어지셨군."

귀혁이 코웃음을 쳤다.

예전에 혼원교가 득세하여 흑영신교, 광세천교와 함께 3대 마교로 불리던 시절에 그들 셋은 앙숙이었다. 어차피 다들 사회에서 존재를 용납받지 못하는 집단들인 주제에 서로를 어떻게든 없애지 못해서 안달이 나 있었다.

그런 만큼 자신들의 믿음, 자신들이 쌓아 올린 비술에 대한 자존심이 대단했다. 서로의 비술을 얻어서 이득을 취할 바에는 부숴 버리고 밑바닥부터 새롭게 비슷한 비술을 만들어내는, 오로지 상대를 깔아뭉개고 자신들의 자존심을 세우기 위한 비생산적인 짓도 서슴지 않았다.

그랬던 흑영신교가 자신들은 결코 재현하지 못한 혼원교의 비술을 가져와서 이용하고 있다니, 역시 앞날이란 알 수 없는 것이다.

〈마음대로 지껄여라. 어차피 멸망한 자들의 잔재, 위대한 구세의 뜻을 위해 쓰일 수 있다면 가치 있는 일이니.〉

"변명 한번 조잡하구나."

귀혁이 옆으로 한 발짝 이동했다. 그러자 그의 그림자로부터 시커먼 어둠의 송곳이 솟구쳐서 그가 있던 자리를 꿰뚫었다.

다른 무인이라면 기겁할 만한 공격이지만 귀혁은 눈썹 하나 까딱하지 않는다. 이미 혼마 한서우와의 사투로 경험해 본 공격 방식이기 때문이다.

귀혁은 가볍게 견제하는 의미에서 다양한 질적 변화를 준 기공파를 날리면서 암천령의 상태를 분석했다.

쿠구구구구궁!

물론 견제라고 해도 그 위력은 가볍지 않았다. 귀혁이 날린 기공파가 작렬할 때마다 아름드리나무 몇 그루가 뿌리째 날아가고, 바위가 산산조각 나고, 산이 깎여 나갔다.

암천령은 그 공격을 가볍게 방어하면서 다가오고 있었다. 그에게서 먹물처럼 퍼져 나간 어둠이 사방 100장(약 300미터)를 잠식해 갔다.

그 안에서 무수한 어둠의 윤곽들이 일어난다.

마치 그림자놀이를 보는 것 같다. 하지만 시각적으로 입체감이 없어 보일 뿐, 그들은 명확한 형체를 지닌 존재들이었다.

'많이도 융합시켰군. 의식 완료와 함께 죽은 목숨은 최소한 300명은 넘었다. 그만큼의 목숨을 저놈을 그릇으로 삼아서 합일시켰다는 의미인데…….'

혼원교가 자랑하는 비술이 바로 그것이었다. 교내에서 뛰어나다고 인정받은 인물들의 심령을 하나로 합일하여 만들어낸 혼원령(混元靈).

무수한 인간의 심령이 모여 이루어진 그 존재는 통찰력을 초월한 예지력을 발휘했고, 마치 흑영신이나 광세천이 자신들의 사도에게 부여하듯이 자격을 지닌 교도들에게 권능을 내려주었다.

그리고 그 비술의 쓰임새는 혼원령에 국한되지 않았다. 그들은 자신들의 뜻을 이루기 위해서라면 개인을 버리고 서로 융합하여 초월적인 도구로 거듭나기를 거리끼지 않는 미치광이들이었다.

'예지력도 있겠지? 어디…….'

혼원교는 예지의 힘을 다루는 데 특화된 집단이었다. 흑영신교의 신녀나 광세천교의 그림자 교주처럼 엄청난 수준의 예지력은 혼원령에만 있었지만, 전체 교도 중에서 어쨌거나 예지 능력을 갖긴 한 자의 비중이 말도 안 되게 높았다.

그 이유는 바로 다양한 존재가 합일함으로써 얻는 통찰력의 극대화에 있다. 여러 존재가 지녔던 시각과 사고, 정보 수집과 분석 능력이 예지의 영역에 닿는다.

주변을 잠식한 어둠 속에서, 어둠의 괴물들이 귀혁에게 달려들었다.

귀혁이 곧바로 대응했다. 제일 선두에서 달려드는 놈을 격공의 기로 후려쳐서 쓰러뜨리고는 유성혼을 난사, 나머지의 돌진을 저지하고 뒤로 미끄러지듯이 물러난다. 그러자 아슬아슬하게 그가 있던 궤도를 땅 밑에서 솟구친 송곳과 창, 그리고 기괴하게 일그러진 마수의 팔들이 가르고 지나갔다.

가아아아아아아!

그러자 이번에는 사방에서 저주의 외침이 울려 퍼졌다.

'가지가지 하는군. 음공(音功)이라?'

별로 세련된 기술은 아니다. 그저 강력한 저주의 힘을 담아 사자후(獅子吼)처럼 외치고 있을 뿐이다.

"흡!"

콰콰쾅!

귀혁은 음공이 쏟아지든 말든 앞으로 나아가면서 적들을 분쇄했다.

음공이 그에게 전혀 영향을 미치지 못한다. 음파를 매개로 삼은 저주의 힘이 그의 몸을 휘감은 광풍혼이 닿자 상쇄되어 버렸기 때문이다.

변화무쌍한 음색을 이용하는 고도의 음공이라면 이런 방식으로 방어하는 것은 불가능했다. 하지만 아무리 강한 힘이 실렸어도 그것을 발휘하기 위한 근본인 소리가 단순하다면 귀혁은 쉽게 상쇄할 수 있었다.

콰콰콰콰콰……!

순식간에 주변이 초토화되었다.

귀혁이 밀려드는 어둠의 마수들을 닥치는 대로 분쇄하는 것만으로도 지형이 바뀐다. 나무들이 모조리 분질러지고 일부가 깎여 나간 산이 붕괴하면서 처참한 황폐화가 진행되고 있었다.

어느 순간 귀혁이 무극의 권을 전개, 한 줄기 섬광으로 화해서 공간을 관통했다.

후우우우우……!

〈훗. 소용없다는 것을 모르는… 어헉!〉

비웃으려던 암천령은 곧바로 찾아드는 예지에 놀랐다.

혼원의 마수가 된 지금도 그는 심상경의 절예를 사용할 수 없었다. 하지만 기화를 막는 능력은 얻었다. 게다가 원래 갖추고 온 호부의 힘과 기환진의 힘까지 더해져 있으니 무극의 권을 날려봤자 정말 공간을 이동하는 것 말고는 효과를 볼 수 없어야 했다.

꽈과과과광……!

그런데 그 직후 엄청난 열기가 폭발하면서 그로부터 퍼져 나간 어둠의 영역이 갈라졌다. 그곳에 위치해 있던 어둠의 괴물들도 갈가리 찢겨져서 불타 버린다.

귀혁이 피식 웃었다.

"어떤 작자 때문에 별로 쓰기 싫은 기술이긴 하지만… 뭐, 따지고 보면 효과가 비슷하다뿐이지 그놈의 기술을 훔친 것도 아니니 신경 쓰는 것도 바보 같은 일."

고인이 된 백리검운이 자랑하던 심검합일의 절예, 폭성검과 비슷한 효과였다.

심상경의 절예가 일으키는 파괴는 표적을 기화하는 것을 기본으로 삼는다. 하지만 물질을 기화한다는 특성을 잘만 이용하면 무궁무진한 효과를 얻을 수도 있었다. 기화로 상대를 파괴하기보다는 기화를 촉매로 삼아서 강대한 물리적 파괴 현상을 일으키는 것도 가능한 일이다.

후우우우우!

폭염이 솟구치면서 열풍이 휘몰아친다. 귀혁은 그 사이를 아무렇지도 않게 걸었다. 일반인이라면 이 자리에 있는 것만으로도 목숨이 위험하겠지만 그에게는 이 열기조차도 산들바람이나 다름이 없다.

"흠. 이제야 알겠군. 왜 흑서령이라는 놈처럼 하지 않고 혼원교의 방식을 도둑질해서 쓰나 싶었더니만……."

운강에서 일어난 사건에서, 팔대호법인 흑서령은 스스로를 요괴화하고 흑영신교도들이 자신들을 제물로 바치는 희생 의식을 통해서 빙령의 조각을 기심으로 삼는 데 성공했다. 당시 그의 능력이 9심 내공과 심상경의 절예를 펼치는 수준에 도달했다는 사실은 귀혁을 경악케 했다.

무인으로서가 아니라 무학자로서, 만유를 담을 그릇을 만들어내고자 하는 성운을 먹는 자 일맥의 계승자로서 그 성과에 경악할 수밖에 없었던 것이다.

흑영신교는 지금까지 인간이 본신의 능력으로만 올라갈 수 있었던, 무인들에게는 성역과도 같은 경지를 인공적으로 구현하는 데 성공했다.

비록 큰 희생을 필요로 하지만 흑영신교라면 필요하다면 얼마든지 동원할 수 있는, 대단히 유효한 패일 것이다. 그런데 이미 낸 성과를 바탕으로 더 발전된 결과를 기대할 수 있는 방법 대신 새로운 시도를 한 이유는 무엇인가?

"감극도를 공략하려면 이쪽이 낫다고 판단한 것이었더냐."

귀혁은 혼원의 마수가 된 암천령을 상대해 보면서 답을 도출해 냈다.

귀혁에 대한 두려움에 뼛속까지 사무친 흑영신교는 그를 상대하기 위해 막대한 노력을 들였다. 그 결과 심상경의 절예를 방어할 수단과 중압진을 상쇄할 방법을 개발해 냈다.

그러나 진짜 문제는 감극도였다.

과거에 귀혁이 보인 압도적인 위엄에는 감극도라는 절세의 무공이 뒷받침되고 있었다. 불가침의 성벽으로 자신을 지키는 자가 압도적이면서 기기묘묘한 공격 수단까지 가졌다면 대체 어떻게 당해낼 것인가?

흑영신교는 이 방법을 과거에 귀혁을 상대했던 강적들로부터 찾아냈다.

공식적으로는 무상검존 나윤극과 설산검후 이자령, 비공식적으로는 혼마 한서우까지. 이들 세 명이 완성의 단계에 이른 감극도의 방어를 뚫는 데 성공한 인물이었다.

나윤극과 이자령이 감극도를 공략하는 방식은 거의 동일했다. 바로 압도적인 물량이다.

둘의 무공은 이미 개인이 다루는 힘의 영역을 초월해 있었다. 천군만마가 몰아치듯 압도적인 양과 다채로움을 자랑한다.

혼마 한서우만이 좀 달랐다. 그도 자신의 내면에 있는 무수한 존재를 이용한 물량 공세를 쓰기는 했다. 하지만 단순히 양적인 측면에서 보면 나윤극이나 이자령에게 미치지 못하는 그가 감극도를 뚫었던 것은 예지 능력의 뒷받침이 있었기 때문이다.

아무리 감극도가 철옹성이라 하나 그것을 구사하는 것은 귀혁이라는 한 인간이다. 사전에 모조리 읽어내더라도 어쩔 수 없을 정도의 물량 공세가 감극도를 뚫기 위한 전제 조건이었던 것이다.

"틀린 답은 아니다. 하긴 네놈들만큼 나에 대해서 잘 알고 있는 놈들도 많지는 않지. 제법이야."

그렇기에 흑영신교는 흑서령의 사례처럼 강력한 한 개체를 만들어내는 것보다는 혼원의 마수 쪽을 선택했다. 압도적인 물량 공세가 가능하며, 예지력도 있고, 귀혁의 강맹한 공격을 맞더라도 버텨낼 수 있는, 수백 명의 생명을 하나로 모아 거대한 여력을 얻은 존재 쪽이 승산이 높다고 판단했기에.

그들의 의도를 읽어낸 귀혁이 말했다.

"한 40점은 줄 수 있겠군. 30년 전의 나라면 꽤나 애를 먹었을지도 모르겠어."

〈뭐라고?〉

"아, 너무 점수가 박했느냐? 하긴 네놈이 말하는 꼬락서니를 보니 어차피 이길 생각으로 나온 것도 아니겠구나. 정보도 수집

할 겸, 연구 중인 비술도 시험할 겸, 그리고 하는 김에 내 발목도 잡아서 성해에서 벌이는 수작질에도 도움이 될 겸이겠지. 일석삼조의 효과를 노리다니 이 정도면 네놈들 입장에서는 90점은 되겠군."

귀혁은 조롱하듯이 말하고 있었지만, 동시에 이 상황이 흑영신교의 의도대로임을 인정했다. 여기서 암천령이 패해서 죽더라도 흑영신교는 목적을 달성하게 된다.

'보아하니 이놈이 죽는 것 자체가 어떤 비술의 초석이 되는 것 같은데… 예지자라는 것들은 정말 짜증 나는군. 적 태사가 살아 있을 때는 이놈들 엿 먹이는 즐거움이 쏠쏠했거늘.'

암천령의 상태는 화약을 폭발시킨 것과도 같다. 막강한 힘을 얻는 대신 아무것도 안 하고 시간이 지나기만 해도 자멸할 것이다.

귀혁 입장에서는 그를 피해서 성해로 향하는 게 낫다. 하지만 문제는 흑영신교 측에서도 그 사실을 아주 잘 알기 때문에 귀혁이 섣불리 도주하지 못하도록 만반의 준비를 갖춰놨다는 것이다. 이 산에 펼쳐둔 기환진만 해도 도대체 어느 정도 물량인지 감이 안 잡힐 정도다.

'내 발목만 붙잡자고 이런 투자를 한다면 정말 뼈를 깎는 손해겠지만, 연구 성과를 얻을 수 있다면 그럭저럭 채산성이 맞는다는 거겠지.'

귀혁이 못마땅한 표정으로 말했다.

"어쩔 수 없군. 90점을 0점으로 만들 수는 없지만 60점까지는 악화시켜 볼까?"

〈무슨 소리를 하는 거냐?〉

"너희의 노림수 셋 중에 하나는 분쇄해 주겠다는 뜻이다."

귀혁의 몸이 빛으로 화했다.

9

만상경과 광요는 현계와 마계의 틈새에 자리하고 있었다. 비장의 술법으로 모습과 기척을 감춘 채로 허깨비처럼 난리가 난 거리를 가로질러서 목적지에 도달했다.

바로 진 일월성단 앞에.

흑영신교의 술책으로 상태가 다소 안정되기는 했지만, 여전히 그 상태는 위태롭기 짝이 없었다. 막강한 내공을 소유한 지성과 성운검대주가 내공이 뛰어난 이들의 도움을 받아가면서 안정화를 위해 전력을 다하고 있었다.

그러나 그것은 지금의 만상경과 광요에게는 개입할 수 없는 일이었다. 저들이 만상경과 광요를 보고 느낄 수 없듯, 두 사람도 저들을 보고 있는 것밖에 할 수 없는 상호불가침 상태다.

"대단하군."

만상경이 놀라워했다.

"역시 만유(萬有)의 축소판이라고 할 만하다."

이미 예지를 통해서 알고 있었던 사실이지만, 실제로 접하니 놀라지 않을 수 없었다.

진 일월성단의 존재는 만상경과 광요가 있는 영역에도 영향을 발휘한다.

해와 달과 별의 힘, 그것을 바탕으로 삼라만상을 이루는 요소들을 응축해 놓은 이 비약은 상식을 초월한다. 분명 현계의 존재임에도 불구하고 그 존재감이 다른 세계에까지 이르고 있는 것이다.

그것이 진 일월성단이 극도로 불안정한 이유였다. 서로 다른 법칙이 적용되는 여러 세계에 존재가 걸쳐 있으니 계속해서 흔들릴 수밖에.

그 점은 일월성단도 마찬가지다. 이미 수도 없이 일월성단을 완성했음에도 그것을 만들 수 있는 것은 오로지 성존뿐이었으며, 별의 수호자는 지금까지도 긴 시간과 인력을 투자하여 그것을 안정화하는 과정을 거쳐야 했다. 그 이유는 바로 그 비약들이 현계의 법칙을 초월한 곳에서 완성되기 때문이었다.

만상경이 말했다.

"광요, 준비해라."

"응."

광요가 멍하니 고개를 끄덕였다.

만상경은 진 일월성단이 이런 존재임을 예지하고 이 계획을 준비해 왔다. 별의 수호자가 안정화에 성공한다면 그들이 노릴 기회는 없어진다. 하지만 여러 세계에 걸쳐 있는 지금이라면 그들의 인식 밖에서 그 과실을 취할 수 있었다.

문제는 진 일월성단을 통째로 탈취하는 것은 불가능하다는 점이다. 따라서 진 일월성단의 불안정성을 이용해서 그 일부를 퍼낼 수 있는 기술과 나눈 것을 현계와 마계의 경계에서 담을 수 있는 특수한 그릇이 필요한데… 광세천교는 이 둘을 모두 갖추고 있었다.

만상경은 진 일월성단의 일부를 펴낼 비술을 가졌다. 그리고 극양지체(極陽肢體)라는 전설의 신체를 지녔기에 그 힘을 자신의 몸으로 받아들여 정제하는, 다른 이들이라면 자살 행위에 가까운 짓도 해낼 수 있었다.

그리고 광요가 있다.

그는 온 세상에 퍼진 성운단의 파편, 별의 조각들을 담을 수 있는 그릇으로 만들어졌다. 진 일월성단을 나눠서 담기에 이만큼 적합한 그릇이 또 어디 있겠는가?

'자, 그럼 이제부터는 시간 싸움… 음?'

이제부터는 숨 한 번 쉴 시간조차 아까워하며 서둘러야 하는 상황이었다.

그러나 만상경은 그 사실을 잘 알면서도 비술의 시전을 중단하고 신음했다.

"무슨 일이 일어난 거지?"

그는 이번 작전을 시작하는 내내 예지력의 일부를 한 인물에게 할애하고 있었다. 그들에게 가장 위협이 되는 사내, 귀혁에게.

그의 행동을 예지하기보다는 관측하는 게 목적이었기에 많은 예지력을 할애하지는 않았다. 현재보다 약간 앞서가는 정도로만 보고 있었는데… 그런데 그것이 치명적인 실수가 될 줄이야.

"흉왕, 도대체 무슨 짓을 한 것이냐?"

귀혁의 행동에 관련된 모든 예지가 차단되었다. 그리고 만상경이 준비한 그 어떤 관측 수단으로도 그를 포착할 수 없게 되면서 캄캄한 미래의 공백이 그 자리를 차지했다.

그리고 잠시 후, 그 공백을 그와 가까운 곳에서 벌어지는 미래의 일이 채워 넣었다.

'아차!'

만상경은 자신이 너무나 놀란 나머지 치명적인 실수를 저질렀음을 깨달았다. 비술을 쓰다가 중단한 것이 그와 광요의 은신에 허점을 만들어냈던 것이다.

가까운 미래, 현계에 있는 인간이 자신을 눈치채리라. 임시로 지성직을 수행하고 있는 노고수 홍주민이었다.

'젠장! 이런 실수를 하다니!'

통한의 실수를 저지른 만상경은 허겁지겁 비술을 재개했다. 하지만 예지력이 보여주는 미래는 시시각각 악화되고 있었다.

                              10

빛이 뻗어 나가며 하늘이 쪼개졌다.

말도 안 되는 소리지만 암천령의 눈에는 그렇게 보였다. 빛으로 화한 귀혁이 드높은 천공으로 치솟았고 그로 인해 거대하고 투명한 선 하나가 하늘을 둘로 나눠놓았다.

동시에 절망적인 깨달음이 찾아들었다.

'외부의 관측을 완전히 차단했다? 도대체 어떻게……'

지금 이 순간 흑영신교가 이곳을 관측하는 방법은 세 가지가 있었다.

신녀의 예지, 정보 수집용 기환진, 그리고 먼 곳에 있는 정보기록용 기물(奇物)과 연결되어 있는 암천령 자신의 심령까지.

귀혁이 사전에 알고 대비했다면 모를까, 자신들이 준비한 장소로 걸어 들어온 이상 세 가지 관측 수단을 전부 무력화시킬 수는 없다. 그런 절대적인 자신감을 귀혁이 깨버렸다.

"천단(天斷)."

다시 육화한 귀혁이 자신이 만들어낸 하늘의 균열을 가리키며 말했다.

"보이는 그대로 이름 붙였다. 이제 이곳에서 일어나는 일은 누구도 알지 못할 터."

천단은 귀혁이 이런 상황을 상정하고 만들어낸 심상경의 절예였다.

귀혁은 정보의 중요성을 아주 잘 알고 있었다. 자신의 정보가 드러난다는 것은 적이 공략할 기회를 준다는 뜻이다. 두 마교가 중압진을 공략한 것만 봐도 알 수 있지 않은가?

흑영신교에게 귀혁과 암천령의 전투 자료는 천금보다도 귀중한 가치가 있으리라. 귀혁은 그들이 자신의 발목을 잡는 것도, 암천령을 통해서 혼원교의 비술을 시험한 것도 막을 수 없었지만 전투 자료를 얻는 것만은 막아낼 생각이었다.

〈어떻게 이럴 수가. 도대체 무슨 수를 쓴 것이냐?〉

암천령이 경악했다. 정보를 외부로 전하는 수단이 모조리 차단된 것은 물론, 그의 예지력마저도 봉쇄되었다.

천단은 만상붕괴(萬象崩壞)를 이용해서 정보가 외부로 나가는 것을 차단하는 비기다. 하늘을 갈라놓은 궤적은 심상경의 절예가 충돌하며 일어난 현상이었다.

'절대적인 파괴의 심상 두 개가 충돌했을 때, 그 모순(矛盾)을 견디지 못한 세계가 만상붕괴를 일으킨다.'

그것은 세계가 상처 입는 순간이며, 세계가 내지르는 고통은 압도적인 의념의 충격파가 된다. 그리고 이 현상 속에서는 기를 이용한 모든 정보 교류가 마비된다. 심지어 기공파나 의기상인, 기환술로 초래한 현상조차도 폭풍에 휩쓸린 촛불처럼 와해되게 마련이었다.

'그렇다면 이 현상을 다소 약하더라도 장시간 지속시킬 수는 없을까?'

귀혁은 그런 발상으로 천단이라는 비기를 만들어냈다.

보통 심상경의 절예끼리 충돌하여 만상붕괴가 일어나는 상황은 아주 짧고 격렬하다. 그러나 귀혁은 그것을 아주 서서히 일으킬 방법이 없을까 연구했고, 그 목적에 걸맞은 심상을 구축하는 데 성공했다.

비유하자면 천단은 세계에 얇지만 아주 긴 상처를 만들고 그것을 서서히 벌려 나가는 것과 같다. 세계가 지속적인 고통 속에서 토해내는 신음이 정보의 교류를 완전히 차단한다.

"알려줄 이유가 없지 않나? 초월적인 마(魔)에게 머리를 맡긴 미물, 가끔은 스스로의 머리로 생각해서 답을 내는 사람다운 즐거움을 누려보는 게 어떤가?"

귀혁이 암천령을 비웃었다. 그러더니 고개를 저었다.

"하긴 이미 사람이 아니구나. 역겨운 면상을 오래 보고 있는 것도 고역이니 하늘의 비명이 잦아들기 전에 끝내도록 하마."

〈이놈……!〉

암천령이 격노했다. 예지력이 차단되었지만 압도적인 물량과 여력이 어디로 가는 것은 아니다. 주변을 잠식한 어둠으로부터 온갖 형상이 나타나며 폭풍처럼 귀혁을 몰아쳤다.

그러나 소용없었다. 수십 종류의 공격이 수십 방향에서 각기 다른 속도로 날아드는데도 단 하나도 귀혁에게 닿지 못했다.

폭음이 연거푸 울려 퍼지며 해일처럼 일어났던 어둠의 형상들이 모조리 분쇄되었다.

"학습 능력이 부족하구나. 아까 전에 40점짜리 답이라고 하지 않았더냐? 거기서 예지력이 빠졌으니 이제는 20점이 적합하겠구나."

〈크아아아!〉

암천령이 괴성을 지르며 공격을 재개했다.

인간이 오를 수 있는 궁극의 내공, 9심을 이룬 귀혁의 공격에 실린 파괴력은 분명 압도적이다. 그러나 하나하나의 위력이 아니라 물량 공세로 치면 대해 같은 여력을 지닌 혼원의 마수 쪽이 위였다.

예지력이 없어도 상관없다. 전방위에서 쉬지 않고 몰아친다. 귀혁의 감극도가 한계에 달할 때까지.

콰콰콰콰콰!

사방에서 덮쳐드는 음공을 광풍혼으로 무력화한다. 밑에서 솟구치는 칼날들을 춤추듯이 피해낸다. 위쪽에서 덮쳐 오는 거대한 팔을 기공파로 찢어발기고 뒤쪽에서 슬금슬금 다가오던 마수의 입을 발차기로 쳐부순다.

그럴 때마다 천지가 뒤흔들리는 굉음이 터지면서 산이 뒤흔들렸다. 신들린 듯이 공격과 방어가 혼연일체를 이룬 기술들을 쏟아내는 귀혁은 수백수천의 공격이 자신에게 스치는 것조차 허락하지 않았다.

'할 수 있다.'

그러나 암천령은 승산을 보고 있었다.

쉬지 않고 쏟아지는 공세의 폭풍이 귀혁을 조금씩 몰아붙이고 있었다. 언뜻 보면 귀혁의 압도적인 무력이 증명되는 것만 같지만 시간이 지남에 따라서 조금씩 변화가 일고 있었다.

귀혁이 공격을 날리지 못한다.

쏟아지는 암천령의 공격을 뚫고 본체를 노리던 공격은 더 이상 없다. 그저 자신의 주변에 보이지 않는 성벽을 구축하고 그 공간을 지키고 있을 뿐이다.

'두 걸음째.'

암천령은 온 신경을 집중해서 귀혁의 움직임을 관찰했다. 그래서 알 수 있었다.

한 번도 물러나지 않았던 귀혁이 물러났다. 한 걸음, 그리고 조금 시간이 지난 후에 한 걸음.

'힘을 모을 틈은 주지 않는다!'

암천령은 지금 자폭 공세를 쏟아붓고 있다.

혼원의 마수가 된 그는 더 이상 인간이 아니었고, 따라서 인간의 한계에 종속되지 않는다.

숨을 쉬지 않아도 된다. 완급 조절 따위는 필요 없다. 힘이 다할 때까지, 정말 죽는 그 순간까지 자신이 지닌 여력을 쏟아낼 수 있었다.

상처 입었다고 해서 쇠약해지지 않는다. 그저 자신을 이루는 구성 요소가 소실될 뿐이다.

그에 비해 귀혁은 인간이다. 아무리 9심 내공을 지녔어도 무호흡으로 버틸 수 있는 시간에는 한계가 있다. 하물며 격렬하게 힘을 쏟아내고 있는 상황임에야.

'여력 다툼으로 몰고 가는 데 성공한 이상, 내 승리다.'

형태는 다르지만 그것은 미련한 힘 싸움이나 마찬가지였다. 힘과 기술을 함께 겨루는 상황이라면 모를까, 힘겨루기로 몰고 간 이상 압도적인 여력을 지닌 암천령의 승리다.

귀혁이 이 상황을 타파할 방법은 암천령의 자폭 공세에 구멍을 뚫고 탈출하는 것뿐이다. 하지만 그러려면 힘을 집중시킬 시간이 필요하고, 암천령은 이 싸움이 끝날 때까지 그럴 틈을 줄 생각이 없었다.

〈우리의 노림수가 90점이라고 했나? 오만한 흉왕이여. 유감스럽게도 그대를 여기서 죽임으로써 100점이 될 것 같구나!〉

암천령이 희열에 차서 외쳤다. 그리고 귀혁이 세 걸음째 물러나면서 마침내 그가 유지하던 보이지 않는 성벽이 무너졌다.

무호흡 운동이 한계에 달하자 움직임이 반 박자, 아니, 반의 반의 반 박자 늦어지면서 방어에 미세한 구멍이 뚫렸다. 그 틈을 비집고 들어간 날카로운 칼날을, 귀혁은 몸을 크게 젖혀서 피할 수밖에 없었다.

그 뒤로 눈 깜짝할 새에 수십 번의 공격이 이어지는 상황에서는 치명적인 빈틈이다. 이걸로 승부는 결정되었다.

'음?'

방심하지 않고 귀혁을 도륙하려던 암천령은 섬뜩함을 느꼈다.

치명적인 허점을 노리고 일격이 날아드는 순간, 귀혁의 입꼬리가 움직였다. 너무 짧은 순간이라 완전히 표정이 이루어지진 않았지만 그것은 분명…….

'웃어?'

미소를 지으려는 것 같았다.

콰콰콰콰쾅!

그러나 암천령이 더 생각을 잇기 전에 무수한 어둠의 형상들이 귀혁을 관통했다. 아니, 정확히는 그가 있던 자리를 관통했다.

—무극 감극도(無極感隙道)!

눈앞에서 빛이 솟구쳤다.

다음 순간 뭔가 소리가 들린 것 같았다. 확신할 수 없었던 것은 온 감각이 격렬하게 뒤흔들리면서 사고가 마비되어 버렸기 때문이다. 혼원의 마수가 된 그의 감각이 무수한 정보를 받아들였지만, 그는 그것을 하나도 이해할 수 없었다.

……콰아아아앙!

그것이 폭음이라는 것을 이해하기까지, 눈을 다섯 번 깜빡거릴 만큼의 시간이 필요했다.

'무슨 일이 일어난 거지?'

의문을 품는 그의 눈앞에 빛이 번쩍했다. 그리고 주먹을 뒤로 당긴 귀혁의 모습으로 화했다.

다시 섬광이 폭발했다.

한 번으로 끝나지 않는다. 두 번, 세 번, 네 번…….

헤아릴 수 없는 폭발의 연쇄였다. 암천령은 혼란 속에서 허우적거리며 본능적으로 행동했다. 어둠의 형상들이 나타나서 본체와는 다른 각도에서 상황을 관측하고 그에게 정보를 전달했다.

'어떻게 이런, 이럴 리가……?'

제삼자의 시각에서 관측한 상황을 전달받고도 이해할 수가 없었다.

귀혁이 빛으로 화해 사라진다. 그리고 동시에 조금 떨어진 곳에서 나타난다. 나타나자마자 무시무시한 일권을 날리고는 재차 빛으로 화한다. 그리고 동시에 다시 다른 지점에서 나타나서는 산을 뒤흔드는 발차기를, 재차 같은 과정을 반복하더니 거대한 기공파를 쏘아내서 결국 산 하나를 붕괴시켰다.

쿠르르르릉……!

지축을 뒤흔드는 굉음을 뒤로 한 채 귀혁이 허공에서 멈춰 선다. 그가 중얼거렸다.

"300명의 목숨은 생각 이상으로 거대하군. 이만큼이나 두들겼는데도 아직 끝나지 않다니."

〈도, 대체 무슨, 짓, 을, 한 거냐……?〉

암천령이 폭발 속에서 기어 나오며 물었다. 묻지 않고는 견딜 수 없었다.

그는 자신이 죽음에 가까워졌음을 이해했다. 귀혁의 공세로 인해서 그를 이루는 구성 요소의 9할 이상이 소멸했다.

귀혁이 피식 웃었다.

"별로 설명해 주고 싶지 않구나. 네가 추종하는 흑영신한테 물어보거라."

무극 감극도는 필요한 순간에 자신을 기화함으로써 한계를 초월하는 기술이다. 귀혁이 기화를 위한 심상을 구축함에 있어 '무언가를 파괴한다'는 구속을 초월했기에 완성할 수 있었던 절예다.

그러나 귀혁은 거기서 그치지 않고 한발 더 나아갔다.

'무극의 권은 피와 살로 이루어진 육신을 기화했다가 다시 원래대로 되돌린다. 그런데 굳이 그 과정에서 '원래의 상태로 돌아온다'는 것에 집착할 필요가 있는가?'

귀혁은 기화했다가 다시 육화하기 위해 가장 중요하게 여겨야 할 조건에 의심을 품었다.

기화한다는 것은 완전히 다른 상태가 된다는 것, 그럼 다시 육화할 때도 기화하기 전과는 다른 상태가 될 수도 있지 않은가?

예를 들면 무극 감극도를 이루었을 때는 자세를 바꿀 수 있었다. 자세가 무너져서 도저히 막을 수 없을 것 같은 공격을, 한번 기화했다가 완벽한 자세로 육화함으로써 막아낼 수 있었던 것이다.

'자세를 바꾸는 것 이상의 과정도 초월할 수 있지 않을까?'

그런 의문이 무극 감극도를 한 차원 더 높은 경지로 끌어 올렸다.

'진정한 의미에서 시공의 제약을 초월한다.'

귀혁은 무극 감극도를 통해서 무공을 사용함에 있어 필요로 하는 '과정'을 생략할 수 있었다.

호흡을 정돈하고, 진기를 원하는 밀도와 속도로 가다듬어서 원하는 지점에 필요한 만큼 집중한다.

큰 위력을 발휘하는 기술일수록 이 과정이 길어지게 마련이다. 하지만 귀혁이 완성한 무극 감극도는 그 과정을 초월하는 데 성공했다.

전혀 기운을 증폭시키지 않은 상태에서 기화한다. 그리고 육화했을 때는 이미 기술을 발하기 위한 모든 조건이 갖춰져 있다. 자세와 진기 운행, 그리고 최적의 위치까지.

이것이야말로 진정한 의미에서의 심즉동(心卽動)의 무예다.

암천령이 귀혁을 몰아넣었다고 확신한 순간, 귀혁은 기다렸다는 듯 무극 감극도를 사용해서 그의 심리적 허점을 찔렀다. 압도적인 파괴력을 자랑하는 공세가 폭풍처럼 연계되면서 그를 이 지경까지 몰아넣었다.

"원래는 검존하고 혼마를 상대하기 위해서 만든 것인데 뜻하지 않게 실전에서 실험해 볼 기회를 얻었으니 네게 감사해야겠구나. 하지만 그래도 설명은 해주지 않겠다."

〈이노, 옴……!〉

"감사하는 의미에서 네놈들의 선대 교주를 신의 품으로 되돌려 준 기술로 끝내주마."

귀혁이 재차 빛으로 화했다. 그 빛이 자신을 덮치는 순간, 암천령은 결사의 각오로 반격을 날렸다.

무극의 권을 받아도 기화는 버텨낼 수 있다. 귀혁은 분명 물리적 여파를 동반할 테니 그것만 버텨내면서 반격하면, 죽이지 못해도 상처라도 입힐 수 있으리라.

'어?'

그러나 그 직후 암천령은 자신의 생각이 얼마나 어리석었는지 깨달았다.

분명 기화는 버텨냈다. 그런데 몸 곳곳에 균열이 발생하며 그곳에서 새하얀 불꽃이 뿜어져 나왔다. 마치 출혈처럼 내부로부터 기화가 일어난 것이다.

게다가 그것으로 끝도 아니었다. 왠지 모르지만 그를 지키던 술법이 깨져 나가고, 무언가가 정신을 난도질하면서 사고가 가닥가닥 끊어졌다. 그리고 더 이상 사태를 이해하지도 못하는 그를 활화산 같은 열기가 집어삼켰다.

콰아아아아……!

"오성무극(五星無極)이라 하느니라."

귀혁은 폭발에 휩싸인 암천령의 소멸을 지켜보며 중얼거렸다.

다섯 개의 심상을 동시에 구현하여 적을 멸하는 심상경의 절예. 그가 30년 전에 완성하여 흑영신교주의 숨통을 끊었던 기술이었다.

"자, 그럼……."

결과만 보면 압승이었지만 쉬운 싸움은 아니었다. 무극 감극도로 기술을 구현하는 과정을 초월한다고 하더라도 그가 감당해야 할 부담이 사라지는 것은 아니라 기력의 소모가 컸다.

잠시 호흡을 고르며 진기를 다스린 귀혁은 곧 광풍을 일으키며 그 자리를 떠나갔다.

하늘을 쪼개놓은 궤적이 사라진 후, 그곳에 남은 것은 마치 지진과 폭풍이 휩쓸고 간 것 같은 대파괴의 흔적뿐이었다.

11

흑영신교주는 꿈인지 현실인지 모를 공간에 와 있었다.

삭막하기 짝이 없는 풍경이다. 나무 한 그루 자라지 않은 바위산을 자욱한 안개가 뒤덮고 있다. 온 세상의 색이 사라져 버린 것 같은 흑백의 풍경이다.

그 한복판에 자리한 커다란 구멍이 속에 직경 수백 장의 암석덩어리가 있었다. 흑백의 풍경 속에서 암석덩어리가 발하는 희미한 푸른빛은 섬뜩할 정도로 이질적으로 보였다.

그리고 그 위에 한 청년이 서 있었다. 눈처럼 흰 피부에 은색 머리칼을 지닌 청년은, 왠지 바람 한 점 없는데도 머리칼이 하늘하늘 휘날리고 있었으며 그 주변 허공에는 먹으로 쓴 것 같은 무수한 문자가 떠올라 있었다.

그와 마주하고 있던 흑영신교주가 문득 중얼거렸다.

"…역시 실패했군."

"뭐가 말이지?"

청년이 묻는다. 흑영신교주가 흠칫 놀랐다. 그와 멀찍이 떨어져 있던 자신이 어느 순간 그의 앞으로 이동해 있었기 때문이다.

청년은 흑영신교주를 빤히 바라보며 대답을 기다렸다. 흑영신교주가 말했다.

"이곳에서는 내 심상이 노출되었으니 대답하지 않아도 알 수 있지 않은가? 성존이여."

청년은 바로 성존이었다. 흑영신교주는 광세천교가 일으킨 혼란을 틈타 별의 수호자 총단 안으로 진입, 성존과 성몽을 통해서 마주하는 데 성공했던 것이다.

성존이 말했다.

"어느 정도는. 하지만 흑영신의 가호 때문에 읽어내기 귀찮아."

"못 하겠다도 아니고 귀찮다니 도대체… 아니, 되었다. 광세천의 주구들이 그대가 만든 진 일월성단을 손에 넣는 데 실패한 모양이다."

만상경은 목표 달성에 실패했다. 성과가 아주 없었던 것은 아니지만, 그것을 얻기 위해 투입한 것들에 비하면 도무지 수지타산이 맞지 않는다.

그의 존재를 눈치챈 홍주민은 성운검대주와 힘을 합쳐서 진 일월성단을 폭주시켜 버렸다.

진 일월성단을 광세천교에 넘겨주느니 없애 버려야 한다. 그런 생각으로 폭주한 진 일월성단을 목숨을 걸고 하늘 저편으로 날려 버렸고 그로 인해 만상경은 목표량의 채 10분의 1에도 미치지 못하는 성과만을 취한 채로 물러날 수밖에 없었다.

성존이 말했다.

"아아, 그 실패작?"

"실패작이라고?"

"실패작이지. 흠. 일월성신이 나타난 것을 보고는 적당히 만들었는데 현계에서 안정화되기가 너무 힘든 물건이었어."

"광세천의 주구들이 수작을 부려서 그렇게 된 것이 아니냐?"

"어느 정도는. 하지만 애당초 안정화하기가 너무 어려운 물건이었기 때문에 그런 수작이 먹혀든 거지. 일월성단 정도로 안정도가 높았다면 문제없었을걸."

성존이 고개를 절레절레 저었다. 그리고 말했다.

"어쨌거나 네 이야기는 잘 들었다. 그래서 내게 뭘 바라는 거지?"

성존은 자신을 찾아온 흑영신교주를 적대하지 않았다. 흑영신교주가 악의를 품고 찾아온 것이 아님을 분명히 했고, 그가 하는 이야기가 흥미를 끌기도 했기 때문이다.

흑영신교주가 말했다.

"때가 오면 기회를 달라. 그저 그뿐이다."

"내 입장에서야 상관없기는 하지만… 인세의 기준으로는 참 터무니없는 부탁이군그래."

"그래서 힘들게 찾아온 것이다. 지금의 나를 숨김없이 보여주는 것, 이것이 우리가 그대에게 보일 수 있는 최대한의 성의다."

흑영신교주가 성존을 똑바로 바라보며 대답을 기다렸다. 잠시 동안 생각하던 성존이 말했다.

"좋아. 나의 비원을 막았던 흑영신의 주구가 내 비원을 이룰 도구를 제공하겠다고 하니, 역시 앞날은 알 수 없는 일이군. 이런 가능성을 인세의 시시한 사정 때문에 놓칠 수는 없지."

성존의 주변에 떠다니던 글자들의 일부가 살아 있는 것처럼 흑영신교주에게 날아들었다. 글자가 자신의 내면으로 들어와 정보로 화하자 흑영신교주가 미소를 지었다.

"실망하지 않을 것이다, 성존이여."

제61장
청해성

1

마인이면서도 팔객의 일원으로 불리는 자, 혼마 한서우는 눈
바람에 긴 머리칼을 휘날리고 있었다.

살아온 세월을 생각하면 그는 머리가 하얗게 센 노인이어야
할 것이다. 그러나 그의 외모는 30대의 준수한 청년으로밖에 보
이지 않았다. 그 때문에 그에 대한 소문 중에는 불로불사의 힘
을 얻었다는 것도 있었다.

"후우."

한숨을 쉬는 그의 주변에는 얼어붙은 땅 위로 선명한 붉은 피
가 흩뿌려져 있었다. 그 주변에는 잔혹하게 부서진 수십 구의
시체가 보였다.

문득 그가 옆을 바라보았다. 그러자 땅을 뚫고 투명한 파동이
솟구치더니 한 사람의 모습이 나타났다.

"이쪽 비밀 통로로 달아나는 녀석들은 전부 처리했어. 하지만 다른 비밀 통로가 또 있었을 것 같은데?"

그렇게 말한 사람은 여우 가면을 쓰고 몸을 빈틈없이 가리는 새카만 가죽옷을 입은 여성이었다. 가죽옷에는 붉은 천 장식이 달려 있었는데 그것이 바람의 움직임을 거스르면서 살아 있는 것처럼 나풀거린다.

자객이면서도 팔객의 일원으로 불리는 자, 암야살예(暗夜殺藝) 자혼이었다.

한서우가 혀를 찼다.

"그것까진 어쩔 수 없지. 하여튼 용의주도한 녀석들이로군."

두 사람에게 죽은 것은 흑영신교도들이다. 이곳은 흑영신교의 비밀 연구 시설 중에 하나였다.

자혼이 물었다.

"여기는 역시 미끼였어?"

"미끼기는 하지만 진짜야."

한서우의 손에는 한 권의 책이 들려 있었다. 검은 가죽 표지의 그 책은 누가 봐도 범상한 책이 아님을 알 수 있으리라. 그저 보기만 해도 가슴이 답답해질 정도로 음울한 기운이 풀풀 풍기고 있었으니까.

자혼이 눈살을 찌푸렸다.

"굉장하네. 인간을 잡아먹을 것 같은 책인걸?"

"실제로도 그렇지. 흑마경전(黑魔經傳)이니까."

흑마경전은 혼원교의 신물(神物) 중 하나였다.

혼원교의 특기 중 하나는 여러 존재를 합일하여 뛰어난 존재를 만들어내는 것. 흑마경전도 그 기술을 연구하는 과정에서 탄생한 부산물이다. 인간의 영혼과 의식이 들어 있는 그 책은, 일반인이 가진다면 순식간에 의식을 삼켜 괴물로 만들어 버린다.

한서우 입장에서는 반드시 수거해서 없애야만 하는 물건이었다.

"진본은 아니고 세 권밖에 없었던 사본이기는 하지만… 다른 사본도 이놈들이 갖고 있을지도 모르겠군."

진본은 이미 한서우가 회수해서 파기했다. 사본의 위험성도 진본 못지않지만, 진본과 달리 사본을 바탕으로 또 다른 사본을 만들어낼 수는 없었다. 흑마경전은 단순한 책이 아니라 사악한 기물이기 때문이다.

한서우가 자혼을 고용해서 이곳을 친 것은 예지에 따른 선택이었다.

흑영신교가 혼원교의 유산으로 사악한 존재를 만들기 위한 연구를 하고 있다. 그 사실을 그의 예지력이 포착했던 것이다.

또 다른 예지도 있기는 했다. 이 일과 동시에 뭔가 큰일을 벌일 것이라는.

하지만 그 예지는 모호했다. 지금 와서 생각해 보면 아마 흑영신교의 신녀가 이쪽을 미끼로 써서 그의 예지를 흐려놓았던 것 같았다.

"여길 나가서 듣게 될 소식이 두려울 지경이로군. 대체 무슨 짓을 하려고 이런 미끼로 날 꾀어냈지?"

"곧 알 수 있겠지. 그럼 이제 내 일은 끝?"

"놈들이 벌인 일에 대한 정보를 부탁하지. 아무래도 불길해.

이놈들, 이미 연구가 상당히 진척되어 있어."

"어떤 연구?"

"서로 다른 존재의 합일, 그리고 혼원령."

한서우는 이곳에서 그들이 흑마경전 사본을 이용, 인간과 요괴를 합일하여 새로운 존재를 탄생시킨 것을 보았다.

그것만으로도 놀랍고 끔찍한 일이었지만, 문제는 그들의 연구가 그저 합일을 하는 단계에 그치지 않았다는 점이다.

"그릇을 만드는 단계에 들어갔다."

서로 다른 존재가 합일할 경우 그 결과물의 방향성을 특정할 수 없다. 자신들을 위한 병사를 만들려고 했는데 적이 만들어질 수도 있다는 이야기다.

그러니까 명확한 목적성을 지닌 그릇을 만들고, 그것을 바탕으로 다른 존재를 합일시켜야 한다. 흑영신교의 연구는 이미 이 단계를 지나 있었다.

그 결과물이 귀혁과 싸웠던 암천령이었다. 물론 지금의 한서우는 알지 못하는 사실이다.

"어째서지?"

한서우는 이해할 수가 없었다. 자혼이 물었다.

"뭐가?"

"왜 이제 와서 이놈들이 혼원령을 연구하는 걸까?"

"쓸모 있기 때문에?"

"그저 그 이유만으로 연구하기에는 혼원령은 너무 위험성이 커. 혼원교 역사상 혼원령 완성 전까지 교를 통째로 말아먹을 뻔했던 위기가 몇 번인데……."

심지어 완성한 후에도 큰 위기가 닥쳤다. 한서우라는 이름의 위기는 결국 그들을 파멸로 던져 넣었다.

"게다가 아무리 혼원교의 자료들을 손에 넣었다고 하더라도, 혼원령 연구에는 엄청난 자원 투자가 필요하지. 단기간에 진행하려고 하면 더더욱."

물적 자원은 물론이고 인적 자원도 어마어마하게 필요하다. 특히 어느 정도 훈련된, 혹은 특이한 자질을 지닌 자들을 실험에 투입했다 실패할 경우의 손실은 흑영신교라도 가볍게 여길 수 없는 것이다.

"빙령의 조각 연구에서 그만큼 성과를 냈으면서 왜지? 분명히 뭔가 굉장히 중요한 단서가 있는데……."

"예지인가?"

"그래. 분명하지 않지만, 내 예지가 말해주고 있어. 이놈들은 혼원령 연구를 굉장히 중요하게 생각하고 있다."

"조사해 보지. 물론 공짜는 아니야."

"어련하실까."

한서우가 혀를 찼다.

곧 자혼이 눈바람 속으로 녹아들듯이 자취를 감추고 나자 한서우가 중얼거렸다.

"그릇이라……."

2

무일은 자신의 인식이 심마(心魔)로 인해 뒤틀려 있다는 사실을 자각하고 있었다.

예를 들면 사람이 복작거리는 시장 통을 걸을 때, 불현듯 한 표식이 눈에 들어오는 때가 있었다. 가게 입구의 포렴이나 장식물, 혹은 벽에 그려진 무늬 사이에 있는 작은 표식.

어지간히 주의를 기울이지 않으면 알아볼 수 없는 표식이다. 그러나 그에게 걸려 있는 암시가 언제, 어느 때라도 그것을 의식하게 만들었다.

'또…….'

무일이 눈살을 찌푸렸다. 심마가 꿈틀거리며 두통이 몰려오고 있었다.

'이놈들, 언제까지 달라붙을 생각이지?'

여기까지 오는 동안 몇 번이나 표식을 보고도 무시했다. 그런데도 가는 곳마다 표식이 기다리고 있었다.

그 사실이 의미하는 바를 깨닫자 무일은 오싹했다.

'우리의 움직임을 완전히 꿰뚫어 보고 있어.'

형운 일행이 언제, 어느 길을 지나갈지 모조리 꿰고 있지 않고서야 이런 일은 불가능하다.

단순히 여행길을 예측할 수는 있다. 하지만 마을이나 도시에 들렀을 때 어느 길을 지나갈지까지 알 수는 없는 노릇 아닌가?

'역시 예지력인가?'

그들이 일행의 행동을 예지로 파악한다면 모든 것이 설명된다. 그리고 중원삼국을 통틀어 예지력을 무기로 쓰는 마인들의 집단은 단 두 곳뿐이다.

흑영신교와 광세천교.

무일도 배후가 마교일 거라고 생각하고는 있었다. 무엇보다 전 대륙에 미치는 조직력이 없고서야 무일이 가는 곳마다 표식을 준비하고, 회수해 가는 일이 가능할 리가 없지 않은가?

'어떡해야 하지?'

가슴이 먹먹해진다.

형운은 자신이 어린 시절 암흑가에서 살수 노릇을 하던 과거를 알면서도 받아들여 주었다. 경멸하지도, 분노하지도 않았다.

그건 네가 책임질 일이 아니었다. 너는 괜찮다.

형운이 그렇게 말해주는 것만으로도 눈물이 날 것 같았다.

더 이상 그를 배신할 수는 없다. 앞으로 무슨 일이 있더라도 그를 위해 일할 것이다.

그렇게 마음먹었지만 마지막 한 걸음을 내디딜 수가 없었다.

모든 것을 밝히고 용서를 구해야 한다. 그 사실을 잘 알면서도 정작 실행하려고 하면 도저히 입이 떨어지지 않았다.

형운이 자신에게 실망하는 것이 두렵다. 아니, 그가 자신을 경멸할 것을 상상만 해도 눈앞이 캄캄해졌다.

"무일?"

문득 들려온 목소리에 무일이 화들짝 놀랐다. 형운이 자신을 걱정스러운 표정으로 보고 있었다.

"어디 안 좋아?"

"아, 아뇨. 괜찮습니다."

"괜찮은 표정이 아닌데? 먹은 게 안 좋았나?"

"정말 괜찮습니다."

"먼저 숙소로 돌아가서 쉬어."

"그럴 수는……."

"여기 둘러보는 건 너 빼고 해도 돼. 우리만 다니겠다는 것도 아니잖아?"

무일 말고도 호위무사가 세 명이나 있었다. 게다가 형운이 혼자 있는 것도 아니고 마곡정과 천유하도 같이 있으니 어지간해서는 위험에 빠질 일이 없으리라.

"네가 아프면 그게 더 문제야. 돌아가서 운기조식하고 쉬어서 몸 상태 최상으로 돌려놔. 명령이야."

"…알겠습니다."

형운의 어조가 강경해서 무일은 어쩔 수 없이 고개를 숙였다.

숙소로 돌아가는 길에 아까 전에 지나쳤던 표식이 다시 눈에 들어왔다. 애써 그것을 무시하는 무일의 가슴 한구석이 쿡쿡 쑤시고, 두통이 몰려왔다.

3

살무귀 사건을 처리하고 구훈을 떠난 형운 일행의 여정은 순조로웠다.

별다른 사건을 만나지 않기도 했지만, 만검문이 편의를 봐주었기 때문이다. 그들의 영향력은 관에도 깊숙이 닿아 있었기에 가는 곳마다 복잡한 절차를 생략하고 편하게 지나갈 수 있었다.

그리하여 일행은 구훈을 떠난 지 열흘 만에 진벽성의 영역을 벗어나서 청해성의 영역으로 들어설 수 있었다.

"얼마 안 남았군."

형운이 지도를 보며 중얼거렸다.

오는 동안 많이 초조했다. 하운국도 아니고 타국으로 먼 길을 나서는데 도중에 이런저런 사건까지 생겨서 일정을 지체했으니 그럴 수밖에.

하지만 청해성까지 오고 나니 마음이 놓인다. 오는 길에 좀 강행군을 한 덕분에 지금은 아직 4월 초였다. 바닷가에 있는 청해성 본성까지 가는 시간을 고려해도 제법 여유가 있을 것 같았다.

무일이 말했다.

"그래도 늑장 부릴 여유는 없습니다. 청해군도까지 어떻게 가야 할지가 문제니까요. 수군(水軍)의 눈을 피해야 하는 일이기도 하고……."

청해성은 위진국 수군의 영향력이 막강한 곳이다. 어업을 주력으로 하는 항구도시이기 때문만은 아니다.

청해군도(靑海群島)의 존재가 있어서다.

수백 개의 크고 작은 섬으로 이루어진 이 지역은 동쪽 바다에 들끓는 해적의 본거지다. 역사적으로 위진국은 몇 번이나 그들을 토벌하고자 했지만 뜻을 이루지 못했다. 그저 해적 떼라고 보기에는 너무 수가 많고 강성했기 때문이었다.

위진국 수군은 그들로부터 어선과 상선을 지켜주는 방패 역할을 톡톡히 해내고 있었다. 그들이야말로 청해성의 진정한 지배자라고 할 수 있을 것이다.

형운이 한숨을 쉬었다.

"정식 임무인데 위법을 저질러야 한다니 이것도 참……."

수군 입장에서는 일행의 신분이 무엇이든 간에 청해군도 쪽으로 가는 것을 허락해 줄 수 없다.

당연히 일행은 수군의 눈을 피해서 청해군도로 들어갈 방법을 궁리해야 했고, 이 문제는 청해성 지부가 해결해 주기로 확답을 받은 상태였다. 청해성의 흑도 무리 중에 본토와 청해군도 사이에 사람을 옮기거나 이런저런 물건을 밀수하는 놈들이 있다던가.

"그리고 아무리 양진아가 청해용왕 진본해의 제자라고는 하나, 정말 해적이 우리를 건드리지 않는다고 확신할 수는 없습니다."

"그 아가씨 성격에 거짓말을 했을 것 같지는 않지만, 세상일에 절대는 없는 법이니……."

형운도 무일의 우려를 부정하지 않았다.

양진아는 청해궁의 공주로서 일행을 정식으로 초대했다. 그리고 청해용왕의 손님을 입증할 수 있는 금패도 주었다.

하지만 청해군도의 사정은 별의 수호자 정보부조차도 거의 아는 바가 없다. 무슨 일이 벌어지든 이겨낼 수 있도록 대비해 둘 필요가 있었다.

서하령이 지적했다.

"바다 위에서 고립되기라도 하면 답이 없어. 지도만 봐도 청해군도까지는 가까운 거리가 아니니까."

본토에서 청해군도까지는 300리(약 120킬로미터)가 훌쩍 넘는 거리다. 일행이 무인이라고 해도 바다 위에서 일이 벌어지기라도 하면 대책이 없다.

서하령이 눈을 흘겼다.

"아니, 너는 괜찮을 수도 있겠네."

"뭐?"

"수상비를 터득했잖아? 혼자라면 바다 위를 달려서 본토까지 올 수 있지 않겠어?"

"야, 말이 되는 소리를……."

어처구니없어서 한마디 하려던 형운은 문득 한 가지 사실을 깨달았다.

"…어? 생각해 보니까 불가능하지는 않겠는데?"

"……."

그 말에 서하령을 제외한 사람들은 다들 입을 쩍 벌리고 형운을 바라보았다.

300리도 넘는 길을, 그것도 디딜 곳 하나 없는 바다 위를 달려서 갈 수 있다고?

자기를 바라보는 시선들에 형운이 허겁지겁 해명했다.

"아니, 진짜로 수상비만으로 그럴 수 있다는 건 아냐. 나야 냉기로 바닷물을 얼려서 발 디딜 곳을 만들 수도 있고, 그러면 운화나 어기충소로 하늘 위로 솟구친 다음에 활강하면서 내력을 아낄 수도 있으니까……."

"지금 그걸 말이라고 하냐?"

"와, 저 내공 벼락부자 같으니. 일월성신 아닌 사람은 서러워서 살겠나."

천유하와 마곡정이 투덜거렸다. 그들도 일반인, 아니, 웬만한 무인이 보기에도 초인이라는 소리를 들을 만한 이들이었지만 형운이 말하는 걸 듣자 하니 괴물 소리가 절로 나온다.

서하령이 손뼉을 쳐서 주위를 환기시켰다.

"이 비상식적인 선풍권룡 대협은 그렇다 치고, 평범한 사람인 우리들은 마음을 단단히 먹을 필요가 있어. 가는 동안 생각할 수 있는 상황을 전부 검토하고 대책을 세워두도록 하자."

"평범한 사람이라니, 어디가……."

"닥쳐 주세요, 300리 바닷길도 배 없이 주파할 수 있다는 선풍권룡 대협."

"……."

형운은 토라지고 말았다.

4

일행이 청해성 본성에 도착한 것은 4월 중순이었다.

청해성 지부로 가자 이미 흑도 쪽과 이야기해서 준비를 마쳤다는 대답을 들을 수 있었다. 다만 곧바로 떠날 수 있는 것은 아니고 며칠 대기해야 한다고 했다.

"수군의 눈을 피해서 밀항하는 것이다 보니 가능한 날이 광장히 한정적이라고 합니다. 이쪽에서 가는 것만이 아니라 저쪽에서 오는 것도 고려해야 하고요."

납득이 가는 말이었다.

흑도 조직의 범죄 수단을 이용하는 것이 꺼림칙하긴 했지만 달리 방법이 없었다. 청해성 지부에서는 이 일의 속사정도 설명해 주었다.

"청해성 흑도 무리 중에서 밀항 사업에 손대고 있는 놈들은 극소수입니다. 그리고 이놈들은 수군과 줄이 닿아 있죠."

"즉 수군에서 알면서도 방관하고 있다는 건가요?"

"그렇습니다."

"어째서지요? 수군이 그 정도로 부패한 겁니까?"

청해성의 지배자라고 할 수 있는 권력을 쥔 조직이 부패한다?

충분히 있을 수 있는 일이다. 위진국의 국내 정세는 완전히 안정되지 않았고, 청해군도의 해적들과 맞서 싸우고 있는 청해성 수군은 독립적인 권한을 많이 갖고 있다.

조직이 부패하기에는 꽤 적절한 조건이다.

"아닙니다. 뭐, 아주 깨끗하다고는 할 수 없겠지만 그 정도로 썩지는 않았지요."

"그럼 어째서지요? 청해군도를 주적으로 삼고 있는 입장에서는 방치하기에는 너무 위험한 일 아닌가요?"

"그렇습니다. 그래서 수군 정보부에서도 밀항하는 움직임을 놓치지 않도록 촉각을 곤두세우고, 가끔은 황실에, 그리고 백성들에게 보여주기 위한 실적을 올리려고 적발하기도 합니다."

"철저하게 차단하지 않는 이유는 뭡니까?"

"수군과 황실에서 밀수되는 물품을 필요로 하기 때문입니다."

"……."

청해군도에서만 나는 귀한 특산물들이 있다. 귀한 약재, 보석, 기환술에 유용한 자재 등이었다.

이런 것들을 황실과 수군의 높으신 분들이 필요로 하기 때문에 밀항 사업을 눈감아주고 있다는 이야기였다.

"우리도 몇몇 약재는 거래를 트고 있습니다. 그래서 이번 일도 준비할 수 있었고요."

"그랬군요."

형운은 짜증이 났다.

'썩지 않기는 무슨. 충분히 썩었구만.'

하지만 지금의 형운 입장에서 그들을 비난하는 것도 웃기는 일이다.

일행은 다들 푹 쉬어서 여독을 풀면서 밀항의 날을 기다렸다.

5

"와……."

항구로 나온 형운은 넋 나간 표정을 짓고 있었다.

다른 곳에서는 맡아본 적 없는, 물비린내가 섞인 독특한 냄새가 후각을 자극한다. 흔히들 바다 내음이라고 하는 냄새였다.

"이게 바다구나."

항구는 활기가 넘쳤다. 수많은 어선, 상선들이 정박해 있었고 사람들이 분주하게 돌아다녔다. 하지만 형운은 그들에게는 눈길도 안 주고 바다만 바라보고 있었다.

귀혁의 제자가 된 후로 형운도 많은 경험을 하면서 견문을 넓혀왔다. 하지만 바다를 보는 것은 처음이었다.

"말로는 들었지만 정말 엄청나네……."

형운은 혀를 내둘렀다. 하늘과 해면이 맞닿은 수평선이 눈길을 사로잡았다. 이토록 많은 물이 모여 있다니 직접 눈으로 보면서도 현실감이 희박할 정도다.

바다 구경을 나온 것은 형운만이 아니었다. 서하령, 마곡정, 천유하와 호위무사들도 함께였다.

"진짜 넓군. 이런 곳을 배 타고 나가야 한다고?"

천유하가 혀를 내둘렀다. 책을 읽거나 누군가의 말을 듣고 상상한 것과는 완전히 다른 존재감이었다.

여기 오기 전까지는 큰 강, 혹은 호수를 배를 타고 이동하는 것의 연장선이라고 생각했다. 그가 살았던 곳이 내륙 지방이라고는 하지만 지금까지 보아온 큰 호수 중에는 웬만한 도시보다 큰 것도 있었으니까.

하지만 끝없이 펼쳐진 수평선을 보고 있노라니 자신의 상상이 얼마나 안이했는지 깨닫게 된다.

과연 이런 곳에 배를 띄워 나가서 무사히 목적지까지 도착할 수 있을까? 아니, 과연 바다 저편에 목적지가 존재하기는 하는 것일까?

다들 말문이 막혀 버렸다. 얼굴을 면사로 가린 서하령만이 비교적 태연했다.

그런 기색을 눈치챈 형운이 물었다.

"하령아, 넌 바다 본 적 있어?"

"예전에 한 번."

그녀는 이 장로를 따라서 많은 곳을 돌아다녀 본 경험이 있었다. 그래도 바다를 본 것은 딱 한 번뿐이다.

형운이 물었다.

"혹시 그때 배 타고⋯⋯."

"배는 안 타봤어. 나도 이번이 처음이야."

"으음⋯⋯."

"하지만 실제로 보고 있노라니 우리가 세운 대책들은 다 뭔가 싶네. 넌 말한 대로 할 수 있을 것 같아?"

"그, 글쎄? 한번 시험해 볼까?"

형운도 바닷물이 강물과 달리 항시 파도친다는 것 정도는 알고 있었다. 귀혁이 비슷한 환경을 구현해서 수련시킨 적도 있었고.

하지만 직접 보니 강이나 호수에서 수상비를 펼치는 것과는 전혀 다를 거라는 느낌이 왔다. 물에서 싸우기 위한 무공, 수공(水功)은 따로 배운 적이 없는데 괜찮을까?

서하령이 어깨를 찰싹 때렸다.

"그만둬. 수군이 주변에 쫙 깔려 있는데 눈에 띄는 짓을 해서 어쩌려고."

"⋯그런 짓 안 해도 우리 이미 충분히 눈에 띄거든?"

호위무사들을 제외해도 일행은 어딜 가도 눈에 띌 구성이다.

형운은 당당한 장신에 준수한 외모의 소유자였고, 천유하 역시 비슷한 체격에 귀공자의 풍모다. 게다가 마곡정은 그런 천유하보다도 한술 더 뜨는 미남자였다.

여기에 귀찮은 일을 피하기 위해 면사로 얼굴을 가리기는 했지만 척 봐도 미녀일 것 같은 서하령이 끼어 있으니 눈에 안 띄면 그게 더 이상하다. 게다가 무일을 포함한 호위무사까지 여섯 명이나 대동하고 있지 않은가?

서하령이 시큰둥하게 말했다.

"그냥 돈 좀 있어 보이는 일행이 바다를 보면서 내륙 지방에서 온 촌놈 티를 내고 있더라, 하는 것과 그중 하나가 바다 위를 막 방방 뛰어다닌다더라는 소문이 나는 게 같은 수준으로 보여?"

"…내가 잘못했어."

형운이 순순히 잘못을 인정했다.

서하령이 코웃음을 쳤다.

"수군들은 해적들이랑 싸워서 실전 경험이 많기 때문에 기질이 거칠다고 해. 시비가 붙을 일은 조금이라도 피하는 게……."

"이 자식! 수군이면 다냐!"

"어쭈! 어디 한번 붙어보자!"

그녀의 말이 끝나기도 전에 항구의 가게 중 하나에서 우당탕 하는 소리가 났다. 그리고 근육이 불끈불끈한 청년 하나와 수군 소속의 병사가 서로 주먹질을 하기 시작했다.

가게 주인은 비명을 질렀지만 다른 사람들은 두 사람을 빙 둘러싸고 응원하기 시작했다. 아무리 봐도 이런 식으로 싸움질이 나는 것에 익숙하다 못해 즐길 만반의 준비를 갖춘 태도였다.

서하령이 잠시 말을 잃었다가, 다시 말했다.

"…봐. 저런 일은 피해야 하지 않겠어?"

"그러게."

형운도 백번 옳은 소리라고 생각하며 고개를 끄덕였다.

다행히 형운 일행이 시비에 휘말리는 일은 없었다. 아무리 사소한 일로 시비가 붙는 곳이라도 호위무사까지 여섯이나 대동하고 있는 일행을 상대로 먼저 주먹질을 하기는 쉽지 않았기 때문이다.

6

달빛이 흐릿한 밤이었다.

형운 일행은 조용히 청해성 지부에서 나와서 항구와 인접한 홍등가(紅燈街) 쪽으로 향했다.

청해성은 상당히 번화한 도시인지라 밤에도 일부 지역은 밝고 사람들이 넘쳤다. 특히 다른 말로는 윤락가라고도 할 수 있는 홍등가는 해가 진 다음에야 영업을 시작하는 곳이다. 몇 대의 마차가 들어서도 아무도 이상하게 여기지 않았다.

"최악이야."

마차에 탄 채 서하령이 신경질을 냈다.

당연한 일이었다. 귀하게 자란 아가씨를 홍등가로 데려간다니, 이 얼마나 몰상식한 작태인가?

형운이 그녀를 위로했다.

"참아. 지나가는 길일 뿐이니까……."

"참고 있잖아."

서하령이 눈을 부라렸다.

일행은 청해군도로의 밀항을 책임질 흑도 조직을 찾아가고 있었다. 그들이 이 홍등가를 통해서 주변의 눈길을 피해야 한다고 했던 것이다.

곧 마차가 제법 큰 기루(妓樓) 앞에 멈춰 섰다. 일행은 마차에서 내려서 안으로 들어갔다.

"와, 홍루는 이런 식이구나."

마곡정이 신기한 듯 주변을 둘러보며 중얼거렸다.

홍등가의 기루에는 청루(靑樓)와 홍루(紅樓)가 있다. 청루는 일반적인 창기들이 장사하는 곳이고, 홍루는 고급 기녀들이 장사하는 곳이다.

당연히 홍루에 출입하는 자들은 신분이 높거나 돈이 많은 자들이었다. 그런 만큼 창관이라고 해도 상당히 고급스럽게 꾸며져 있었다.

서하령이 살기마저 엿보이는 눈으로 마곡정을 쏘아보았다.

"재미있어 보이네?"

"아, 아니. 재미있기는. 난 그냥 복도가 좁은 데다 여기저기에 문이 있으니까 암습당하기 딱 좋은 구조라고 생각해서 주의하는 마음에……."

"흐응."

필사적으로 변명하는 모습이 참으로 애처로워 보였다. 그래서인지 서하령도 더 몰아붙이지 않고 넘어갔다.

형운이 속으로 혀를 찼다.

'쯔쯔. 사람이 눈치가 있어야지.'

형운도 홍루는 처음이었다. 그래도 자기는 아무런 흥미도 없다는 듯 표정을 완벽하게 관리했다. 서하령은 그렇다 치고 가려가 자기를 경멸의 눈초리로 바라볼 것을 생각하면 심장이 오그라드는 기분이었기 때문이다.

문제는 소리였다.

'이런 곳에서 청각을 닫아둘 수도 없고… 아주 미쳐 버리겠군.'

형운의 감각은 초인적이라는 말을 듣기에 충분하다. 일반인은 들을 수 없는 소리도 귀신같이 포착하고, 수없는 잡음 속에서 원하는 소리만 골라낼 수도 있다.

　그러다 보니 홍루 곳곳에서 나는 야릇한 소리들이 바로 옆에서 들리는 것처럼 생생하게 들려오고 있었다.

　'속살이 참으로 부드럽구나.'

　'아이 참, 공자님. 아앙.'

　'아아아, 좋아요. 거기를 좀 더, 더……!'

　'아앙, 아아아…….'

　…이런 소리들이 끊임없이 들려오니 미쳐 버리겠다.

　당장 귀를 막아버리고 싶은데 그럴 수도 없다. 흑도 조직의 앞마당에서 감각을 닫아놓고 있다가는 만약의 사태에 대응할 수 없지 않은가?

　'참자. 들려도 안 들리는 거다.'

　형운도 건강한 청년인지라 기운 넘치는 남녀가 내는 야릇한 소리들을 듣고 있자니 얼굴이 뜨거워지고 하반신에 피가 몰린다. 그것을 무공의 힘으로 제어하면서 아무렇지도 않은 척 걸어갔다.

　"어서 오십시오."

　홍루 지하로 들어가자 험상궂은 생김새의 중년 사내가 기다리고 있었다. 옷을 제법 잘 차려입은 것을 보니 흑도 조직의 간부쯤 되는 것 같았다.

그는 일행을 보자마자 깜짝 놀랐다.

"허어……."

자기도 모르게 탄성이 흘러나왔다. 다른 사람 때문이 아니었다. 짜증으로 표정을 찌푸리고 있는 서하령의 미모에 한순간 넋을 잃은 것이다.

"뭐죠?"

서하령이 그의 시선에 민감하게 반응했다. 남자는 곧바로 고개를 숙였다.

"아닙니다. 소저가 너무 아름다우셔서 그만……."

"이런 장소에서 그런 소리를 들으면 제가 그걸 칭찬으로 들을까요, 희롱으로 들을까요?"

"험험. 죄송합니다."

"하령아, 그만. 좀 참아."

형운이 그녀를 진정시키며 앞으로 나섰다.

"준비는 끝났습니까?"

"네, 곧바로 출발할 수 있도록 해두었습니다."

남자는 새파랗게 어린 형운에게도 공손했다. 무위를 짐작해서가 아니다. 별의 수호자에서 나왔기 때문이다. 비록 위진국에서 별의 수호자의 위세가 하운국에서보다 훨씬 떨어진다지만 흑도 조직들에게는 하늘 위의 존재나 마찬가지였다.

형운도 그 사실을 잘 알기에 자연스럽게 받아들였다.

"듣자하니 수군에서 가끔 적발하기도 한다던데, 그럴 위험성은요?"

"그 문제는 공자의 조직 측에서 해결해 주셨습니다."

"그렇군요. 그럼 안내를 부탁합니다."

별의 수호자 측에서 수군에 뇌물이라도 먹여서 만전을 기했다는 뜻이리라. 마음에 안 드는 일이었지만 달리 선택지가 없었다.

형운은 속으로 한숨을 쉬었다.

'양진아, 이 소저는 초대하면서도 사람을 난감하게 하는군.'

현계의 용궁이라는 청해궁의 공주씩이나 된다면 이런 문제를 해결할 방도 정도는 준비해 줘야 하는 것은 아닐까? 이건 무슨 이 정도 난관도 해결할 수 없는 사람은 자기 초대를 받을 자격도 없다고 하는 것도 아니고…….

일행은 홍루 지하의 비밀 통로를 이용해서 몇 개의 건물을 오르락내리락했다. 워낙 거쳐 가는 곳이 많아서 도무지 어디로 가는지 알 수 없을 정도였다.

그렇게 한 식경(약 30분) 정도 갔을 때였다. 문득 형운이 중얼거렸다.

"다 왔나 보군요. 이거 참 꾸불꾸불 많이도 돌아왔네."

"네?"

흑도 조직의 사내가 깜짝 놀라서 뒤를 돌아보았다.

형운이 시큰둥하게 대답했다.

"길 모르라고 일부러 돌아온 거 아니까, 가기나 하세요. 파도 소리 들리네요."

그 말에 흑도 조직의 사내가 멍청한 표정을 지었다. 자신도 귀를 기울여 봤지만 아직 아무 소리도 안 들린다.

'이게 고수라는 건가?'

형운만이 아니라 다들 당연하다는 표정을 짓고 있는 것을 보니 오싹했다.

곧 그들은 항구 쪽에 있는 건물을 통해서 밖으로 나왔다. 형운이 중얼거렸다.

"흠. 확실히 눈에 띄지 않겠군요."

그들이 나온 곳은 깜깜했다. 밤바다는 등대와 항구의 불빛이 닿지 않는 곳은 완전히 칠흑이나 다름없었다.

항구를 감시하기 위해 밝혀놓은 빛들의 사각지대가 겹친 곳이었다. 물론 이 사각지대는 수군과 합의하에 의도적으로 조성된 것이다.

흑도 조직의 사내는 식은땀을 흘렸다.

'전혀 동요하지 않는군.'

일부러 이런 어둠이 기다리고 있다는 것을 말하지 않았다. 그들이 지하 통로를 지나왔다고 해도 등불을 띄엄띄엄 밝혀놓았으니 밖으로 나오는 순간에는 아무것도 보이지 않았으리라. 그런 상황을 갑자기 마주하게 되면 인간은 필연적으로 동요할 수밖에 없다.

하지만 형운은 물론이고 일행 중 누구도 당황하는 기색이 없었다.

"저 배인가요?"

심지어 형운은 곧바로 배 하나를 가리켰다. 흑도 조직의 사내조차도 아직 어둠에 눈이 익숙해지지 않아서 잘 보이지 않는 것을 정확히 파악한 것이다.

"그렇습니다."

"생각보다 작아 보이는데… 이런 배로 괜찮은가요?"

선체의 길이가 7장(약 21미터) 정도밖에 안 되는 어선이었다. 이런 배로 과연 300리가 넘는 바닷길을 넘을 수 있을까? 바다에 나서는 게 처음인 형운 입장에서는 걱정하는 게 당연했다.

"믿으셔도 됩니다. 몇 번이나 청해군도까지 다녀온 배니까요. 쾌적하지는 않겠지만, 아무래도 일의 성격이 성격이다 보니 그 점은 양해해 주셨으면 합니다."

"뭐, 이런 일은 전문가를 믿어야겠지요."

형운은 알겠다는 듯 고개를 끄덕이고는 훌쩍 뛰었다. 가벼운 도약으로 10장(약 30미터) 이상을 날아서 배 위로 올라서는 것을 본 흑도 조직의 사내와 선원들이 경악했다.

어둠 속이지만 형운은 그들의 표정을 확실하게 파악하고 있었다.

'이제 함부로 수작은 못 부리겠지.'

이 한 수는 이들에게 보여주기 위한 것이다.

청해지부장은 이번 일에 대해서 설명하면서 선원들을 경계하라고 말했다.

흑도의 무리들이 불법적인 일을 하는 것이다. 그들이 없으면 어디로 가야 할지도 알 수 없는 망망대해에서 협박을 당해서 약속한 대금 이상의 재물을 빼앗기기도 하고, 심하면 겁간을 당하거나 인신매매로 팔리게 되는 경우도 있다고 했다.

물론 형운 일행에게 그런 수작이 먹혀들 리는 없다.

'그래도 귀찮은 일은 일찌감치 피하는 게 좋지.'

먹는 것에 독이라도 타면 짜증 날 것이다. 만독불침인 형운이야 괜찮지만 다른 사람은 위험할 수도 있지 않은가?

게다가 문제를 일으키면 이들을 적당한 폭력으로 제압한 뒤에 계속 일을 시켜야 하는데, 그것도 꽤나 정신적으로 피곤한 일일 것이다. 그런 일은 피하고 싶었다.

형운이 선원 중 하나에게 물었다.

"청해군도까지는 이틀이라고 했던가요?"

"아, 네. 그렇습니다. 바람이 좋으면 더 빨리 도착할 수도 있고⋯⋯."

선원은 바짝 얼어서 대답했다.

그것을 본 형운은 어둠 속에서 씩 웃었다.

7

양진아는 인어들의 집단인 청해궁의 공주이며, 청해군도의 왕이나 다름없는 청해용왕 진본해의 제자다.

그녀는 어려서부터 정말 공주처럼 대접받고 살았다. 청해궁에서는 실제로 공주 대접이었고, 뭍으로 나와서도 모두가 그녀를 귀하게 여겼다.

그렇다고 해서 그녀에게 적이 없었던 것은 아니다.

청해군도는 위험으로 가득한 땅이었다. 외부에는 알려지지 않았지만 청해용왕대의 권위에 따르지 않는 부족들도 있었으며, 마수나 요괴의 무리도 있었다.

양진아는 어려서부터 몇 번이나 그런 위협을 겪어보았다. 청해궁의 인어, 그것도 왕족과 인간 사이에서 난 혼혈이라는 점 때문에 요괴들이 노린 적이 한두 번이 아니다.

하지만 이 정도로 절망적인 상황은 처음이었다.

"하아, 하악……!"

"아가씨, 조금만 더 힘을 내십시오. 배가 있는 곳까지는 가야 합니다."

"알아! 하아, 하아……!"

무뚝뚝한 중년의 남성, 해파랑이 그녀를 독려했다. 청해용왕대에서는 세 손가락 안에 드는 고수로 청해검귀(靑海劍鬼)라는 별호를 지닌 그는 전신에 피를 뒤집어쓰고 있었다. 대부분은 적의 피였지만 그 자신도 부상을 입었다.

"키키키키키키!"

문득 머리 위쪽에서 기괴한 웃음소리가 울려 퍼졌다. 그리고 허공에서 누군가 고속으로 낙하해 왔다.

쫘과광!

빛이 내리꽂히며 대지가 폭발했다.

양진아는 간담이 서늘했다. 쉬지도 못하고 계속 적들과 싸우고 도망치기를 거듭하느라 심후한 내공을 지닌 그녀도 호흡이 거칠어져 있었다. 해파랑이 급히 허리를 안고 뛰지 않았다면 피할 수 없었으리라.

"키에엑, 역시 청해검귀답군."

걸걸한 목소리로 말한 것은 인간이 아니었다. 회색의 맹금류를 흉악하게 일그러뜨리고 확대해 놓은 것 같은 얼굴, 그리고 팔 대신 날개가 달리고 아래쪽은 인간과 짐승의 그것을 합쳐 놓은 것 같은 요괴였다.

푸화악!

자기가 일으킨 흙먼지 속에서 걸어 나오는 요괴의 어깨가 갈라지면서 피가 솟구쳤다. 하지만 그것도 잠시, 거짓말처럼 상처가 아물어 버린다.

"공주님을 데리고 피하면서 반격까지 하다니, 아주 거하게 얻어맞았네. 키익!"

"요괴 놈이 감히……!"

해파랑이 그를 노려보았다.

청해군도는 크다. 중원삼국의 성들과 비교해도 두세 개 정도는 합쳐 놓은 정도의 면적에 퍼져 있으니 그 안에 여러 나라가 있어도 이상할 게 없었다.

당연히 그 안에는 섬의 숫자만큼이나 많은 크고 작은 집단이 존재한다. 그리고 그중에 가장 강성한 세 개의 세력이 있었다.

청해용왕대가 속한, 청해궁의 추종자들.

고대부터 청해군도의 원주민이었던 해루족(海淚族).

요괴와 마수들의 집단 요마군도(妖魔群島).

청해궁의 추종자들은 3대 세력 중에 가장 수가 적다. 하지만 그 위용은 청해군도 최강이었다. 진본해가 이끄는 청해용왕대 앞에서는 해루족도, 요마군도의 무리도 몸을 사렸다.

그러나 오늘은 사정이 달랐다.

청해궁, 그리고 청해용왕대는 최악의 위기를 맞이했다. 바다를 지배하는 인어들은 청해궁에서 터진 사고에 손이 묶였고 청해용왕 진본해는 적들의 함정에 빠져서 사투를 벌이고 있었다.

그사이를 틈타 주변 세력들이 청해궁의 추종자들을 공격해

왔다. 그리고 요마군도의 무리들과 해루족의 강경파들까지 움직였다.

이런 상황에서 해파랑은 어떻게든 양진아를 안전한 곳으로 탈출시키고자 필사적이었다.

"키키키; 나 말고도 날개 달린 놈들이 움직였으니 도망칠 생각은 일찌감치⋯⋯."

기세등등해서 떠들던 요괴는 말을 끝까지 잇지 못했다.

파악!

해파랑의 공격이 그의 한쪽 날개를 잘라 버렸기 때문이다.

둘 사이에는 10장(약 30미터)의 거리가 있었다. 그 거리에서 해파랑은 몸을 움직이지도 않고 검끝만을 약간, 불과 손가락 하나 정도의 길이만큼 움직였을 뿐이다. 그런데 그 궤적으로부터 발생한 의기상인의 칼날이 요괴를 벤 것이다.

"키에에엑! 이, 이 녀석!"

요괴가 기겁해서 뒤로 물러났다. 하지만 그가 물러나기 시작하는 순간, 이미 해파랑이 코앞까지 다가와서 시퍼런 안광을 발하고 있었다.

섬뜩한 소리가 울리며 요괴가 두 동강 났다.

컹컹컹컹!

뒤쪽에서 개인지 늑대인지 모를 것들이 짖는 소리가 들려왔다. 동시에 위협적인 기파의 군집이 느껴졌다.

"아가씨! 갑시다!"

"으, 응!"

해파랑이 싸우는 동안 잠시 숨을 고른 양진아가 달리기 시작했다. 언제나 기가 센 그녀였지만 지금은 얼굴이 새파랗게 질려 있었다.

그때였다.

피핑, 피이잉……!

먼 곳에서 섬뜩한 소리가 울렸다. 해파랑이 외쳤다.

"조심하십시오!"

직후 해파랑에게 한 대의 화살이 작렬했다.

꽈아앙!

광풍을 일으키며 날아든 그 화살의 속도는 일반적인 화살보다 세 배는 더 빨랐다. 그리고 작렬하는 순간에는 폭음이 울렸다.

"으음!"

"이 솜씨는, 대사형이야."

떨리는 목소리로 말한 양진아는 옷소매가 찢어져서 피를 흘리고 있었다.

창을 쥔 그녀의 손이 부들부들 떨린다. 저격수는 귀신같은 활솜씨로 두 사람을 연달아 공격했던 것이다.

"사웅 공자가 배신했다는 말씀입니까?"

"믿고 싶지는 않지만… 내 눈이 틀리지 않았다면 분명해. 그리고 서로 보이지도 않는 곳에서 쏴서 해파랑을 저지할 정도의 솜씨라면, 대사형뿐이야."

그러는 사이 또다시 광풍을 일으키는 화살들이 날아들었다.

이번에는 한 사람이 쏘는 것이 아니었다. 최저 다섯 명 이상이 연달아 화살을 쏘아대는데 그 한 발 한 발이 사람 몸을 박살

낼 위력을 발휘한다. 게다가 화살이 살아 있는 것처럼 궤도가 휘어지기까지 하니 저격수들의 위치를 읽는 것조차 까다로웠다.

"큭! 설마 사웅 공자 말고도 배신자가 있단 말인가?"

지금 날아드는 화살은 청해용왕 진본해의, 아니, 정확히는 청해용왕대의 비전 무공 해룡시(海龍矢)였다. 바다 위에서 사용할 때 극대화된 위력을 발휘하지만 뭍에서 쓰더라도 무시무시한 궁술이었다.

이 무공을 익히고 있는 것은 청해용왕대의 일원들뿐이었다. 그런 만큼 내부의 배신자를 의심할 수밖에 없었다.

하지만 지금은 그것을 따지고 있을 때가 아니었다.

꽝! 꽈과광!

해룡시가 연달아 날아들면서 폭음이 울려 퍼졌다.

다섯 저격수의 솜씨는 각기 다르다. 양진아가 사웅이라 추정한 자에 비해 다른 넷은 현격히 실력이 떨어졌다.

하지만 사웅의 화살이 집요하게 해파랑을 노리고 나머지 넷이 그를 보조하면서 양진아를 몰고 가니 완전히 그들의 의도대로 끌려간다. 그리고 그사이 요괴와 인간이 섞인 추격대들이 모습을 드러냈다.

격투가 벌어졌다.

해파랑과 양진아는 사방에서 달려드는 적들을 격파하면서 달렸다. 적들과 얽혀 있을 때에는 저격의 빈도도 현저히 줄어들었기에 오히려 숨통이 트였다.

"헉, 허억……."

문제는 양진아가 쓰러지기 직전이라는 것이다. 아직도 놀라운 솜씨로 다가오는 적들을 분쇄하고 있기는 하지만 체력도, 내력도 바닥을 보이고 있다.

곧 그들은 막다른 곳으로 몰리고 말았다.

쏴아아아……!

등 뒤에서 들려오는 파도 소리를 들으며 양진아는 절망했다.

절벽으로 몰린 것이 아니다. 그랬다면 그녀와 해파랑은 기꺼워하며 뛰어내렸을 것이다. 바다야말로 그들의 힘이 극대화되는 장소니까.

분명 등 뒤에서 파도 소리가 들려온다. 하지만 당장 뒤를 가로막고 있는 것은 적어도 수십 장은 될 것 같은 암벽이었다.

'처음부터 이 장소로 몰아넣으려고 노렸구나.'

적들은 병력을 아낌없이 희생시켜 가면서 두 사람을 몰아넣었다. 해파랑의 무위 앞에 인간과 요괴를 합쳐서 백 단위의 전사자가 나왔지만 개의치 않았다.

모든 것은 두 사람의 힘을 소진시키고, 이곳으로 몰아넣기 위해서였다. 그런 상황에서 백 명도 넘는 적이 주변을 포위했으니 도저히 빠져나갈 길이 없었다.

"진아, 해파랑 장로, 항복하시지요."

그때 포위망이 갈라지며 한 사람이 모습을 드러냈다.

이마부터 턱까지, 얼굴을 비스듬하게 가로지르는 커다란 흉터가 있는 중년의 사내였다. 건장한 구릿빛 몸에 소름 끼치도록 차분한 눈을 가졌으며, 등에는 일반적인 활보다 두 배는 커다란 대궁을 매고 손에는 검은 철창을 들고 있었다.

양진아가 이를 악물었다.

"대사형! 역시 배신했구나!"

그는 청해용왕 진본해의 첫 번째 제자인 사웅이었다. 진본해의 모든 진전을 이어 차기 청해용왕이 될 것이라는 평가를 듣는 그가 배신할 줄이야!

"어째서야? 다른 사람도 아니고 대사형이 왜!"

"그런 이유를 차분하게 말할 만한 환경은 아닌 것 같구나. 진아야, 다시 말하겠다. 항복해라."

"하! 내가 그럴 사람으로 보여?"

양진아가 표독스럽게 그를 쏘아보았다. 하지만 사웅은 무심했다.

"너는 영특하니 알 것이다. 내가 너를 죽이고 싶어 하지 않는다는 것을⋯⋯."

그 말에 양진아의 눈동자가 흔들렸다.

그녀도 알고 있었다. 사웅이 마음만 먹었다면 저격만으로도 그녀의 목숨을 취할 수 있었는데도 손속에 사정을 두었다는 것을.

사웅이 말했다.

"진아, 너를 죽이고 싶지 않다. 해파랑 장로, 당신도⋯⋯."

"웃기는 소리군."

해파랑이 살기를 뿜어냈다. 그리고 지금까지와는 다른 자세를 잡았다. 몸에 잔뜩 힘을 주면서 비틀어서 당장에라도 튀어나갈 것 같은 자세였다.

그 자세를 본 사웅의 표정이 변했다. 그도 즉시 활을 잡은 채로 자세를 낮추면서 진기를 끌어올렸다.

양진아는 두 사람의 자세가 의미하는 바를 깨달았다.

'심상경! 해파랑, 어째서 지금?'

해파랑도, 사웅도 심상경에 도달한 고수였다.

하지만 이런 상황에서 심상경의 절예를 쓰는 것은 무의미한 일이다. 해파랑의 공격을 사웅이 상쇄할 수 있기 때문이다.

해파랑의 전음이 날아들었다.

—아가씨, 표정 바꾸지 말고 들으십시오.

'해파랑?'

—셋을 세고 나면 뒤를 보십시오.

그리고 천천히 숨을 뱉던 해파랑이 어느 순간 눈을 부릅떴다. 직후 그 자리에서 빛이 솟구쳤다.

동시에 사웅이 있던 자리에서도 빛이 솟구쳤다. 해파랑이 검을 기화해서 적을 치는 심검(心劍)으로 공격할 것임을 간파하고 그 역시 심창(心槍)으로 방어에 들어간 것이다.

사웅은 해파랑의 노림수가 만상붕괴를 일으키는 것이라 보았다. 그렇기에 심검을 받아치기 위해서가 아니라 흘려내기 위해서 심창을 펼쳤다.

하지만 그것은 오산이었다.

"이런!"

해파랑은 그를 공격하지 않았다. 그렇다고 포위망을 공격한 것도 아니었다.

그가 공격한 것은 등 뒤에 있던 암벽이었다. 심검이 거짓말처럼 암벽을 꿰뚫어서 몸집이 작은 사람이라면 겨우 빠져나갈 수 있을 것 같은 통로를 만들어냈다.

"해파랑!"

양진아가 절규했다. 해파랑이 허공섭물로 그녀를 붙잡아서 그 통로로 집어 던졌기 때문이다. 그녀는 순식간에 암벽을 통과해서 그 너머, 파도치는 바다 위로 내던져졌다.

아찔한 높이에서 추락하는 양진아에게 해파랑의 마지막 전음이 날아들었다.

─저들의 목적이 무엇인지 모르나, 아가씨를 살려서 잡으려고 하는 것이 인정 때문은 아닐 것입니다. 부디 살아서 훗날을 도모해 주시길.

그녀에게 대답할 여유는 주어지지 않았다. 암벽 너머에서 폭음이 울려 퍼지면서 허공을 날던 요괴들이 격추되어 떨어졌다. 그리고…….

'해파랑!'

양진아의 몸이 수면으로 떨어졌다.

제62장
바다의 싸움

성운을 먹는 자

1

야심한 밤에 밀항선을 타고 항구를 떠난 형운 일행은 새벽녘에는 무사히 수군의 감시 영역을 벗어날 수 있었다.

"흠."

형운은 갑판에 나와서 수평선 너머로 해가 뜨는 것을 바라보고 있었다. 청해성에 머무르는 동안 보아둔 광경이기는 하지만 망망대해 위에서 보니 감상이 아주 각별했다.

"공자님은 안 주무셔도 되겠습니까?"

선원이 물었다.

형운은 간밤에 안에서 반 시진(1시간) 정도 눈을 붙였을 때 외에는 계속 갑판에 나와 있었던 것이다. 그러면서도 전혀 피곤한 기색이 없었다.

"괜찮습니다. 오늘은 날이 좋네요."

곧 갑판 한쪽이 열리더니 거기서 마곡정이 모습을 드러냈다.

이 밀항선은 여객선이 아니라 어선이다. 탈 수 있는 인원이 한정되어 있는 만큼 원래는 바다에서 잡은 생선들을 보관하기 위한 공간에서 지내야 했다.

"우엑, 깨자마자 토할 것 같네."

당연히 일행이 머물고 있는 곳은 생선 비린내로 가득했다. 후각이 예민한 마곡정은 안색이 새파래져 있었다. 비틀거리며 나온 마곡정이 형운을 툭 치며 투덜거렸다.

"이 자식, 비린내 싫어서 혼자 불침번 서겠다고 한 거지?"

"이제야 알았냐?"

형운이 장난스럽게 대꾸했다.

물론 실제로 그런 것은 아니다. 만약의 사태에 대비해서 다들 몸 상태를 유지할 필요가 있었다. 하지만 독한 비린내 속에서 잠드는 것은 정말 곤욕스러운 일이었기에 다들 무공으로 감각 일부를 차단시키는 수단까지 써야 했다.

그런 식으로 감각 일부를 차단하고 잠들면 깨어나는 데 시간이 걸린다. 그 점을 고려해서 가장 튼튼한 형운이 불침번을 전담했을 뿐이다.

곧 일행이 하나둘씩 밖으로 나오기 시작했다. 다들 안색이 좋지 않았다. 유일한 예외는 가려뿐이었다.

형운이 물었다.

"누나, 괜찮아요?"

"괜찮습니다."

가려는 억지로 태연한 척하는 게 아니었다. 은신의 달인인 그녀는 이보다 심한 상황에서 잠들거나, 몇 시진이고 죽은 듯이 은신하는 일이 익숙했다.

"이 냄새, 영원히 잊지 못할 거야……."

서하령이 옷에 밴 냄새에 울상을 지었다.

형운이 그녀를 위로했다.

"짐 속에 있는 옷은 괜찮을 거야."

청해성 지부에서 대충 설명을 들었기 때문에 어느 정도 대비를 하기는 했다. 청해궁에 가져갈 선물을 포함한 일행의 짐은 냄새가 배지 않도록 특수한 처리가 되어 있었다.

"하지만 어차피 갈 때도 똑같은 일을 반복해야 하는데 그래봤자… 크윽!"

눈치 없이 한마디 하던 마곡정이 서하령이 발한 의기상인에 맞고 넘어졌다. 다들 그 모습을 보며 혀를 찼다.

그렇게 망망대해에서 시간이 지나갔다.

바다에 대한 이야기를 읽고 온갖 위협을 상상했지만, 지루할 정도로 평온한 항해가 계속될 뿐이었다. 그렇게 일몰 시각이 되었을 무렵이었다.

형운이 선장에게 물었다.

"앞으로 얼마나 남은 건가요?"

"바람이 좋아서 한 시진 반(3시간) 정도면 도착할 겁니다."

"새벽이 되기 전에 도착하겠군요. 그럼……."

형운은 일행과 교대해서 안으로 들어갔다. 자신도 도착하기 전에 비약을 먹고 운기조식을 해서 몸 상태를 회복시켜 둘 생각이었다.

하지만 그렇게 시작한 운기조식은 채 한 식경(약 30분)도 안
지나서 중단되었다.

"음?"

미미한 진동이 느껴졌다. 지금까지 죽 느껴왔던, 자연스러운
배의 진동과는 다른 이질적인 진동이.

곧 밖에서 사람들이 소란스럽게 떠드는 소리가 들려왔다. 동
요하고 있는 것 같았다.

형운은 최대한 빠르게 운기조식을 풀고 밖으로 나왔다.

"무슨 일이지?"

밤바다 저편, 대략 300장(약 900미터) 떨어진 지점에 불빛이
보였다.

"불에 타는 배?"

날이 좋아서 밤하늘에는 달도 떠 있고 별들도 나와 있었다.
그 빛 덕분에 형운만이 아니라 다들 그것을 알아보았다.

"문제는……."

서하령이 말했다.

"저 배, 불타면서도 움직이고 있어."

그녀의 말대로였다. 불타서 망가져 가고 있으면서도 그 배는
노라도 젓는 것처럼 분명하게 나아가고 있었다.

서하령이 선장에게 물었다.

"여기서 청해군도까지… 그러니까 뭍까지 거리가 얼마나 되
죠?"

"아직 한참 남았습니다."

"즉 저런 배가 나와 있기에는 너무 먼 바다라는 거군요. 그렇

지요?"

서하령의 질문에 의아해하던 선장은 곧 그녀가 물은 저의를 깨달았다.

저런 작은 조각배로는 도저히 나올 수 없는 곳이다. 그런데 불타는 조각배가 서서히 다가온다면… 이것이 악의를 가진 자들의 술책이라고 의심할 수밖에 없지 않은가?

하지만 그 의문은 곧장 분쇄되었다.

쉬쉬쉬쉬쉬……!

어두운 바다 저편에서 무언가가 광풍을 일으키며 날아든 것이다. 서하령이 중얼거렸다.

"화살?"

놀랍게도 그 화살은 포물선을 그리며 떨어지는 게 아니라 수면에 격한 파랑을 일으키면서 직진하고 있었다. 게다가 그 속도가 보통 궁병이 쏘아낸 화살과는 비교가 안 되게 빠르다.

쫘광! 쫘과과광!

그런 화살 일곱 발이 날아들어서 불타는 조각배를 날려 버렸다.

서하령이 신음했다.

"해룡시!"

"청해용왕 진본해의 무공 말야?"

"그래, 저만큼 특징적인 궁술이라면 틀림없어."

서하령이 확신했다.

진야 사건 때 진본해와 함께 싸웠던 경험 덕분에 별의 수호자는 청해용왕대의 무공에 대한 자료를 갖고 있었다. 그녀는 여기 오기 전에 관련된 자료를 모두 열람하고 왔던 것이다.

그녀가 심각한 표정을 지은 채 물었다.

"형운, 화살을 쏜 곳이 어디인지 알 수 있겠어?"

"우리한테서는 70장(약 210미터) 정도, 저 배에서는 50장(약 150미터) 정도 뒤야."

"그 거리에서 직사로 쏴서 저런 파괴력이라니……."

서하령이 신음했다.

말도 안 되는 궁술이다. 별의 수호자에도 궁술에 해당하는 무공이 존재하지만 저 파괴력은 상식 밖이다.

형운이 긴장한 표정으로 말했다.

"우리보다 훨씬 큰 배가 세 척. 빠르게 다가오고 있어. 타고 있는 무인의 수는… 딱히 말하는 게 의미가 없군. 그보다는……."

말하던 형운이 갑자기 선수로 달려가더니 훌쩍 뛰었다. 돌발적인 행동에 다들 깜짝 놀랐다.

"뭐 하는 거야?"

형운은 파도치는 수면을 마치 땅처럼 밟고 뛰어가기 시작했다. 그것을 본 선원들이 경악으로 입을 쩍 벌렸다.

"세, 세상에!"

"바다 위를 달려간다!"

일행은 그들과는 완전히 다른 의미로 놀라고 있었다.

"뭘 하려는 거야? 왜 혼자서… 아!"

거기까지 말하던 서하령은 갑자기 답을 얻었다.

'천 공자가 옆에 있어서 알아차리는 게 늦었어. 저기 있는 것은 성운의 기재야!'

조각배 밑에 성운의 기재가 있다. 그리고 이곳에 있을 만한 성운의 기재는 딱 한 사람뿐이었다.

아까 전부터 어렴풋이 느끼고 있기는 했다. 하지만 바로 옆에 성운의 기재인 천유하가 있어서 감각이 혼선을 빚었던 것이다.

곧이어 형운의 다급한 전음이 날아들었다.

─저놈들이 추가 사격을 했어! 그리고 지금 물 밑에 있는 건 양진아야!

형운의 눈은 기를 시각화해서 볼 수 있다. 또한 한 번이라도 접했던 사람의 기파는 단번에 구분해 낸다. 그래서 한눈에 양진아의 존재를 알아보고 달려 나간 것이다.

2

파도를 밟고 달려간 형운이 주먹을 연거푸 내질렀다. 섬광이 솟구쳤다.

쫘과과광!

형운이 쏘아낸 유성혼과 해룡시가 충돌하며 물보라가 일었다. 형운이 경악했다.

'화살에 이 정도 힘을 담다니!'

해룡시에 대한 것은 형운도 어느 정도 알고 있었다. 하지만 실제로 맞부딪쳐 보니 놀라웠다.

자신이 알고 있는 그 어떤 궁술도 비견할 수 없는 파괴력이 아닌가? 이 정도면 황궁의 궁술조차 능가한다.

'청해용왕대의 무공은 물 위에서, 특히 바다 위에서 펼칠 때 그 위력이 극대화된다더니 정말이었군!'

형운은 바다 위에 우뚝 버티고 섰다. 잠시 기다리는 동안 서하령이 역시 수상비를 써서 그의 곁으로 달려왔다. 형운은 그녀가 다가오자 수면을 냉기로 때려서 순식간에 두꺼운 얼음발판을 만들었다.

그 위에 올라선 서하령이 말했다.

"대답은 없어?"

"의식을 잃은 것 같아."

"위험한데……."

서하령의 표정이 심각해졌다.

충격파가 발생했을 때는 물 밖에 있는 것보다 물속에 있는 게 더 위험하다. 양진아가 아무리 인어의 혈통을 이었다고 하더라도 의식을 잃었을 때 가까운 곳에서 폭발이 두 번이나 일어났는데 과연 괜찮을까?

형운이 말했다.

"또 오는군."

"막아, 최대한 여기서 멀리 떨어진 지점에서. 가능하면 물에서 폭발을 일으키지 말고."

서하령은 적들이 있는 쪽은 쳐다보지도 않고 말했다. 그녀는 천라무진경을 이용, 오감으로 양진아의 위치를 포착하고 허공섭물을 쓰고 있었다.

그것이 형운이 그녀를 불러들인 이유다.

형운은 허공섭물과 의기상인보다 격공의 기를 먼저 터득했다. 그 후 의기상인도 할 수 있게 되었지만 그 용법이 단순무식하기 짝이 없었다. 허공섭물을 섬세하게 운용해서 무언가를 집어 올리는 것은 불가능하다.

그런 일은 서하령이 제격이었다. 그녀의 말에 형운이 혀를 찼다.

"말도 안 되는 주문을 쉽게도 한다."

서하령은 대답하지 않고 정신을 집중하고 있었다. 밤바다는 칠흑이라 수면의 한 치 아래조차 보이지 않는다.

과연 그녀는 그 아래쪽에서 물살에 밀려다니는 양진아의 위치를 정확히 포착할 수 있을까? 그리고 그녀의 허공섭물이 양진아가 있는 깊이까지 닿을까?

형운은 그런 걱정을 하면서도 수면을 박차고 달려 나가고 있었다.

'온다.'

형운의 눈이 광풍을 일으키며 날아드는 다섯 발의 해룡시를 포착했다. 그리고 그 뒤에 숨어서 소리 없이 은밀하게 날아드는 두 발의 화살도.

'저게 은살시(隱殺矢)로군.'

요란하고 파괴력 높은 해룡시와 달리 소리 없이 은밀한 사격술이다. 해룡시와 혼용할 때 그 위력이 극대화되는 무공이었다.

특히 이런 밤중에는 그 존재를 포착하기가 극도로 까다롭다. 기를 시각화해서 보는 능력을 지닌 형운이 아니었다면, 그리고 형운이 은살시라는 무공이 있음을 몰랐다면 낭패를 겪었으리라.

파바바바밧!

달려 나가던 형운의 손이 질풍처럼 움직였다. 조금 전처럼 힘으로 부딪치는 것이 아니라 더없이 섬세한 움직임이었다.

다섯 발의 해룡시와 두 발의 은살시가 모두 경미한 파공음만
을 울리며 사방으로 흩어졌다.

하지만 그때였다.

"어?"

형운의 눈이 하늘로 향했다. 하늘 위로 수십 발의 화살이 포
물선을 그리며 날아가는 게 아닌가? 해룡시와 은살시를 쏴서 형
운을 노리는 한편, 평범한 궁수들이 배후에 있는 일행의 배를
노리고 일제사격을 가한 것이다.

'이놈들 정체가 뭐야? 수군이라도 되는 거야?'

너무나도 조직적인 연계 공격에 형운은 기가 막혔다. 곧바로
유성혼을 소나기처럼 쏘아내서 화살들을 격추시키려는 순간이
었다.

촤악!

물보라가 일며 형운이 있던 자리를 칼날 하나가 관통하고 지
나갔다.

형운은 등골을 타고 한기가 내달리는 것을 느꼈다. 잠시 하늘
의 화살군에 정신이 팔린 사이, 수중을 고속으로 헤엄쳐 온 존
재가 있었던 것이다.

"키키키키킥! 놀랍군! 그걸 피하다니!"

기괴한 웃음소리가 울려 퍼졌다.

목소리의 주인은 인간이 아니었다. 머리와 몸체는 상어를 닮았
는데 측면에 인간을 닮은 네 개의 근육질 팔을 지닌 괴물이었다.

'요괴!'

동시에 형운이 수면을 박차고 허공으로 솟구쳤다.

좌좌좌좌좌!

상어 요괴의 뒤를 따라서 수중을 고속으로 헤엄쳐 온 인간들이 공격을 가해왔던 것이다.

웬만한 물고기가 헤엄치는 것보다도 빠른 속도였다. 형운은 그들이 수공을 전문적으로 연마한 자들임을 알아차렸다.

'내공은 3심에서 4심. 이 정도로도 물속에서 그런 움직임이 나오나?'

귀혁에게 수공에 대한 지식을 배운 형운이었지만 실제로 접해보니 놀랍기 그지없었다.

하지만 형운을 보는 적들은 훨씬 더 놀라고 있었다.

"새파란 애송이잖아?"

"그런데 물 위를 자유자재로 뛰어다녀? 정말 인간인가?"

순간 형운이 수면을 박차고 쇄도해 왔다. 하지만 그들은 곧바로 잠수해 버렸다.

'큭!'

형운이 수상비로 물 위를 뛰어다닌다고 해도 지상에 있을 때보다는 현격히 느리다. 약간만 거리가 있으면 수공의 전문가들은 충분히 공격을 피해 잠수할 수 있었다.

팍!

곧바로 뒤쪽에서 솟구친 상어 요괴가 커다란 검을 휘둘렀다. 그것을 막은 형운이 물보라를 일으키며 뒤로 밀려난다.

'젠장! 역시 발 디디는 게 영 불안정하네! 이대로 싸우다간 안 되겠어!'

받아냄과 동시에 반격으로 한 방 먹여줄 생각이었는데 밀려

나는 바람에 계산이 어긋났다. 물 위에서 멈춰 서는 형운에게
또 다른 방향에서 공격이 날아들었다.

'또 요괴!'

맹금류와 인간을 합쳐 놓은 것 같은 요괴가 맹렬한 기세로 덮
쳐 왔다. 바다 밑으로부터의 공격을 받아내는 순간 곧바로 하늘
에서 맹습해 온 것이다.

펑!

폭음이 울리며 형운이 물속으로 빠져 들어갔다.

형운이 수상비를 능수능란하게 구사한다고 하더라도 물은 물
이다. 위쪽에서 큰 충격이 덮쳐 오면 수면 위에 버티고 서 있을
수 없었다.

상황을 감지한 수중에 있던 상어 요괴와 다섯 명의 무인은 회
심의 미소를 지었다.

'잡았다!'

아무리 고수라고 해도 수공을 익히지 않은 이상 물 속에서는
제대로 힘을 쓸 수 없다. 그냥 민물이어도 그럴진대 하물며 바닷
물이라면 어떨까? 빠진 시점에서 공황 상태에 빠져야 정상이다.

그리고 그들은 그런 기회를 놓칠 만큼 어설프지 않았다. 곧바
로 물에 빠진 형운을 공격해 갔다.

펑!

순간 이질적인 소리가 울렸다. 충격파가 터지면서 앞서가던
동료 하나가 튕겨 나가는 게 아닌가?

'뭐지?'

그렇게 생각하는 순간이었다. 눈앞에서 섬광이 번쩍였다.

콰콰콰콰쾅!

청백색 빛줄기가 뻗어 나가서 남은 네 명의 무인을 격살했다. 바다 요괴의 감각으로 정황을 파악하고 있던 상어 요괴는 아슬아슬하게 자신을 향한 기공파를 막아내고는 경악했다.

'막 물에 빠졌으면서도 당황하지도 않고 우리 움직임을 다 간파했다고?'

있을 수 없는 일이다. 설마 수공의 달인이었단 말인가?

그런 그에게 형운이 유성혼을 쏘아냈다. 나선유성혼이 수중에서도 위력이 죽지 않고 상어 요괴를 노렸다.

'흥! 내 위치를 파악한 건 대단하지만, 뻔히 보이는 공격이다! 설령 수공을 익혔다 해도 물속에서는 내 움직임을 따라올 수 없⋯⋯.'

그의 생각은 끝까지 이어지지 못했다.

두 개의 검을 교차해서 유성혼을 막아내는 순간, 뒤통수를 강렬한 충격이 후려갈겼기 때문이다.

'뭐야? 도대체 뭐가⋯⋯?'

상어 요괴가 허우적거렸다. 머리를 강하게 얻어맞은 탓에 방향감각이 엉망이었다. 위도 아래도 분간이 가지 않는다.

그 앞에 형운이 나타났다.

형운의 주먹이 수중이라고는 믿을 수 없는 기세로 상어 요괴의 머리통에 작렬했다.

쾅!

폭음이 울리며 상어 요괴의 머리가 박살 나서 흩어졌다.

상어 요괴를 급습한 것은 격공의 기였다. 그리고 형운이 갑작스럽게 거리를 좁혀온 것은 운화를 썼기 때문이었다.

이 둘은 수중에서도 고스란히 통용되는 기술이었던 것이다. 또한 형운은 수공은 배운 적이 없을지언정 물속에서 싸우는 방법은 이미 귀혁에게 훈련받은 바 있었다.

'그래도 일월성신의 눈이 아니었다면 위험했겠군.'

지금의 바닷속은 그야말로 칠흑이었다. 아무리 형운이라고 해도 그 안에서 일어나는 일들이 보이지 않는다.

적들의 위치를 정확하게 파악하고 공격할 수 있었던 것은 일월성신의 눈 덕분이었다. 적들의 기운이 불빛처럼 뚜렷하게 보였던 것이다. 그게 아니었다면 형운도 꽤나 고전했으리라.

'젠장, 우리 배는 괜찮을까?'

형운은 일행을 걱정하면서 수면으로 상승했다. 천천히 올라갈 생각은 없다. 발밑에 기공파를 터뜨려 추진력을 얻은 다음 어기충소를 써서 고속으로 솟구친다.

퍼엉!

수면이 폭발하며 물보라가 튀었다.

"뭐야?"

바다 위를 날면서 결과를 기다리고 있던 날개 달린 요괴들이 경악했다. 그런 그들을 형운이 무시무시한 기세로 덮쳤다.

콰직!

첫 번째 놈은 놀라서 제대로 반응조차 못했다. 형운은 그의 목을 붙잡고 그대로 꺾어버렸다. 그리고 심장 부위를 발로 차서 부숴 버리고, 그 반동으로 옆에 있던 또 다른 요괴를 덮쳤다.

"이, 이놈이!"

사람의 말을 할 수 있을 정도로 지능이 높은 요괴라면 대체로 그 육체는 강건하고 반응 속도는 무인만큼이나 빠르다. 이 요괴도 동료가 당하는 짧은 틈에 상황을 받아들이고 대응해 왔다.

쾅!

하지만 소용없었다. 형운은 일권에 그의 몸통을 날려 버리고는 그대로 하늘로 날아올랐다.

그 모습을 본 나머지 한 요괴가 전율했다.

'인간이 어찌 허공에서 저렇게 움직이는가?'

하늘로 솟구치던 형운이 어느 순간 몸을 아래쪽으로 향했다. 그리고 허공을 박차고 먹이를 덮치는 매처럼 덮쳐 오는데 한 자리에서 대기하느라 멈춰 있던 맹금류 요괴로서는 도저히 피할 수가 없었다.

파악!

형운의 손날이 그의 몸통을 두 동강 냈다.

그대로 수면에 떨어져 내린 형운이 물수제비를 뜨듯이 수면을 밟고 질주하기 시작한다. 적이 있는 방향이 아니었다. 밀항선이 있는 방향이었다.

하지만 그 앞에 한 발의 화살이 떨어져 내렸다.

퍼어어엉!

"제기랄!"

형운이 욕설을 내뱉었다.

해룡시였다. 조금 전까지와 달리 직사로 날린 게 아니라 곡사로 날렸는데 마치 형운의 움직임을 읽은 것처럼 절묘하게 앞을 가로막았다.

그리고 그 틈을 타서 배후에서 휘어지는 궤도를 그리는 해룡시들이, 위쪽에서는 수십 발의 일반 화살이 소나기처럼 떨어져 내렸다.

'위험해!'

시야가 불안한 밤바다 위에서 이 무슨 정밀한 연계 공격이란 말인가?

형운은 직감했다. 해룡시를 날리고 있는 궁수들 중 한 명, 방금 전 자신의 이탈을 막은 자는 일대일로 대결해도 까다로울 고수라는 것을.

동시에 푸른빛의 기류가 일어나 형운의 몸을 휘감고 맹렬하게 회전했다.

광풍혼이었다. 걸어 움직이는 횃불처럼 자신의 존재를 드러낸 형운이 양손을 펼쳤다.

파파파파파파!

기공파가 전방위로 퍼져 나가며 해룡시들, 그리고 화살비까지 막아냈다.

'한 사람과 나머지의 실력 격차가 크다.'

형운은 확신했다. 해룡시를 쓰는 궁수는 일곱 명이다. 하지만 그중 한 명만이 다른 이들에 비해 월등한 기량을 가졌다.

그리고 적들이 어떻게 자신을 정확히 포착하고 정밀한 공격을 날릴 수 있는지도 알겠다.

'높군. 여기서 요격하긴 무리겠어. 공중전으로는 승산이 없고. 운화로는 잡을 수 있을까?'

시선이 느껴진다. 적어도 100장(약 300미터) 높이에 날개를 지닌 요괴 한 마리가 날고 있었다. 요괴가 지닌 특별한 능력, 혹은 기환술을 이용해서 형운을 관측한 결과를 공유하고 단체 공격을 지시하는 것일 터.

그렇다고 하더라도 대단하다. 이 근처의 바닷사람이기 때문일까, 아니면 해룡시라는 무공에 밤의 어둠조차 꿰뚫어 보는 묘용이 있는 것일까?

'어쩌지?'

적들은 공격을 늦추지 않았다. 어떻게든 형운을 그 자리에 붙잡아놓겠다는 의지가 느껴진다.

그러는 사이 배후에서 밀항선이 불타고 있었다. 적들의 공세를 버텨내지 못한 것이다. 그 속에서 울리는 싸움의 소리, 사람이 내지르는 비명을 들은 형운은 더 망설이지 않았다.

"뭐야?"

하늘에서 형운을 관측하고 있던 요괴가 경악했다.

형운의 모습이 갑자기 사라졌다.

허둥거리던 요괴는 곧 있을 수 없는 광경을 보았다. 형운이 밀항선 위에 나타났던 것이다.

"설마 축지라도 쓰는 건가? 어떻게 된 거야?"

3

서하령은 확신했다.

'우리에 대해서 알고 있어. 처음부터 우리를 없앨 생각으로 온 거야.'

그녀는 양진아를 구해냈다. 하지만 그 대가로 등과 팔에 한 번씩 칼을 맞아야 했다. 형운이 공방을 벌이는 지점을 우회한 적들, 바다 요괴와 수공을 연마한 무인들이 그녀를 덮쳐 왔기 때문이다.

뿐만 아니다. 적들은 화살비가 쏟아지는 동안 은밀하게 접근해서 밀항선 밑에 구멍을 뚫고 승선, 아군과 혈투를 벌였다. 그 결과 선원들은 몰살당했으며, 일행 중에서도 형운의 호위단 한 명, 서하령의 호위무사 한 명이 죽었다.

일행에 대해서 처음부터 알고 있지 않았다면 불가능한 행동이다.

서하령은 자신의 곁에 정신을 잃고 누워 있는 양진아를 보며 짜증을 냈다.

'우리가 왜 이런 경우 없는 계집애 때문에 이런 꼴을 당해야 한담?'

귀혁에게 혹독하게 교육받아 온 형운과 달리 서하령은 물 위에서, 혹은 수중에서 덮쳐 오는 적과 싸우는 상황을 상정하고 훈련한 적이 없다. 게다가 형운에 비하면 내공이 약해서 수상비를 쓰면서 격하게 싸우기도 어려웠다.

그래도 성운의 기재인 그녀는 믿을 수 없을 정도로 빠르게 그 상황에 대한 대응책을 떠올리고 실행했다. 하지만 아무리 재주가 좋아도 양진아를 안은 채로 완벽하게 대응해 낼 수는 없었다.

결국 밀항선 위로 돌아올 때까지 두 번이나 칼을 맞았다.

상처가 깊지는 않지만 수공을 펼치는 적 중에 단 한 명만을 격살한 대가가 이것이라니, 서하령 입장에서는 충격적이기까지

했다.

'이것이 바다의 싸움.'

그녀는 양진아를 눕혀놓은 채 선상에 올라온 적들을 격퇴했다. 그러는 동안 배가 서서히 기울기 시작했다.

기기기기긱……!

이대로는 다 바다로 떨어지게 생겼다. 그리고 그렇게 되면 수공을 연마한 적들을 당해낼 수 없으리라.

그때였다. 그 앞에 형운이 홀연히 나타났다.

"커억!"

"이놈이 갑자기 어디서… 아악!"

폭음에 가까운 격타음이 연거푸 이어지고 적들의 비명이 울려 퍼졌다.

곧 선상에 올라온 적들이 정리되었다. 형운이 물었다.

"피해 상황은?"

"그런 것을 물을 때가 아니야."

"무슨 소리를……!"

서하령이 끼어들자 고개를 홱 돌려서 그녀를 바라본 형운이 움찔했다. 어둠 속에서도 그녀가 상처를 입었다는 사실을 알아보았기 때문이다.

그녀가 빠르게 말을 이었다.

"배가 가라앉기 전에 수공을 쓰는 적들을 정리해. 이대로 가라앉으면 너 말고 다른 사람은 버틸 재간이 없어."

"……."

"화살은 우리가 처리할 수 있어. 배가 가라앉는다 하더라도,

파편이라도 붙잡고 떠 있으려면 수중의 위협을 최우선적으로 제거해야 해."

"…알겠어. 일단 지휘는 네게 맡기지."

냉철한 분석에 형운은 떠오르는 감정적인 말들을 삼켰다. 그녀에게 정식으로 지휘권을 넘겨줄 것을 선언하고는 곧바로 바다로 뛰어내렸다.

서하령은 심호흡을 한 번 뒤 말했다.

"부상자 중에 운신이 가능한 사람은 양진아를 돌봐주세요. 그녀의 정보가 필요하니 진기를 조금씩 불어넣어서 의식을 되찾을 수 있도록 유도해요. 그리고 나머지 인원은 밑으로 내려가서 짐을 챙기세요. 다른 건 포기하고 약만을 빠르게 챙길 수 있도록."

빠르게 지시를 내린 서하령이 선수로 다가가며 말했다.

"곡정이와 천 공자, 가려 무사, 무일 무사, 저와 함께 적들의 사격을 막지요."

형운을 제외하면 일행 중 내공이 가장 심후한 이들이다. 바다에서 화재가 일어나고, 밑에 구멍이 뚫려서 침몰해 가기까지 하는 배 위에서도 가장 많은 적을 쓰러뜨린 이들이기도 했다.

적들은 완벽하게 자신들이 원하는 상황으로 일행을 몰아넣고 더 많은 인원으로 기습을 가해왔다. 적의 손바닥 위에서 춤을 추는 격이 되었으면서도 사망자가 두 명밖에 나오지 않은 것은 그들 덕분이었다.

'형운이 우리와 갈라지지 않았다면 한 명도 죽지 않았을 거야. 아마 선원들도 죽지 않았겠지.'

바로 그 점이 서하령이 적들이 이쪽에 대해서 잘 알고 있다고 판단하는 근거였다.

처음부터 양진아를 미끼로 형운을 꾀어낸 다음 그와 일행을
분단시켜 놓고 공격을 가해오지 않았는가?

지금까지의 과정을 되짚어보니 소름이 끼친다. 일행의 무력
이 그들의 예상을 상회하지 않았다면 여기서 뼈를 묻게 되었을
것이다.

'어떻게 그럴 수가 있지?'

의문이 들었다.

일행에 대해서 아는 것은 이상하지 않다. 해룡시를 쓰는 이상
저들은 청해용왕대 혹은 그와 관련이 있는 청해군도의 세력일
것이다. 그들이 청해성의 흑도 조직에 첩자를 심어놨다고 하면
그게 놀랄 일이겠는가?

양진아가 일행을 초대했다는 것, 그리고 흑도 조직을 이용해
서 밀항해 온다는 것을 아는 것까지도 납득해 줄 수 있다. 이것
만으로도 상당히 무리한 느낌이지만, 그래도 아예 있을 수 없는
일은 아니다.

하지만 일행 개개인의 신분이나 전력을 파악하는 것은 완전
히 별개의 문제다.

'가능성은 두 가지. 저쪽에 예지 능력자가 있어서 우리의 존
재를 예지하고 말살하기 위한 작전을 준비했거나, 그게 아니라
면……'

배후에 마교의 손길이 도사리고 있거나.

청해군도는 외부에 알려진 정보가 거의 없는 신비의 땅이다.
그곳에 예지 능력자가 있다고 해도 이상하진 않으리라.

'하지만 왠지 마교의 수작이라는 쪽에 무게가 쏠려. 왜지?'

서하령은 자신의 직감이 마교를 가리키는 이유를 생각해 내고 싶었다.

하지만 계속해서 쏟아지는 화살이 그것을 허락지 않았다.

꽈광!

폭음이 울리며 서서히 가라앉아 가던 밀항선이 크게 뒤흔들렸다.

서하령이 깜짝 놀라서 충격의 진원지를 바라보았다. 마곡정이 표정을 일그러뜨리고 있었다.

"…미안해."

서하령은 마곡정을 탓하지 않았다. 마곡정이 덜렁대다 실수했으면 모를까 이번에는 진지하게 최선을 다했다는 것을 알기 때문이다.

적들이 절묘한 시간 차로 두 개의 해룡시를 마곡정이 담당하는 방향으로 쐈다. 마곡정은 도기(刀氣)를 날려서 한 발을 막고, 나머지 한 발도 막으려고 하다가 하마터면 목숨이 날아갈 뻔했다.

첫 번째 해룡시의 뒤쪽에 은살시가 숨어 있었던 것이다.

기겁해서 그것을 피하는 틈에 나머지 하나의 해룡시가 선체를 때렸다. 밀항선이 침몰해 가는 속도가 더욱 빨라지기 시작했다.

'이러다가는……'

서하령이 식은땀을 흘렸다.

바다 밑의 싸움은 걱정되지 않는다. 형운이라면 적들을 모두 제압할 수 있으리라.

하지만 그사이 적들의 배가 가까워지고 있었다. 이미 거리가 40장(약 120미터)까지 줄어들었던 것이다.

일행은 적의 사격을 막는 것만으로도 벅찼다. 그냥 화살뿐이라면 모르겠는데 해룡시가 너무 막강해서 고수들의 손발이 묶이고 만다.

꽈광!

결국 또 한 발의 해룡시가 밀항선을 때렸다. 배가 점점 뒤쪽으로 가파르게 일어나며 가라앉는 것을 본 서하령이 신속히 결단을 내렸다.

"수상비가 가능한 사람은 저와 함께 적의 배를 공격! 나머지는 형운을 믿고 바다로 뛰어내려요!"

지시를 내린 서하령이 바다로 뛰어내렸다. 그런 그녀에게 해룡시가 날아들었지만 전혀 동요하지 않고 양손을 뻗는다.

쉬쉬쉭!

광풍을 일으키는 해룡시가 너무나도 간단하게 비껴 나갔다. 궤도도 완전히 꺾여서 하늘로 날아가 버린다.

자신에게서 멀리 떨어진 지점을 막을 때라면 모를까, 자신을 노린 화살을 방어하는 것은 서하령에게는 식은 죽 먹기였다. 거기에 더해서 그녀는 한 가지 재주를 부렸다.

"저 계집이?"

적들이 놀랐다. 해룡시를 비껴낸 서하령이 단번에 허공으로 10장(약 30미터) 이상 솟구치는 게 아닌가?

아무리 수상비를 구사한다고 해도 형운처럼 막강한 내공을 지니지 않은 이상 물 위에서 저런 도약력을 얻을 수 없다. 그녀는 해룡시가 일으킨 광풍을 이용해서 자신을 허공으로 내던지게 만든 것이다.

"놀랍기는 하지만 죽음을 자초하는구나! 쏴버……."

하지만 아무리 신묘한 재주를 지녔어도 허공에서는 광범위하게 쏟아지는 일제사격을 피할 수 없다. 곧바로 대기하고 있던 사수들이 사격하려는 순간이었다.

라아아아아……!

아름다운 노랫소리가 전장에 퍼져 나갔다.

다들 일순간 넋을 잃었다. 이 상황에 너무나도 안 어울리는 소리이기 때문만은 아니다.

소리를 듣는 순간 진기의 운행이 흐트러졌다. 다들 일순간 행동을 멈칫할 수밖에 없었다.

그사이 서하령이 마치 날다람쥐처럼 활강해서 날아들었다. 내려섬과 동시에 갑판 난간 쪽에 있던 궁사 하나를 발로 차서 날려 버리고, 그 반동으로 몸을 회전시키면서 죽 뻗는 발차기로 또 한 명을 바다로 떨어뜨렸다.

파파파파팍!

전광석화 같은 공격이 근처에 있던 자들을 쓰러뜨렸다.

밤이라 어두운 상황인 데다가 서하령의 움직임이 너무 빠르다. 뭔가 다가온다 싶은 순간 이미 급소를 강맹한 충격이 관통한다.

무엇보다 그 살상력이 놀라웠다. 무기도 들지 않은 맨손인데도 공격을 가할 때마다 착실하게 상대가 쓰러진다.

"젠장! 이 요망한 계집! 대단하긴 하지만 혼자서……."

적들 중 하나가 칼을 들고 달려들 때였다.

파악!

그의 배후에서 섬광이 번뜩이며 피가 흩뿌려졌다.

"등 뒤를 베는 것은 좀 찔리지만……."

천유하였다. 그 역시 수상비를 터득하고 있었다. 서하령이 적의 시선을 끌어주는 동안 배에 올라선 그는 곧바로 한 명을 베어 넘기고 진기를 검에 모았다.

"…정정당당함을 따질 상황은 아니겠지."

―호풍세(呼風勢)!

한 걸음 내디디며 허공에 대고 검을 휘두른다. 직후 그 궤도로부터 광풍이 일어나 주변을 덮쳤다.

콰앙!

"으악!"

"이, 이게 무슨……!"

적들이 혼비백산했다. 그 틈을 타서 검을 거두어들인 천유하가 앞으로 달리면서 또 다른 검세를 펼쳤다.

―뇌격세(雷擊勢)!

고밀도로 응축된 검기가 일순간에 뿜어져 나온다. 그 위력은 마치 천둥벼락과도 같으니 멀리 떨어진 강철조차 무 베듯이 썰어버릴 수 있었다.

"크악!"

비명이 울렸다.

천유하는 사문인 조검문의 무공을, 자신이 접해온 다양한 무공들과 접목해서 놀라울 정도로 폭넓은 해석을 완성해 왔다. 뇌격세는 원래 집중된 힘을 하나의 목표에게 쏟아내는 검세지만 그라면 넓은 범위를 한 번에 베어버릴 수도 있었다.

그 결과, 그의 앞에 있던 적 다섯 명이 일거에 두 동강 나고 그 너머에 있던 목표까지 베어냈다.

기기기기긱……!

"돛대가 쓰러진다!"

적들이 비명을 질렀다. 천유하의 뇌격세가 두 개의 돛대 중 하나를 깨끗하게 잘라 버렸던 것이다.

커다란 돛대가 쓰러져서 배 위를 덮쳤다. 몇 명이 거기에 깔려 버리고 다른 자들도 우왕좌왕하며 비명을 질러댔다.

"이놈들!"

적들 중에 몇 명은 공황에 빠지는 대신 격분하고 있었다. 지휘관 노릇을 하던 자들, 그리고 해룡시를 쏜 자들이었다.

해룡시를 쏘던 두 명이 대궁 대신 철창을 들었다. 그들이 펼치는 창술은 해룡시와 마찬가지로 청해용왕대가 자랑하는 절학, 해룡창법이었다.

'음! 역시 청해용왕대 내부의 반란인가?'

천유하는 눈살을 찌푸리며 그들의 공격을 받아냈다.

일행 중에 그만큼 해룡창법에 대해서 잘 아는 자는 없다. 양진아가 조검문에 머무르는 동안 여러 번 대련을 하면서 그 특성을 파악해 둔 터였다.

하지만 다음 순간, 천유하는 자신의 생각이 안이했음을 깨달았다.

후우우우우!

두 명의 창수가 찔러오는 창으로부터 광풍이 일어나 그를 덮치는 게 아닌가?

"헉!"

천유하는 첫 일격을 피하면서 파고 들어가서 한 명을 제거할 생각이었다. 하지만 예상외의 사태에 대경하며 뒤로 물러났다.

'이것이 양 소저가 암시한 바였나?'

조검문에 머무르는 동안 천유하와 양진아는 대련에서 일진일퇴를 거듭했다. 하지만 질 때마다 양진아는 불만 가득한 표정으로 투덜거렸다.

해룡창법의 진가는 바다에서, 아니, 최소한 물이 있는 곳에서 발휘된다고.

천유하도 그 말을 지기 싫어서 하는 변명으로만 여기지는 않았다. 그래도 실제로 접하니 놀랍다.

콰콰콰콰콰!

딱히 내공이 대단한 자들로는 보이지 않는다. 그런데 마치 바닷바람이 그들의 편을 드는 것처럼 위력이 배가되고 있었다.

'그렇군.'

성운의 기재인 천유하는 잠깐 싸워본 것만으로 그 요체를 파악했다.

'내공심법으로 쌓아 올린 진기 자체가 바다의 기운에 동조하는 성향을 가진 것이다. 진기의 질적인 문제라 운용법을 흉내 낸다고 한들 제대로 된 결과를 낼 수 없겠어.'

과연 해적들의 천국인 청해군도에서 발달한 무공답다고 할까? 물을 이용하는 것도 아니고 그저 바다 위에 떠 있는 배에 올라 있다는 것만으로도 위력이 배가된다.

천유하는 백야문의 무공처럼 특정한 환경에서 큰 힘을 발휘하는 무공을 여러 번 보아왔다. 그런데도 해룡창법의 특성에 놀라지 않을 수 없었다.

파악!

"아, 아니?!"

두 명의 적 중 하나가 경악했다.

천유하는 어디까지나 무공의 특성과 신묘함에 놀란 것이지 그것을 쓰는 적의 기량에 놀란 것이 아니다. 바다 위에서 펼치는 해룡창법의 특성을 파악하자 곧바로 공세로 전환해서 한 명의 목을 날려 버렸다.

그리고 또 한 명은 그가 손을 댈 필요도 없었다.

퍼엉!

소리 없이 다가온 서하령이 옆구리를 강타해서 절명시켰던 것이다.

"크악!"

서로 등을 맞대고 나머지를 처리하려던 두 사람이 움찔했다. 옆 배에서 그들이 잘 아는 사람의 비명이 들려오는 게 아닌가?

서하령이 눈동자가 흔들렸다.

"곡정아?"

4

"으윽……."

마곡정이 신음하며 몸을 일으켰다.

그 역시 서하령이 음공으로 눈길을 끌어주는 사이 수상비로 바다를 달려서 옆쪽 배에 올라왔다. 그리고 곧바로 적들을 몰아쳐서 상당한 피해를 이끌어냈다.

혼자서 싸운 것도 잠깐이다. 곧 가려가 유령처럼 기척 없이 뒤를 쫓아왔음을 알 수 있었다. 둘이서 어둠 속에서 혼란에 빠진 적을 방패 삼아서 유린하고 있을 때…….

창을 든 남자 하나가 마곡정을 가로막았다.

"훌륭하군. 그 나이에 우리 부족의 투사들을 압도하다니."

"……."

마곡정은 대답하지 않고 숨을 고르며 그를 노려보았다.

거구의 남자였다. 키는 마곡정보다 조금 더 큰 정도지만 몸을 감싼 근육이 갑옷처럼 두껍다. 특히 팔뚝 두께가 마곡정의 다리만 할 정도였다.

그렇다고 해서 움직임이 느린 것도 아니다. 창을 내지르는 일격 일격이 너무나도 정확하고 빠르게 날아들어서 마곡정은 몇 번이나 위기에 몰렸다.

심장을 노린 일격을 비껴내서 왼쪽 어깨를 관통당한 것은 마곡정이 실수해서가 아니다. 오히려 그 순간에 한 팔을 희생시켜서 빠져나오겠다고 결단한 대응을 칭찬해 줘야 한다.

"장래가 아깝긴 하지만… 죽여야겠지. 대주술사가 시끄럽게 투덜거릴……."

그 순간 마곡정이 뛰어들었다.

자기가 절대적인 우위를 접했다고 여긴 남자가 방심하고 있는 틈을 정확히 포착한 돌격이었다.

투확!

남자는 당황하지 않았다. 둘 사이의 거리는 3장여, 창을 든 남자에게 압도적으로 유리한 거리였다.

'음?'

하지만 다음 순간 그가 눈을 크게 떴다. 확신을 갖고 지른 일격이 허공을 갈랐기 때문이다.

'분신인가!'

마곡정의 특기인 은신술과 분신술의 조화였다. 자기가 절대적으로 우위에 있다는 심리와 밤의 어둠이 완벽하게 맞아떨어져서 마곡정의 노림수에 넘어가고 말았다.

직후 매서운 냉기가 휘몰아쳤다.

콰악!

남자가 회수한 창대와 마곡정의 도가 맞부딪쳤다. 마곡정이 짐승처럼 울부짖으며 연격을 퍼부었다.

"크아아아앙!"

영수의 힘을 일깨운 것이다.

갑판 위의 기온이 급강하했다. 칼날 같은 한풍이 휘몰아치면서 마곡정의 도기가 질풍처럼 남자를 노린다.

"호오!"

남자는 당황하지 않았다. 마곡정의 노림수에 넘어가서 기세를 빼앗겼으면서도 여유가 넘쳤다.

기량의 차이가 현격하기 때문이다. 마곡정이 몰아치기 시작했을 때는 분명 남자가 밀렸다. 하지만 불과 네 수를 나누고 나자 팽팽해졌다. 그리고 다시 세 수를 나누자 마곡정이 밀려나는 게 아닌가?

남들이 보기에는 순식간이었다. 마곡정은 아주 잠깐 기세를 제압했을 뿐, 금세 창에게 유리한 거리까지 밀려서 허겁지겁 방어하는 신세가 되었다.

이유는 명확했다.

'의기상인! 제기랄!'

남자는 의기상인을 자유자재로 다루고 있었다.

격투만으로 본다면 순간적으로 전술적인 이점을 잡은 마곡정에게 승산이 있었다. 은신술을 응용, 상대의 감각을 현혹시키면서 변칙적으로 퍼붓는 마곡정의 공격은 한 수 위의 상대라도 쉽게 감당할 수 있는 것이 아니다.

남자도 마곡정의 실력을 높이 평가했다. 그래서 격투만으로 상대하겠다는 오만을 버리고 의기상인을 아낌없이 썼다.

그의 의기상인이 마곡정의 진기 운행을 미묘하게 일그러뜨리고, 감각을 흐트러뜨리자 금세 상황이 반전되었다.

라아아아아!

마곡정이 궁지에 몰렸을 때, 측면에서 울려 퍼진 아름다운 노랫소리가 남자를 강타했다.

'크윽, 음공이라니, 가지가지 하는군! 들은 것보다 더 무서운 놈들이 아닌가?'

남자의 공세가 일순 주춤했다. 내공이 7심에 달하는 그였지만 한창 격투를 벌이는 도중에 음공이 덮쳐 오니 진기 운행이 흐트러지는 것을 피할 수 없었다.

마곡정은 그 순간을 놓치지 않았다. 그는 이미 서하령에게 전음으로 귀띔을 받았던 것이다.

투학!

도와 창이 얽혔다. 남자가 히죽 웃으며 창을 돌려서 마곡정의 공세를 흘려내려는 순간이었다.

섬뜩한 감각이 덮쳐 왔다.

"어헉!"

남자가 깜짝 놀라서 뒤로 뛰었다. 바로 그 순간, 옆에 서 있던 부하의 뒤쪽에서 가려가 튀어나와서 그를 기습했다.

'맙소사, 이런 게 가능한가?'

남자가 경악했다.

그는 가려가 은신의 고수라는 것을 부하들이 당하는 과정에서 알아보았다. 그래서 계속 감각에 넣어두면서 주의하고 있었다.

하지만 서하령의 음공 때문에 잠깐, 아주 잠깐 의식이 흐트러진 순간에 가려가 그의 감각 속에서 사라졌다. 그리고 전혀 생각지 못한 곳에서 기습해 왔던 것이다.

'도저히 애송이들의 실력이 아니군. 이 정도면 우리 부족의 용사들조차도 능가한다.'

그는 청해군도의 3대 세력 중 하나, 해루족의 일원이었다.

해루족의 남자들 중 9할은 성인이 되면 전사가 되고 그중 뛰어난 자는 투사로 불린다. 그리고 그보다 뛰어난 실력과 업적을 증명한 자가 용사라고 불린다.

지금 마곡정과 가려가 보여주는 실력이라면 해루족의 용사들이라도 경시할 수 없으리라.

'대주술사 말대로 위험한 것들이야. 여기서 끝장을 내야겠군.'

둘의 실력이 뛰어나기는 했지만 자신이 부담스러워할 정도는 아니다. 남자는 용사들조차도 발아래로 내려다보는 강자였으니까.

그러나 그때였다.

콰아앙!

폭음이 울리며 배가 크게 진동했다.

"음?"

선원들이 비명을 지르며 쓰러지는 가운데, 꿋꿋하게 균형을 유지하고 선 남자의 시선이 아래로 향했다.

'누가 바다 밑에서 우리 배를 친 건가?'

그것도 터무니없이 강한 힘이었다. 수공을 전문적으로 연마한 해루족 전사들이라 할지라도 배에 구멍을 내는 정도가 고작일 텐데, 배가 통째로 뒤흔들릴 정도로 무시무시한 위력이라니?

게다가 한 발로 끝도 아니었다.

쾅!

배가 또다시 뒤흔들렸다. 그리고…….

콰아앙!

갑판 한복판을 가르면서 나선형으로 회전하는 푸른 섬광이 솟구쳤다.

"이런!"

남자가 신음했다. 그 섬광 속에서 한 사람을 발견했기 때문이다.

형운이었다.

수중의 적들을 몰살시킨 형운이 배 아래쪽에서 선체를 두 동강 내면서 하늘로 솟구쳤다.

달을 등지고 하늘로 비상한 형운과 남자의 시선이 교차했다.

'이 남자다.'

형운은 확신했다. 해룡시를 쏜 자들 중에 눈에 띄게 기량이 뛰어난 한 명이 바로 저 남자라는 것을.

'설마 대주술사가 경고한 암해(暗海)의 신이 탐하는 괴물이 바로 이 애송이란 말인가?'

남자는 경악했다.

형운의 무위는 앞서 바다에서 상대한 부하들이 몰살당할 때 똑똑히 보았다. 하지만 지금 이건 대체 무엇인가? 불과 20대의 청년이 이런 무지막지한 신위를 보일 수 있단 말인가?

쿠구구구구······!

커다란 구멍이 뚫린 배가 뒤틀리기 시작했다. 엄청난 속도로 물이 차오르면서 가라앉아 간다.

형운은 그 위쪽에서 질풍처럼 주먹을 날렸다. 푸른 섬광이 소나기처럼 쏟아져서 부러진 배를 강타했다.

"큭······!"

공격을 막은 남자가 신음했다.

형운은 그를 상대하지 않았다. 그대로 허공을 박차고 활강하면서 다른 배에도 기공파의 융단폭격을 퍼붓기 시작했다.

밤의 어둠이 환하게 불타올랐다. 수십 장 높이의 하늘을 나는 형운에게서 청백색 섬광이 끝도 없이 쏟아져 내렸다.

콰콰쾅! 콰과과과광!

"맙소사······!"

남자가 할 말을 잃었다.

터무니없는 신위였다. 대체 내공이 얼마나 심후해야 저런 일이 가능하단 말인가?

한 발 한 발의 위력은, 남자 입장에서 보면 그리 크지 않다. 하지만 수가 너무나도 많아서 남자로서도 자신과 그 주변의 부하들을 보호하는 정도가 고작이었다.

'이런 식으로 지리적 이점을 강탈해 가다니, 말도 안 되는 짓을 하는군!'

이 싸움에서 지리적 이점은 그들에게 있었다. 형운조차도 바다 위에서는 제 실력을 발휘할 수 없어서 수공을 연마한 자들과 바다 요괴, 그리고 해룡시의 연계에 난처함을 겪었다.

하지만 서하령과 천유하, 마곡정과 가려가 수상비로 바다를 달려서 배에 올라서면서 상황이 반전되었다.

그들이 아군 속에 뛰어들어서 난전을 벌이는 시점에서 최대의 이점이었던 궁시(弓矢)를 쓸 수가 없다. 해룡시가 아무리 막강하다 한들 그 한계는 명확했다.

그런 상황에서 형운이 배 하나를 부수면서 비상, 하늘을 점거하고 기공파로 무차별 폭격을 가하기 시작했다.

어느 순간, 형운이 기공파 난사를 멈췄다. 광풍혼을 휘감은 채 아군 중 누구도 없는 배를 향해서 양발을 모으고 떨어져 내렸다.

―천풍인(天風印)!

그것은 마치 유성이 떨어지는 광경 같았다. 형운의 양발이 배의 한 부분을 내리쩍었다.

쫘아아아아앙!

폭음이 울리며 선체가 통째로 뒤흔들렸다.

그대로 갑판을 뚫고 바다까지 내려갔어도 이상하지 않건만, 형운은 갑판 위에 멈춰 있었다. 그저 그가 강타한 지점이 움푹 파이면서 충격이 원형으로 퍼져 나갔을 뿐이다. 그 결과…….

"배, 배가…….."

"배가 뒤집어진다! 으악!"

형운의 일격이 강타한 지점은 배의 중앙 지점에서 한쪽으로 치우친 부분이다. 일부러 충격을 한 지점으로 모아서 관통력을 얻는 대신, 타격 지점으로부터 광범위하게 퍼져 나가게 만들었다.

그 결과 균형을 잃은 배가 옆으로 뒤집어지고 있었다. 형운 그 과정을 가속시키기 위해 옆으로 날면서 기울어진 부분에다 강맹한 기공파를 난사했다.

"세상에……!"

그 광경을 보던 자들은 다들 할 말을 잃었다.

우두머리 노릇을 하는 남자 역시 마찬가지였다. 그런 부서진 나무 조각이 날카로운 기세로 날아들었다.

쉭!

그것을 피하자 배의 앞머리 부분에서 마곡정이 살기등등한 눈으로 그를 노려보는 게 보였다.

"나는 풍성의 제자 마곡정, 네놈의 이름은 뭐냐?"

"해루족의 용사 화군."

"기억했다. 다음번에 만나면 반드시 죽여 버리겠어!"

남자, 화군이 얼떨결에 대답하자 마곡정이 짐승처럼 울부짖으며 바다로 날았다. 가려가 그 뒤를 따랐다.

곧이어 형운도 철수하기 시작했다. 비교적 멀쩡한 한 척의 배, 서하령과 천유하가 한바탕 휩쓸고 간 배에 모인 부하들이 화군에게 물었다.

"쫓을까요?"

"일단은 마웅에게……."

화군은 생각할 것도 없다는 듯 고개를 저으며 말할 때였다.

첨벙!

하늘에서 뭔가가 바다로 떨어졌다.

화군의 간담이 서늘해졌다. 그것이 지금 입에 올린 존재, 마웅이었음을 깨달았기 때문이다.

'어느새…….'

마웅은 하늘을 날며 전황을 관측하는 역할을 맡고 있었다. 그런데 형운이 무슨 수를 썼는지 물러가는 과정에서 그를 격살해 버렸던 것이다.

"…포기하도록 하지. 놈들이 지쳤다고 하더라도 이 전력으로는 안 되겠군. 시간을 들여서 소모시키는 수밖에."

형운 일행은 상처 입고 지쳤다. 그리고 배까지 잃어서 남은 조각들을 모아서 뗏목을 만들어서 이탈하고 있었다.

이런 상황에서 항해 가능한 배를 가진 화군 일당이 추격한다면 잡을 수도 있으리라. 하지만 화군은 유혹을 뿌리쳤다.

'그야말로 기술을 초월하는 힘이다. 도대체 어찌 저런 애송이가 저런 힘을…….'

도저히 형운을 잡을 자신이 없었다.

내공이 압도적이라고 해서 일대일 대결에서도 그만큼 무섭다는 보장은 없다. 형운이 보인 신위는 막대한 내공을 십분 활용한, 광범위한 타격에서 극대화되는 종류의 것이다. 그 과정에서 보여준 기술적인 기량만을 본다면 화군이 감당할 수 있으리라.

하지만 위험 요소가 너무 많았다. 결국 화군은 문책을 각오하고 추적을 포기했다.

"대주술사에게 무슨 소리를 들을지 무섭군. 젠장."

5

해루족의 사회는 각 섬에 흩어진 수십의 부락으로 이루어져 있다.

각 부락에는 주술사라 불리는 자가 있었다. 그들은 족장의 조언자였으며 부족의 치료사이기도 했다.

주술은 중원삼국에 정립된 기환술과는 성질이 좀 다른 기술이다.

터득하기 위해서 극히 희소한 영적 자질을 필요로 하는 점은 같지만 기환술처럼 학문으로 체계화되지 않았고, 도구보다는 자연에 퍼져 있는 힘에 의존하는 바가 강했다. 미리 기물을 준비하지 않으면 술법을 쓸 수 없는 기환술에 비해 주술은 보다 감각적이고 즉각적이다.

그리고 무엇보다 주술사들은 예지력을 기본 소양으로 갖추고 있었다.

개개인에 따라 예지력이 강할 수도 약할 수도 있지만, 아예 없는 자는 없다. 예지력이야말로 그들이 조상의 가호를 받는다는 증거였기 때문이다.

"흠……."

해루족 주술사들의 정점에 선 자, 대주술사 모람은 수정구를 보며 침음했다.

그는 80세가 넘었으면서도 등이 꼿꼿하고 건장한 체격의 소유자라 주술사다운 차림새를 하지 않으면 전사라고 착각할지도 모른다. 주술사다운 차림새란 색색의 구슬을 꿰어 만든 목걸이로 치장하고 진주를 화려하게 박아 넣은 옷과 커다란 보석들이 박힌 지팡이였다.

하지만 멀리서 그의 몸만 본다면 모를까, 가까이서 본다면 누구나 그가 주술사임을 알리라. 하얗게 센 수염을 기른 그의 눈동자가 은은한 빛을 발하는 황금색이었기 때문이다.

해루족의 피부는 뭍사람들보다 짙은 색을 띠었기에 그 눈동자는 섬뜩할 정도로 눈에 띄었다.

"정말 그대들의 말대로 되었군."

그가 못마땅한 듯 중얼거렸다. 그러자 그의 방 한구석에 서 있던 남자가 히죽 웃었다.

"예지로 보신 겁니까?"

"방금 전에 일어난 일이다. 그대들이 말한 대로……."

"신녀의 말씀은 빗나가는 법이 없습니다. 연옥의 미래를 보는 일에 있어 그분을 능가할 존재는 없지요."

"흥."

모람이 코웃음을 쳤다.

해루족의 주술사 중에서도 가장 탁월한 예지력을 가진 그에게는 정말 자존심 상하는 말이다. 하지만 현실에서 남자가 말한 대로 결과가 나오고 보니 인정할 수밖에 없었다.

'흑영신교라. 하필 용왕이 뭍의 사악한 것들과 손을 잡았으니……'

남자는 흑영신교도였다. 청해군도에서 일어나는 대혼란에는 흑영신교가 한 축을 담당하고 있었던 것이다.

문득 모람이 흐릿한 예지를 느끼며 중얼거렸다.

"재앙이 닥쳐오겠군. 더한 재앙이……."

"예지자의 말은 섬뜩하군요. 하지만 분명한 것은, 저들이 여러분에게 방해가 된다는 것입니다."

"그 점은 동감한다. 암해의 신은 무자비한 신, 그분을 되찾고 싶지만 그릇까지 드리는 것은 위험해. 그랬다가는 이 연약한 세상이 갈가리 찢겨 나갈진저."

대주술사의 황금색 눈동자가 차가운 살기를 발했다.

『성운을 먹는 자』 12권에 계속…

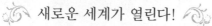

초대형 24시 만화방

신간 100%, 샤워실, 흡연실, 수면실(침대석), 커플석, 세탁기 완비

▪ 강북 노원역점 ▪

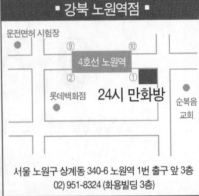

서울 노원구 상계동 340-6 노원역 1번 출구 앞 3층
02) 951-8324 (화용빌딩 3층)

▪ 일산 정발산역점 ▪

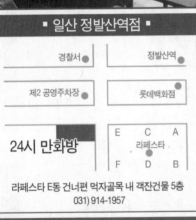

라페스타 E동 건너편 먹자골목 내 객잔건물 5층
031) 914-1957

▪ 일산 화정역점 ▪

경기도 고양시 덕양구 화정동 984번지 서일빌딩 7층
031) 979-4874 (서일사우나 건물 7층)

▪ 부천 역곡역점 ▪

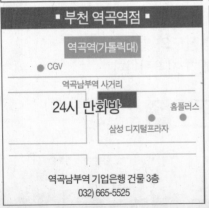

역곡남부역 기업은행 건물 3층
032) 665-5525

▪ 부평역점 ▪

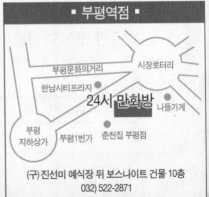

(구) 진선미 예식장 뒤 보스나이트 건물 10층
032) 522-2871

네르가시아 장편소설
FUSION FANTASTIC STORY

도시 무왕 연대기

글로벌 기업의 후계자 김태하.
탄탄대로를 걷던 그에게 거대한 음모가 덮쳐 온다!

『도시 무왕 연대기』

가장 믿고 있었던 친척의 배신,
그가 탄 비행기는 추락하고 만다.

혹한의 땅에서 기적같이 살아나
기연을 만나게 되는데⋯⋯.

**모든 것을 잃은 남자,
김태하의 화끈한 복수극이 시작된다!**

十字星 십자성 전왕의 검

허담 新무협 판타지 소설
FANTASTIC ORIENTAL HEROES

신력을 타고났으나 그것은 축복이 아닌 저주였다.

『십자성 - 전왕의 검』

남과 다르기에 계속된 도망자의 삶.
거듭된 도망의 끝은 북방 이민족의 땅이었다.
야만자의 땅에서 적풍은 마침내 검을 드는데……!

"다시는 숨어 살지 않겠다!"

쫓기지 않고 군림하리라!
절대마지 십자성을 거느린
적풍의 압도적인 무림행이 시작된다!

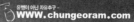

철백 新무협 판타지 소설
FANTASTIC ORIENTAL HEROES

大武

대무사

피와 비명으로 얼룩진 정마대전의 종결.
그리고…

"오늘부로 혈영대는 해산한다."

혈영대주 이신.
혈영사신(血影死神)이라고 불리는 그가
장장 십오 년 만에 귀향길에 올랐다.

더 이상 전쟁의 영웅도, 사신도 아니다!

무사 중의 무사, 대무사 이신.
전 무림이 그의 행보를 주목한다!

Book Publishing CHUNGEORAM

유행이 아닌 자유추구 -
WWW.chungeoram.com